Serienmörder in Deutschland

Herausgegeben von
Wolfgang Schüler

Mit Beiträgen von
Horst Brandt, Gunther Geserick,
Kathrin Kompisch, Frank Otto,
Hans Pfeiffer, Wolfgang Schüler,
Regina Stürickow, Klaus Vendura,
Ingo Wirth und Wilfried Zoppa

Militzke

Militzke Verlag Reihe S

Bibliographische Information der Deutschen Bibliothek:
Die Deutsche Bibliothek verzeichnet diese Publikation in der Deutschen Nationalbibliothek; detallierte biblioraphische Angaben sind im Internet über http://dnb.ddb.de abrufbar.

Lektorat: Katrin Günther, Jan Bolczyk
Layout: Thomas Butsch
Satz: Thomas Butsch, Claudia Hofmann
Gesetzt aus der Stone Serif und der Stone Sans
Umschlaggestaltung: Claudia Hofmann
unter Verwendung eines Fotos von photocase.de
Druck: Elbe Druckerei Wittenberg

Printed in Germany
ISBN 3-86989-629-X

Besuchen Sie den Militzke Verlag im Internet unter:
http://www.militzke.de

Inhalt

Vorwort

Es ist eine Frage, ob wir nicht, wenn wir einen Mörder rädern, gerade in den Fehler des Kindes verfallen, das den Stuhl schlägt, an dem es sich stößt.

Georg Christoph Lichtenberg, Vermischte Schriften

Die Säugetiere der obersten Stufe, zu denen die Halbaffen, Affen und Menschen zählen, werden Primaten genannt. Die ersten Primaten sollen bereits in der Kreidezeit vor 65 Millionen Jahren auf der Erde gelebt haben. Sie besaßen Schnurrbarthaare und eine spitze Schnauze, hatten einen buschigen Schwanz – und ähnelten vom Aussehen her Ratten. Wissenschaftler meinen, daß von diesen nagetierähnlichen Wesen her eine direkte Verbindung zum modernen Menschen besteht. Doch es dauerte die unvorstellbar lange Zeitspanne von 65 Millionen Jahren, ehe die Evolution den Homo Sapiens Sapiens in seiner heutigen Gestalt vollendet hatte. Die Triebfeder dazu war der tägliche Kampf um die Existenz gewesen. »Fressen oder gefressen werden« lautete die Losung. Nur diejenigen Kreaturen, die sich den sich ständig ändernden Lebensumständen am besten anpaßten und dazu noch großes Glück hatten, konnten überleben. Es hat zahlreiche Seiten- und Nebenlinien von Hominiden gegeben (das sind die nächsten stammesgeschichtlichen Vorfahren und Verwandten des Menschen), die es auf Dauer nicht schafften und deshalb ausstarben. Zu den vielen Verlierern in der Geschichte der Evolution zählen der u. a. Australopithecus Afarensis, der Homo Rudolfensis und der Homo Habilis.

Der Homo Erectus als der eigentliche Urvater der Menschen entwickelte sich vor 300 000 bis 200 000 Jahren zum Homo Sapiens weiter. Nach der »Eva kam aus Afrika«-Theorie verbreitete er sich vom heutigen Äthopien aus, wo sozusagen die Wiege der Menschheit stand, über die gesamte Erde. Andere Frühmenschenpopulationen wie der Neandertaler und der Cro-Magnon-Mensch starben dagegen aus.

Der frühe archaische Homo Sapiens reifte zum heutigen Homo Sapiens Sapiens heran, benutzte Werkzeuge, lernte sprechen, bestattete seine Toten und schuf erste Kunstwerke, also Dinge, die über ihre reine Funktionalität hinausgingen und spezifische Deutungen zuließen. Als die älteste bislang gefundene Skulptur der Menschheit gilt heute die nach ihrem Fundort benannte Venus von Willendorf. Sie ist zwischen 25 000 und 30 000 Jahre alt. Bei ihren weiteren evolutionären Fortschritten ließen sich die Menschen aber viel Zeit. Es ist erst etwa 10 000 Jahre her, daß sie damit begannen, Pflanzen anzubauen und Tiere zu züchten.

Vor rund 5 000 Jahren erfanden die Sumerer das Rad. In Mesopotamien, in Ägypten sowie im Industal entstanden erste Hochkulturen – und gingen wieder unter. Tausende von Jahren verharrten große Teile der Menschheit nur unwesentlich über dem Steinzeitniveau. Beispielsweise taucht der Begriff Regnum Teutonicorum (Reich der Deutschen) erstmals in einer Quelle aus dem Jahr 920 auf. Die sogenannte Neuzeit, in der wir uns immer noch befinden, ist eine europäische Epochenbezeichnung seit dem 15. Jahrhundert. Als Zäsur, die den Beginn der Neuzeit markierte, gilt u. a. die Entdeckung Amerikas im Jahr 1492 durch Christoph Kolumbus. Von da an verdoppelten sich das Wissen und die Fertigkeiten der Menschheit in immer kürzeren Abschnitten.

Speziell der Fortschritt in den letzten 150 Jahren war riesig. Er brachte vor allem den elektrischen Strom, damit das Licht, die Mobilität, die Datenübertragung und die elektronische Informationsverarbeitung: 1854 konstruierte der deutsch-amerikanische Uhrmacher Heinrich Goebel die erste Glühlampe. 1891 unternahm Otto Lilienthal seinen Premieren-Gleitflug und schon 1885 startete ein mit Benzin betriebenes Automobil zur Jungfernfahrt. 1961 erhob sich mit Juri Gagarin der erste Mensch in den Weltraum, 1971 konstruierte der Techniker John von Blankenbacher den Prototyp eines Personalcomputers, und im Jahr 2000 stellte das Mobilfunkunternehmen Motorola auf der CeBIT in Hannover ein WAP-Handy mit einem drahtlosen Internetzugang vor.

Doch die Aufwärtsentwicklung blieb nicht nur auf Wissenschaft und Technik beschränkt. 1860 betrug in Deutschland die durchschnittliche Lebenserwartung nur ganze 30 Jahre. Das lag vor allem an den vielen Seuchen und Krankheiten sowie der hohen Kindersterblichkeit. Es gab relativ wenige alte Menschen. Hunger und physischer Schmerz gehörten zu den alltäglichen Lebenserfahrungen. Im Jahr 1930 war die durchschnittliche Lebenserwartung der Deutschen bereits auf 60 Jahre gestiegen, gegenwärtig liegt sie bei 81,2 Jahren (Frauen) und 75,4 Jahren (Männer).

Aber nicht nur das durchschnittliche Alter der Menschen konnte sich in geschichtlich kurzer Zeit mehr als verdoppeln, auch ihre Zahl insgesamt hat stark zugenommen. Im Jahr 4000 vor Christi lebten nur etwa 20 Millionen Homo Sapiens Sapiens auf der Erde. Das waren weniger als ein Viertel der Deutschen heutzutage. Im ersten Jahrhundert nach Christi stieg die Weltbevölkerung auf 200 Millionen an. Um 1700 betrug ihre Zahl 500 Millionen, und im Jahr 1950 waren es bereits 2,5 Milliarden. Im Oktober 1999 überschritt die Erdbevölkerung erstmals die Sechs-Milliarden-Marke.

Für das extrem rasante Anwachsen der Menschheit gibt es vielfältige Ursachen. Die wichtigsten Gründe sind in einer stabileren Versorgung mit Nahrungsmitteln, verbesserten hygienischen Verhältnissen und im Fortschritt der Medizin zu suchen. Selbst die verheerenden beiden Weltkriege des 20. Jahrhunderts mit ihren vielen Millionen Toten konnten den Bevölkerungszuwachs nicht aufhalten.

Indessen wurde der Homo Sapiens Sapiens von der Natur weder für Autofahrten bei Tempo 150, noch für Spaziergänge im Cyberspace und schon gar nicht für interstellare Raumflüge ausgestattet. Für die Evolution, die in Maßstäben von Millionen Jahren rechnet, sind weder 10000, noch 5000 (und schon gar nicht 150 Jahre) eine wahrnehmbare Größe. Die Menschen stehen in ihrem Unterbewußtsein dem rasanten Fortschritt hilflos gegenüber. Tiefer gehende seelische Störungen können sich auf fast alle Aspekte des Lebens auswirken, darunter auf Körperfunktionen, Verhalten, Gefühle, Gedanken, Wahrnehmungen, zwischenmenschliche Beziehungen, Sexualität, Arbeit und Freizeit. So ist es wohl kein Zufall, daß der Auftritt des ersten bekannten Serienmörders der Neuzeit genau in jenes wichtige Zeitfenster fiel, das sich vor 150 Jahren auftat. Es war

Jack the Ripper, der im Herbst 1888 mit einer Folge von grausamen Prostituiertenmorden Großbritannien in Atem hielt.

Bei Morden ganz allgemein ist die Dunkelziffer sehr hoch, da viele Verbrechen nicht als solche erkannt und die unnatürlichen Todesfälle als natürliche Folgen von Krankheiten oder Unfällen angesehen werden. Das trifft ebenso für Serienmorde zu. Darüber hinaus werden viele Serienmorde als Einzeltaten verfolgt, weil ein verbindendes Element zum nächsten Kapitalverbrechen fehlt. Der 1936 geborene Amerikaner Henri Lee Lucas, der mehr als 500 Morde gestanden hatte, aber »nur« in elf Fällen verurteilt wurde, behauptete von sich, für seine Taten alle nur denkbaren Werkzeuge – von der Drahtschlinge über einen Tischlerhammer bis zur Schrotflinte – verwendet zu haben.

In den letzten 40 Jahren hat die Zahl der Serienmörder wiederum stark zugenommen. Besonders viele sind in den USA aktiv. Obwohl dort nur fünf Prozent der Weltbevölkerung leben, tummelten sich dort vier Fünftel aller bekannten Serienmörder. Auf die Frage nach den Gründen hat noch niemand eine vernünftige Antwort gefunden. An der riesigen Zahl der legalen Revolver und Pistolen in Privatbesitz kann es nicht liegen. Zum einen, weil im Nachbarland Kanada mit einer bemerkenswert niedrigen Kriminalitätsrate fast ebensoviele Handfeuerwaffen pro Kopf in der Bevölkerung im Umlauf sind. Zum anderen, weil nur 22 Prozent der Serienmörder ausschließlich zum Schießeisen greifen, während es bei den übrigen Mördern 68 Prozent sind.

In Europa leben die Briten statistisch betrachtet am gefährlichsten, denn bei ihnen gehen die meisten Serienmörder um. Auf Platz zwei folgt Deutschland. »Beim Nachzählen in den (unvollständigen) Justizunterlagen der alten Bundesrepublik wiesen diese für den Zeitraum von 1945 bis 2000 insgesamt 68 Männer und acht Frauen als verurteilte Serienmörder aus. Sie mußten sich für insgesamt 421 Morde verantworten. Außerdem standen zusätzlich 20 Männer als vermutliche Serienmörder vor Gericht«, berichtete im Juni 2002 Hans-Werner Hamacher, der ehemalige Direktor des Landeskriminalamtes in Nordrhein-Westfalen.

Doch Serienmörder sind nicht gleich Serienmörder. Sie lassen sich in fünf Hauptkategorien klassifizieren. Für ihre Opfer ist das ohne Relevanz, aber bei der Aufklärung der Verbrechen spielt es eine große Rolle, ob es sich um Sexual-, Raub-, Beziehungs-, Gesinnungs- oder Veranlagungsmörder handelt. Dieses Buch zeigt die wichtigsten Unterschiede auf. Zehn Autoren, die u. a. in ihren Berufen als Rechtsmediziner, Kriminalisten oder Rechtsanwälte professionelle Einblicke hatten, stellen in späktakulären Tatsachenberichten einige der schlimmsten deutschen Serienmörder vor.

Sexualmörder

Ihr von den improvisierten Knebeln unterdrücktes Schreien und wie sie sich in den Knebeln wanden, erregte ihn dabei ebenso wie das Gefühl, als die Klinge durch die Haut drang und das Blut zu fließen begann.

Mark Billingham, Die Tränen des Mörders

Die Sexualmörder stellen mit Abstand die größte Gruppe der Serienkiller dar. Rund 75 Prozent aller Serienmorde besitzen eine sexuelle Komponente, und es sind fast nur Männer, die diese Art von Verbrechen begehen. Statistische Untersuchungen haben ergeben, daß sich die meisten Täter in fast allen der folgenden Punkte gleichen: Sie stammen aus zerrütteten Familien, sind bei nur einem Elternteil, den Großeltern oder in Heimen aufgewachsen. Als Kinder wurden sie sexuell mißbraucht, waren Bettnässer und haben sich als Brandstifter sowie als Tierquäler hervorgetan. In ihren schulischen Leistungen blieben sie lange Zeit oder ständig hinter ihren Klassenkameraden zurück. Sie gelten als introvertiert und kommunikationsarm, aber harmlos. Ihren ersten Mord begehen sie zwischen dem 16. und 24. Lebensjahr. In vielen Fällen handelt es sich um eine Tat im Affekt nach einer Vergewaltigung. Erst danach verlagert sich der Schwerpunkt: Sie töten, weil sie dadurch zu der für sie höchsten Form der sexuellen Befriedigung gelangen. Um dieses Gefühl im Nachhinein künstlich erzeugen zu können, nehmen sie sich »Souvenirs« von ihren Opfern mit. Das sind häufig Kleidungsstücke (vor allem Unterwäsche) und Schmuck oder Uhren, aber auch abgetrennte Köperteile. Der Amerikaner Edward Theodore Gein (1906–1984) beispielsweise dekorierte seine Wohnung mit menschlichen Schädeln, fertigte sich Lampenschirme aus abgezogener Haut an und bewahrte innere Organe in Pappschachteln auf. Er lieferte die reale Vorlage für zahlreiche Bücher und Filme, wie z. B. »Psycho«, »Das Schweigen der Lämmer« und »Sieben«.

Doch Sexualmörder ist nicht gleich Sexualmörder. Zunächst unterscheiden sie sich nach den planvollen (oder organisierten) und den planlosen (oder unorganisierten) Tätern. Die planvollen bzw. organisierten Täter handeln – so wie es ihr Name schon sagt – zielgerichtet und lange Zeit vorausschauend. Sie suchen sich ihre Opfer und die Tatorte genau aus. Sie sind intelligent, verfügen meistens über eine hohe soziale Kompetenz, sind daher beruflich erfolgreich und leben in gesicherten Familienverhältnissen. Sie bringen ihre Mordwerkzeuge mit, benutzen häufig ein Fahrzeug, um zum Tatort zu gelangen und verfolgen in den Medien die polizeilichen Ermittlungsergebnisse. Sie bemühen sich, keine verwertbaren Spuren zu hinterlassen, und sie stehen selten unter dem Einfluß von Alkohol oder anderen Drogen.

Die planlosen bzw. unorganisierten Täter weisen oftmals nur ein geringes Bildungsniveau auf. Sie besitzen eine geringe Intelligenz oder sind sogar geistig minderbemittelt. Sie handeln spontan und geben sich nicht die geringste Mühe, ihre Fingerabdrücke und andere Spuren zu verwischen. Im Beruf haben sie wenig bis keinen Erfolg, und sie leben entweder allein oder bei einem nahen Verwandten. Doch weil selten ein direkter Bezug zu einem der Opfer besteht, können sie meist lange ihr Unwesen treiben, wenn es keinen Augenzeugen gibt oder ihr genetischer Code nicht erfaßt ist.

Sexualmörder töten, weil sie auf andere Weise keine Befriedigung finden können. Die häufigsten Perversionen, also Vorlieben für sexuelle Praktiken, die nicht der Fortpflanzung dienen, in diesem Zusammenhang sind:

- Anthropophagie – Verzehr von Menschenfleisch (Kannibalismus)
- Asphyiophilie – sexuelle Erregung bei der Strangulation von anderen oder sich selbst
- Exhibitionismus – Entblößen von Genitalien in der Öffentlichkeit
- Fetischismus – sexuelle Fixierung auf Gegenstände
- Frotteurismus – Reiben an fremden Körpern in der Öffentlichkeit
- Gerontophilie – alte Menschen sind die Opfer
- Hämatophilie – der Täter berauscht sich an Blut
- Kleptomanie – zwanghaftes Stehlen
- Koprophilie/Urophilie – durch Kot oder Urin ausgelöste Erregung

- Mutilation – Befriedigung durch Verstümmelungen und das Abtrennen von Gliedmaßen
- Nekrophilie – Neigung, sexuelle Handlungen an Toten vorzunehmen
- Pädophilie – erotische Zuneigung zu Kindern, Kinderpornografie
- Piquerismus – Geißelung
- Pyromanie – krankhafter Trieb zur Brandstiftung
- Sadismus – Lust an Grausamkeiten
- Sodomie – sexueller Kontakt mit lebenden oder toten Tieren
- Voyeurismus – Beobachten anderer bei sexuellen Handlungen

Die meisten Sexualmörder leiden unter Beziehungsstörungen. Sie sind nur in der Lage, sexuelle Befriedigung zu finden, wenn sie ihren perversen Neigungen nachgehen. Meistens liegen bei ihnen Kombinationen von mehreren Perversionsformen vor, in 36,4 Prozent aller bekannten Fälle dominierte der Sadismus.

Einige der perversen Sexualstörungen sind für die Betroffenen zunächst nur unangenehm, wie beispielsweise der Voyeurismus. Aber was in der Jugendzeit in Umkleidekabinen von öffentlichen Badeanstalten begann, muß nicht harmlos bleiben. Pietro Pacciani, dem Monster von Florenz, wurde vorgeworfen, zwischen 1968 und 1985 acht Liebespaare ausspioniert, einige Zeit lang beobachtet und dann mit einer kleinkalibrigen Waffe erschossen zu haben – immer den Mann zuerst, anschließend die vor Entsetzen gelähmte Frau.

Die Zahl der Menschen, die unter sexuellen Verirrungen leiden, ist größer, als man denken mag. Ein Blick in die P-18-Abteilungen der Videotheken, auf spezielle Internetseiten und in die Anzeigenteile von Boulevardzeitungen offenbart das ganze Ausmaß der Perversionen. Natürlich sind die meisten dieser Leute nur Konsumenen aus zweiter Hand, die ihre Triebe, so finster sie auch sein mögen, irgendwie steuern können. Allerdings standen auch die Sexual-Serienmörder lange Zeit kurz vor der Linie – und haben sie dann überschritten.

Im Bereich der Pädophilie (Kinderpornografie) ist bereits der Besitz von Fotos strafbar. Warum dies nicht auch für andere Perversionen gilt, läßt sich nicht erklären.

HANS PFEIFFER

Das Sandmännchen

Adolf Seefeldt (1933 – 1935)

Er besaß nicht den Hauch eines Gewissens. Er hatte keine Angst, daß ihm irgendetwas zustoßen könnte. Vielleicht war das mit eine Erklärung dafür, daß er so lange frei herumlaufen konnte.

James Patterson, Wer hat Angst vorm Schattenmann

Der Tod wandert durch die norddeutsche Landschaft, über Heidewege, durch Kiefernwälder, an schilfigen Seen vorbei.

Der Tod trägt einen schwarzen Mantel und einen breitkrempigen Hut. Ein Rucksack beugt seinen Rücken. Die Tasche in seiner Hand enthält Uhren.

Einst galt die Sanduhr als Requisit des Todes: Das Leben verrinnt wie der Sand im Stundenglas.

Aber dieser Tod hat kein Stundenglas. Seine Uhren sind Wecker, Armbanduhren, Taschenuhren. Manchen fehlen die Zeiger, manchen der Glasdeckel. Manche ticken leise, manche sind stumm.

Kein Stundenglas. Aber auch diese Uhren zeigen irgendwann irgendwem seine letzte Stunde an. Und die bestimmt der Tod im schwarzen Mantel mit dem breitkrempigen Hut.

Der Tod ist ein Uhrmacher. Er heißt Adolf Seefeldt und wandert Mitte der 30er Jahre durch Norddeutschland. Er klopft an die Türen der mecklenburgischen und brandenburgischen Häuser, in Dorf und Stadt, und bietet sich an, Uhren zu reparieren, zu kaufen und zu verkaufen. Er ist ein geschickter Uhrmacher. Sein Lohn ist bescheiden, einige Groschen oder eine warme Mahlzeit.

Seefeldt zieht durch Schwerin und Rostock, durch Wismar und Lübeck, Ludwigslust und Wittenberge, verschwindet und kehrt wieder an die gleichen Orte zurück. Er hat kein Zuhause. Selten mietet er sich ein billiges Quartier. Manchmal übernachtet er bei einem Kunden. Am liebsten schläft er in den Wäldern. In einer Kiefernschonung scharrt er sich eine Mulde aus, bettet sich zwischen Zeitungspapier, streckt sich aus und denkt, wie schön es wäre, einmal im Wald zu sterben.

Seefeldt ist freundlich und einem Schwätzchen bei seiner Arbeit nicht abgeneigt. Er erzählt wundersame Erlebnisse. Zuweilen spricht Gott zu ihm und sagt ihm, er solle alle Menschen lieben. Er rühmt sich der Kenntnis geheimnisvoller Gifte und rätselhafter Kräfte, mit denen er Mensch und Tier seinem Willen unterwerfen könne. So ist Seefeldt überall gern gesehen. Die Erwachsenen lauschen ihm neugierig, die Kinder laufen hinter ihm her, denn Onkel Ticktack schenkt ihnen Bonbons oder auch einmal eine alte Uhr.

Adolf Seefeldt ist meist sehr lustig, aber man kennt ihn auch traurig. Das Leben hat mir viel Leid zugefügt, sagt er dann, es ist wohl besser für die Menschen, sie würden schon als Kinder sterben. Dann erlitten sie nicht so viel Elend. Vor solchen trüben Gedanken erschrecken die Leute und haben Mitleid mit dem grauhaarigen alten Herrn. Und ahnen nicht, wie vielen Kindern er schon das Leid erspart hat, erwachsen zu werden.

Der Tod ist ein Uhrmacher. Er gibt toten Uhren das Leben zurück. Und gibt lebenden Menschen den Tod.

Am 16. Februar 1935, einem Sonnabend, spaziert der fünfundsechzigjährige Uhrmacher Adolf Seefeldt in Schwerin über den Jahrmarkt, der trotz Schnee und Kälte heute stattfindet. Seefeldt liebt Jahrmärkte. Jeder geht seinen eigenen Vergnügungen nach und achtet nicht auf den anderen neben sich an der Würstchenbude oder beim Losverkäufer. Niemand auch achtet auf den unscheinbaren Mann im schwarzen Mantel mit dem breitkrempigen Hut, der anscheinend ziellos zwischen Gespensterbahn, Zaubersalon und Karussells umherschlendert. Aber nicht diesen Belustigungen gilt sein Interesse. Sein Interesse richtet sich auf anderes. Der Jahrmarkt ist ein Magnet für Kinder. Deshalb liebt Seefeldt Jahrmärkte. Weil er sich auf dem Jahrmarkt Kinder kaufen kann. Und wie billig sie sich kaufen lassen: mit einigen freundlichen Worten oder einem kleinen Geschenk. Oder mit dem Versprechen auf ein Abenteuer.

An diesem Mittag allerdings findet Seefeldt das Angebot an Kindern recht kümmerlich. Jahrmärkte erwachen erst nachmittags zum Leben. Ruhelos schweifen seine Blicke umher. Mädchen lassen ihn gleichgültig. Er sucht Jungen. Am liebsten sind ihm die Zehn- und Elfjährigen.

Wie die Zecke sich vom Baum auf ihr Opfer fallen läßt, wenn ein Wärmestrom sein Nahen anzeigt, wird auch Seefeldts Gier durch einen Wärmestrom erregt: durch Jungen in Matrosenkleidung. Blaue Hose, blaue Kieler Jacke und Matrosenmütze – das ist der Reiz, der Unbegreifliches in Seefeldt auslöst.

Enttäuscht beendet Seefeldt seine Rundgänge. Vielleicht sollte ich später noch einmal wiederkommen, denkt er. Er spürt Hunger und lenkt seine Schritte zur Würstchenbude.

Und bleibt plötzlich vor der Esels-Reitbahn stehen. Hier reiten Kinder auf einem Esel, den ein Mann im Kreis herumführt. Auf dem Esel sitzt ein Junge im Sonntagsstaat: blaue Hose, blaue Bluse. Die Bänder der Matrosenmütze flattern im Wind.

Die Zecke durchfährt ein Wärmestrom. Sie läßt sich fallen …

Als der Junge die Reitbahn verläßt, tritt Seefeldt zu ihm. Ob ihm das Reiten Spaß gemacht habe, fragt er freundlich. Und ob er Tiere gern habe. Der kleine Matrose hat Tiere gern. Seefeldt will ihm ein Tier schenken. Nein, erwidert der Junge, seine Eltern erlauben ihm kein Tier. Seefeldt versteht das, Tiere machen Arbeit, Tiere kosten Geld. Aber das Tier, das er ihm geben wolle, mache keine Arbeit und koste kein Geld. Es lebe von Gras und Kartoffelschalen. Ein Kaninchen!

Der kleine Matrose wird nachdenklich. »Hast du eins im Rucksack?«

Seefeldt lacht. »Natürlich nicht. Wir fangen uns eins. Ich kenne einen Kaninchenbau im Wald. Kommst du mit?«

Er nimmt den Jungen an der Hand.

»Ich weiß nicht«, sagt der Matrose unschlüssig. Er wartet nämlich auf seinen Onkel, der ihn wieder abholen will.

»Bis der Onkel kommt, sind wir längst wieder zurück«, verspricht Seefeldt.

»Na gut, dann komme ich mit.« Vertrauensvoll läßt der Matrose seine Hand in der Hand seines Begleiters.

»Wie heißt du denn?« fragt Seefeldt.

»Hans-Joachim.«

»Ein schöner Name. Und wie alt bist du, Hans-Joachim? Elf Jahre?«

»Ja, ich werde bald elf.«

Seefeldt nickt. Hat er also richtig geschätzt. Elf Jahre. Welch wunderbares Alter. So gut ging es mir nicht, als ich elf war.

Der Vater versoffen. Und die Mutter mit anderen Männern davongelaufen. Eine blöde Stiefmutter. Acht Geschwister. Da war es verdammt eng. Da gab es keinen Jahrmarkt und keinen Matrosenanzug. Sonntags wie wochentags dieselben Klamotten.

Als Jüngster die abgetragenen der älteren Geschwister. Scheißkindheit. Nein, etwas Leuchtendes war schon in der Finsternis.

Allein die Erinnerung durchzuckt ihn heiß. Das große Erlebnis, da war er gerade elf, wie der kleine Matrose neben ihm. Die beiden Männer, die es ihm beigebracht hatten, wie man sich gegenseitig die tollste Lust verschaffen kann. Und wie sie miteinander gespielt hatten! Mit den Händen, mit dem Mund, und jedesmal der ganze Körper zu explodieren schien. Mutuelle Onanie, Päderastie, oh er kennt die gelehrten Ausdrücke für die schönste Sache der Welt, er ist ja belesen in diesen Dingen. Was er mit elf gelernt hat, das hat er nie mehr verlernt. Das hat er beibehalten in seiner kurzen Ehe, im Knast, selbst im Alter jetzt als freier Mann.

Der kleine Matrose. In ihm erblickt Seefeldt sich selber wieder, seine Kindheit. Das Leben hat mir nichts Schönes gebracht, keinen ordentlichen Beruf, Zuchthaus jahrzehntelang, Irrenhaus, Obdachlosigkeit. Dieses Leben. Er haßt es, er haßt sich selber. Warum bin ich nicht als Kind gestorben. Da wäre mir viel erspart geblieben, Angst, Einsamkeit, Nacht. Nur ein Licht leuchtet: die Lust, mit einem Kind wieder Kind zu sein.

Er blickt auf das Kind hinab, ahnt kommende Lust. Wenn wir nur bald im Buchholz wären.

Hans-Joachim beginnt zu nörgeln. Sie laufen schon eine halbe Stunde. Der Junge ist müde. »Ich will kein Kaninchen mehr! Die Eltern nehmen es mir sowieso weg.« Er beginnt zu weinen und ruft nach seinem Onkel. Seefeldt gerät in leichte Panik. Nur kein Aufsehen jetzt! Das fehlte noch, daß Leute stehenbleiben und sich an einen Mann mit einem weinenden Kind erinnern! Beruhigend sagt er: »Wir sind gleich da. Siehst du, der Wald dort hinten!«

Der Junge nickt unter Tränen. Seefeldt beschleunigt seinen Schritt. In zwei Stunden wird es dunkel. Da muß alles vorbei sein.

Noch eine qualvolle halbe Stunde bis ins Holz. Er sucht das Kind mit lustigen Geschichten zu unterhalten. Verspricht ihm auch noch ein Taschenmesser als Geschenk, das der Junge schon mal betrachten darf.

Schließlich erreichen sie den Wald. Kahle Buchen, Birken. In den Bäumen schwirren Tannenmeisen. Trostlose Einsamkeit. Und überall noch Schnee. Hans-Joachim friert. Seefeldt spürt die Kälte nicht. Er ist in einem Zustand, wo ihn Schnee und Kälte nicht mehr berühren.

Der Junge beginnt wieder zu weinen. »Wo ist denn der Kaninchenbau?«

»Da«, sagt Seefeldt. Er zieht das Kind in eine Kiefernschonung hinein. »Du mußt jetzt ganz still sein.«

Er legt den Rucksack ab und entnimmt ihm eine Decke. Die breitet er auf dem schneebedeckten Boden aus. Er setzt sich darauf und bedeutet dem Kind, neben ihm Platz zu nehmen.

»Ich bin so müde«, jammert Hans-Joachim.

»Das verstehe ich. Es war ein so weiter Weg.« Er zieht das Kind auf seine Beine. »Wenn du müde bist, schläfst du erst ein wenig. Und wenn du aufwachst, fangen wir das Kaninchen.«

Er lehnt den Hinterkopf des Kindes an seine Brust und spricht beruhigend auf den kleinen Matrosen ein ...

Eine halbe Stunde später erhebt sich Seefeldt. Er bringt seine Kleidung in Ordnung. Er faltet die Hände des schlafenden Kindes über der Brust zusammen, zieht die Decke unter ihm weg, steckt sie in den Rucksack, wirft sich den Rucksack über und verläßt die Schonung.

Es dämmert schon.

Der Tod, ein Uhrmacher, taucht in der Dämmerung unter.

Und wiederum ist Sonnabend, eine Woche später, am 23. Februar 1935. Da taucht der Tod wieder auf, wie aus dem Nichts.

An diesem Vormittag verläßt der zehnjährige Heinz Zimmermann die elterliche Wohnung und macht sich auf den Weg zur Schule. Hier trifft sich die Klasse zum Wandertag. Ein Wandertag ist etwas

Besonderes, da kleidet man sich sonntäglich an. Heinz trägt stolz seinen neuen Matrosenanzug. Das Täschchen mit der Schnittenbüchse in der Hand, schlendert der Junge gemächlich durch die Straßen. Am Schaufenster eines Spielzeugladens bleibt er stehen und betrachtet die Soldaten und Kanonen, die sich dort eine Schlacht liefern.

Da tritt ein alter Mann neben ihn. Gleichgültig blickt Heinz auf. Der Mann hat einen schwarzen Mantel an und einen breitkrempigen Hut auf dem Kopf. Heinz wendet sich wieder dem Schlachtfeld zu. Plötzlich vernimmt er am rechten Ohr ein leises Ticken. Er schaut auf. Vor seinem Gesicht pendelt an einem Kettchen eine Taschenuhr.

Heinz betrachtet den Mann genauer. »Onkel Ticktack!«

Onkel Ticktack lächelt. »Ja, da bin ich mal wieder. Und treffe ausgerechnet dich.«

»Kennst du mich denn?«

»Natürlich. Einen so hübschen kleinen Matrosen vergesse ich doch nicht. Du bist doch der –« Angestrengt legt sich Seefeldts Stirn in Falten. »Du bist –«.

»Der Heinz! Der Heinz Zimmermann!«

»Richtig. Der Heinz Zimmermann. Und weil du mein Freund bist, Heinz, denke ich, wirst du mir auch einen kleinen Gefallen tun.«

»Einen Gefallen?« fragt Heinz verständnislos.

»Du sollst es auch nicht umsonst tun. Als Belohnung schenke ich dir diese Uhr. Sieh sie dir ruhig an. Sie ist völlig in Ordnung. Sogar der Sekundenzeiger bewegt sich.«

Heinz betrachtet die Uhr. Sie ist in Ordnung. Zögernd gibt er sie zurück. »Wie soll ich dir einen Gefallen tun, Onkel Ticktack? Ich muß zum Wandertag.«

»Die andern wandern auch ohne dich, Heinz. Dafür machen wir beide eine schöne Wanderung ins Buchholz. Dort im Wald habe ich nämlich meine Brieftasche verloren, und du sollst mir beim Suchen helfen.«

Heinz denkt nach. Er wird seinen Wandertag haben, mit Onkel Ticktack. Und eine Uhr dazu. »Ich komme mit, Onkel Ticktack!«

Wieder der gleiche Weg wie vor einer Woche mit dem anderen kleinen Matrosen. In den letzten Tagen ist das Wetter umgeschlagen, es taut.

Das Kind an der Hand, durchzieht Seefeldt ein wohliger Wärmestrom. Immer seltener, denkt er, werden die kleinen Matrosen. Immer mehr Jungen laufen in dieser schrecklichen Hitlerjugenduniform herum, richtig abstoßend. Bald werde ich nirgends mehr einen Matrosen finden, und dabei sind sie die Krönung meines Vergnügens. Zärtlich betrachtet er das Kind. Er ist stolz, daß er seinen Genuß in den letzten Jahren so verfeinert hat. Wie ein Feinschmecker, der seine Speise immer köstlicher zu würzen versteht. Wie roh waren meine Bedürfnisse früher gewesen! Die Onanie in der Zuchthauszelle, die plumpe Befriedigung mit Schwulen in irgendeinem Männerlogis, in dunklen Winkeln die Lutscherei mit Strichern. Aber nun der vollkommene lange Genuß: Die Ausschau nach einem geeigneten Opfer. Anpirschen, anmachen. Überreden, entführen. Die Vorfreude, die sich stauende Erregung auf dem Weg in den Wald. Und der Wald selbst, seine stille verschwiegene Einsamkeit. Ich allein mit dem Jungen. Meine unwiderstehliche Macht. Und schließlich die Kunst, diese langsam erlernte Kunst höchster Befriedigung! Ja, er ist stolz auf sich. Und stolz auf seine Überlegenheit. Niemals hat man ihn mit dem Verschwinden der Kinder in Beziehung gebracht, nie. Er ist der Größte. Das ist auch ein Stück seiner Rache an den Polizisten und Richtern, die ihn hinter Gitter gebracht hatten. Ich bin der Größte.

Sie betreten den Wald. Die Wege sind matschig. Seefeldt stört das nicht. Er wird sein Vergnügen haben, und wenn er bis zu den Knien im Schlamm waten müßte. Das Kind an der Hand, nähert er sich derselben Kiefernschonung, die er vor einer Woche mit Hans-Joachim aufgesucht hatte. Ein heimatliches Gefühl erfüllt ihn, als er mit Heinz in die Schonung eindringt.

An einer halbwegs trockenen Stelle breitet er die Decke aus, läßt sich darauf nieder, zieht den Jungen an sich heran, fordert ihn auf, ein wenig zu schlafen, spricht vom Sandmännchen, das ihm gleich den Schlaf bringen wird, redet, redet, redet, bis dem Kind die Augen zufallen ...

Zwei Kinder innerhalb einer Woche spurlos verschwunden – die beiden Vermißtenmeldungen alarmieren die Staatsanwaltschaft in Schwerin. Die durch das Tauwetter erschwerte Suche nach den Vermißten bleibt ergebnislos. Mord ist nicht mehr auszuschließen.

Wird man die beiden Kinder eines Tages ebenso finden wie mehrere andere in den letzten zwei Jahren? Als Leichen im Wald?

Die Staatsanwaltschaft hat eine Liste unaufgeklärter Todesfälle seit Ende 1933 zusammengestellt. Seitdem wurden tot aufgefunden: am 18. November 1933 der zehnjährige Ernst Tesdorf bei Ludwigslust, am 4. Januar 1934 der zehnjährige Alfred Praetorius bei Rostock, am 15. Februar 1934 der neunjährige Hans Korn bei Lübeck, am 16. Oktober 1934 der fünfjährige Arthur Dill und der sechsjährige Edgar Dittrich bei Neuruppin, am 29. Oktober 1934 der siebenjährige Günther Tieke bei Oranienburg.

Die Staatsanwaltschaft vergleicht die Ermittlungsergebnisse bei diesen sechs Todesfällen und entdeckt dabei überraschende Gemeinsamkeiten.

Mit einer Ausnahme sind alle Toten inmitten von Kiefernschonungen, gut getarnt gegen alle Sicht von außen, aufgefunden worden.

In allen Polizeiberichten über die Auffindung der Leichen hieß es:

Die Toten machten den Eindruck, als ob sie schliefen und im Schlaf gestorben wären.

Anzeichen für einen gewaltsamen Tod gab es nicht, ebensowenig für ein Sexualverbrechen.

Alle Opfer trugen Matrosenanzüge.

Alle Kinder entstammten ordentlichen Familien und waren niemals von zu Hause weggelaufen.

Diese gemeinsamen Merkmale der sechs Todesfälle veranlaßt die Schweriner Staatsanwaltschaft, der Mordinspektion der Berliner Kriminalpolizei ihren Verdacht mitzuteilen, alle sechs Toten (und möglicherweise auch die beiden noch Vermißten) könnten Opfer ein und desselben Täters sein. Bei einer gemeinsamen Arbeitsberatung gelangt auch die Berliner Mordinspektion zur gleichen Ansicht wie die Schweriner Staatsanwaltschaft. Der Berliner Kriminalrat Hans Lobbes wird beauftragt, zusammen mit den Schweriner Kriminalisten die vermutliche Mordserie aufzuklären.

Gleichlaufend mit ersten Ermittlungen beschafft sich Lobbes Akten über weitere ungeklärte Todesfälle von Kindern im norddeutschen Raum. Er stößt auf drei weitere Fälle, die den sechs bisher bekannten Fällen ähneln. Bei Wittenberge sind der zwölfjährige Kurt Gnirks, bei Potsdam der achtjährige Wolfgang Metzdorf und bei Brandenburg der elfjährige Erwin Wischnewski unter gleichen Umständen tot aufgefunden worden.

Bei allen nun bekannten neun gleichartigen Todesfällen waren die polizeilichen Ermittlungen sehr bald eingestellt worden, weil – ausgenommen ein Fall mit Verdacht auf Pilzvergiftung – ein natürlicher Tod vorzuliegen schien. Keine Verletzungen an den Toten, kein Anzeichen von Gewalt. Die Polizei hatte deshalb in einigen Fällen auf eine gerichtsmedizinische Klärung verzichtet, in einigen anderen Fällen hatte die gerichtsmedizinische Obduktion kein Anzeichen für einen unnatürlichen Tod ergeben.

So bleibt für Kriminalrat Lobbes sowohl das Motiv als auch die Ausführung der vermutlichen Mordtaten ein Rätsel. Die bisherigen Ermittlungen lassen nur eine einzige Schlußfolgerung zu: Wenn es einen Mörder gibt, muß er – möglicherweise aus beruflichen Gründen – sehr viel unterwegs sein. Das Gebiet, in dem die Toten gefunden wurden, ist großräumig und liegt zwischen Lübeck, Wismar und Rostock im Norden sowie Brandenburg und Potsdam im Süden und wird westlich von einer Linie zwischen Wittenberge, Ludwigslust und Schwerin begrenzt.

Ein Täter, der viel unterwegs ist – dieses einzige Merkmal ist viel zu vage, um auf einen raschen Erfolg der Fahndung hoffen zu können. Da stößt die Polizei auf einen vierzigjährigen Geschäftsreisenden, dem nachgewiesen werden kann, daß er in der Nähe mehrerer Leichenfundorte gewesen ist. Er wird verhaftet. Die Polizei triumphiert zu früh. Der Mann erhängt sich in der Zelle. Und das Morden geht weiter.

Wenige Tage später nämlich, am 23. März 1935, wird der elfjährige Gustav Thomas in einer Kiefernschonung bei Wittenberge tot aufgefunden. Er liegt da, als sei er friedlich eingeschlafen. Jetzt weiß Lobbes: Der Täter ist noch immer am Werk, und es ist derselbe wie in den anderen neun Fällen. Aber im Unterschied zu jenen neun Fällen gibt es diesmal einen konkreten Hinweis auf den Täter. Am Tag seines Verschwindens war Gustav Thomas zusammen mit einem älteren Mann gesehen worden, einem Mann in dunklem Mantel mit einem merkwürdig emporgebogenen breitkrempigen Hut.

Diese immer noch recht vage Personenbeschreibung wird zur Fahndung ausgeschrieben.

Inzwischen sammelt Lobbes auch Berichte über Sittlichkeitsdelikte, die in den letzten Jahren aus dem betreffenden Gebiet gemeldet worden sind. Er arbeitet Dutzende von Fällen durch. Mehrmals trifft er auf Aussagen mißbrauchter Kinder, die auf immer den gleichen Täter hinweisen: den Mann im schwarzen Mantel mit dem breitkrempigen Hut.

Eines Tages erhält Lobbes eine Meldung der Gendarmeriestation in Bad Doberan. Hier habe kürzlich ein Mann einem achtjährigen Jungen ein Geschenk versprochen und ihn in den Wald gelockt. Der Mann sei als durchreisender Uhrmacher Adolf Seefeldt bekannt. Die Täterbeschreibung: schwarzer Mantel und breitkrempiger Hut.

Nun kann Lobbes endlich die Fahndung nach einem konkreten Verdächtigen, dem Uhrmacher Adolf Seefeldt, auslösen. Sie wird im Deutschen Kriminal-Polizeiblatt Nr. 212 am 3. April 1935 veröffentlicht. Lobbes hat sich Akten über Seefeldt beschafft, die auch Fotos des Sexualstraftäters enthalten. So kann der Fahndung nach Seefeldt auch ein Foto beigegeben werden.

Seefeldt sind die öffentlichen Aufrufe der Fahndungsbehörde nicht entgangen. Er weiß, die Treibjagd auf ihn hat begonnen. Und daß sein jahrelanges Wandern von Ort zu Ort, sein Gang von Tür zu Tür, seine zahllosen Sexualdelikte und auch die mißglückten Kontaktversuche zu Kindern ihn zu einem bekannten Mann gemacht haben. Früher oder später wird sich der Ring der Verfolger um ihn schließen. Mehrmals sieht er Flugzeuge über Wäldern kreisen. Aus Zeitungen erfährt er von Suchtrupps, die unterwegs sind. Er will Zeit gewinnen und wandert südostwärts, meist auf abgelegenen Landstraßen, in die Wald- und Sumpfgebiete der Unteren Havel. Hier hofft er, untertauchen zu können. In den kleinen Dörfern hat vielleicht niemand etwas von der Jagd auf Adolf Seefeldt gehört.

An einem Apriltag befindet sich Seefeldt in Wutzetz, einem kleinen Ort nahe dem Rhinkanal. Er hat einem Bauern Uhren repariert und erhält Bratkartoffeln und Wurst als Lohn. Er sitzt gerade am Küchentisch beim Essen, als der für den Ort zuständige Gendarm seine Runde macht und die Küche betritt. Der Gendarm erkennt ihn sofort als den gesuchten Adolf Seefeldt und nimmt ihn fest.

Seefeldt wird nach Berlin überstellt. Die wesentlichen Verhöre führt Lobbes selbst.

Seefeldts Lebensgeschichte ist ein Trauerspiel, durchsetzt mit einigen groteskkomischen Szenen. Er ist das jüngste von neun Geschwistern. Fürsorge und Zuwendung der Eltern erhielt er kaum. Der Vater, ein Maschinenmeister, neigte dem Alkohol zu, die Mutter trieb es mit anderen Männern. Scheidung der Eltern, Adolf blieb beim Vater, der wieder heiratete. Die Stiefmutter war mit den vielen Kindern überfordert, Adolf verachtete die Stiefmutter, er wuchs wild und ohne Wertmaßstäbe auf. Er war etwa zwölf, als ihn zwei Männer zu homosexuellen Handlungen verführten. Nach der Schulentlassung nahm er eine Schlosserlehre auf und brach sie ab, verdiente sich als Hilfsarbeiter seinen Lebensunterhalt. Mit zwanzig Jahren heiratete er eine sechs Jahre ältere Frau; die Ehe hielt nur ein reichliches Jahr. Seefeldt kleidete sich damals gern mit Gehrock, weißer Weste und Zylinder. Er war fünfundzwanzig, als er zum ersten Mal wegen einer Sexualstraftat an einem Achtjährigen ins Zuchthaus kam. Wieder entlassen, folgten weitere Sexualdelikte mit Kindern, die ihm erneut Zuchthausstrafen einbrachten.

Im Zuchthaus las er sehr viel, benahm sich aber auch auffällig. Wochenlang weigerte er sich zu sprechen und verkehrte nur schriftlich mit dem Aufsichtspersonal. Er litt an Lähmungen der Beine und Gliederzucken. Er formte aus Brot und Kot Figuren und spielte damit. Er wurde psychiatrisch untersucht, aber die Gutachter kamen zu unterschiedlichen Urteilen. Die einen hielten ihn für schwachsinnig, andere für einen Simulanten. Ein Gutachter erklärte, er sei strafvollzugsunfähig. Seefeldt wurde in eine Irrenanstalt überwiesen. Ein Psychiater schlug vor, Seefeldt »lebenslänglich unschädlich zu machen, denn jede Aussicht auf Heilung oder Besserung ist natürlich ausgeschlossen«.

Zwischen 1909 und 1926 wurden Zuchthaus und Irrenhäuser Seefeldts eigentliche Heimat. Kurzzeitig dazwischen in Freiheit, beging er neue Sexualdelikte. Schon 1927 mußte er wieder eine Zuchthausstrafe antreten. Niemand ahnte, daß er bereits einen Mord an einem zehnjährigen Jungen begangen hatte. Es folgten weitere Sittlichkeitsverbrechen und Zuchthausaufenthalte.

Kriminalrat Lobbes hat es schwer, Seefeldts Lebensgeschichte zu rekonstruieren. Seefeldt wehrt sich, allzuviele Einzelheiten preiszugeben. »Für mich«, erklärt er immer wieder, »ist die Vergangenheit tot. Ich will nicht darüber sprechen.« Mit seinen früheren Straftaten konfrontiert, gibt er nur das zu, was aktenkundig und nicht mehr abzuleugnen ist. Lobbes geht sehr behutsam vor. Anfangs vernimmt er Seefeldt nur zu Sexualdelikten, von den Todesfällen ist vorerst nicht die Rede.

Als er sich dann schließlich doch an die mutmaßlichen Mordtaten herantastet, ändert Seefeldt seine Taktik. Nun zeigt er sich bereit, auch bisher geleugnete Sittlichkeitsverbrechen zu gestehen. Aber Kinder getötet zu haben, lehnt er entschieden ab: »Bester Herr, die Kinder, die mit mir zusammen waren, leben alle noch! Ein gutes Gewissen ist ein sanftes Ruhekissen!«

Doch Seefeldt hilft sein Leugnen nicht. Lobbes besitzt einen unwiderlegbaren Beweis für Seefeldts Täterschaft. Im Rucksack des Uhrmachers war ein Notizbuch gefunden worden, in dem er Orte und Daten seiner Wanderschaft aufgezeichnet hatte. Diese Angaben wurden mit Tatort und Tatzeit bei den einzelnen Opfern verglichen, und dabei wurde völlige Übereinstimmung festgestellt.

So gelangte Lobbes zu folgenden Indizien:

Seefeldt hat sich immer zeitlich an einem Ort bzw. in dessen Umgebung aufgehalten, wenn dort ein Junge, der später als Leiche aufgefunden wurde, verschwand. Seefeldt hat niemals geleugnet, daß seine Aufzeichnungen den Tatsachen entsprechen.

Wenn nur in einem einzigen Fall bewiesen worden wäre, daß Seefeldt vom Tatort so weit entfernt gewesen war, daß eine Täterschaft auszuschließen war, hätte das die Beweiskraft des Indizes wesentlich abgeschwächt. Das war jedoch nicht der Fall.

Der jeweilige Tatort (Kiefernschonung) wurde nicht nur zur Tötung, sondern oft auch bei anderen Sexualstraftaten benutzt.

Sämtliche Leichen wurden in der charakteristischen Schlafstellung gefunden.

Alle Opfer trugen Matrosenanzüge.

Auch gegenüber diesen Indizien leugnet Seefeldt hartnäckig, die Kinder getötet zu haben. Immer mehr in die Enge getrieben, bequemt er sich schließlich zu einem halbherzigen Geständnis: »Mir steht die Sache bis an den Hals. Mir ist alles egal. Ich kann doch nur die

Wahrheit sagen, und die glaubt man mir nicht. Wenn das alles so ist, wie Sie sagen, muß ich das Schicksal, das Gott mir auferlegt hat, auf mich nehmen. Und ich werde es mit Gottes Hilfe auch tragen und sagen, ich bin es gewesen, damit Sie und ich Frieden haben. Ich nehme es mit ins Grab.«

So überzeugt Lobbes von Seefeldts Täterschaft auch ist – zwei Rätsel kann auch er nicht lösen: warum und wie Seefeldt getötet hat.

Auch der Mordprozeß gegen Seefeldt bringt keine einleuchtende Antwort auf diese Fragen. Die Hauptverhandlung vor dem Schweriner Schwurgericht beginnt am 21. Januar 1936 und dauert zweiunddreißig Tage. Neben vier schweren Sittlichkeitsdelikten und vierzig Verführungsfällen wird Seefeldt des zwölffachen Mordes angeklagt. Seefeldt legt auch jetzt kein direktes Geständnis ab und wiederholt, die Kinder, die er in den Wald mitgenommen habe, lebten alle noch.

Der Prozeß schleppt sich dahin. Bei den einzelnen Lokalterminen zeigt Seefeldt ein erstaunliches Gedächtnis. Er findet alle Tatorte wieder, beteuert aber jedesmal, er habe die Kinder nicht getötet. »Mir wollt ihr alles in die Schuhe schieben!« ruft er einmal empört. »Ich war immer gut und freundlich zu den Jungen. Die sind um mich gesprungen wie ein Reh! Gibt es einen einzigen Zeugen, der gesehen hat, daß ich einen Jungen umgebracht habe? Und wie ich das getan haben soll?«

Es gibt keine Zeugen. Und die Zuschauer fragen sich verwirrt: Ist die Anklage ein schrecklicher Irrtum? Hat dieser Mann vielleicht gar nicht getötet? Und warum sollte er getötet haben? Um ein Sexualverbrechen zu verschleiern? Aber es gibt ja auch keinen Beweis, daß er die Kinder sexuell mißbraucht hat! Die Toten lagen wie schlafend im Wald, keine Wunden, keine Würgemale, die Kleidung völlig geordnet. Sie lagen da, als träumten sie einen schönen Traum. So sollen die Opfer eines Gewaltverbrechers aussehen?

Auch die zwölf Gutachter wissen keine Antwort. Sie ergehen sich in Mutmaßungen, wie Seefeldt seine Opfer getötet haben könnte. Ihre Hypothesen wiedersprechen sich, eine stellt die andere in Frage. Einige Gutachter suchen nach einer naturwissenschaftlich begründeten, einige nach einer psychologisch gesicherten Erklärung.

Obermedizinalrat Dr. Fischer hat nach langwierigen Gesprächen mit Seefeldt sein Gutachten verfaßt. Er bezeichnet Seefeldt als »moralisch minderwertigen, gefühlskalten asozialen Psychopathen. Er verbarg seine wahren Gedanken und Wünsche unter der Maske eines gutmütigen Biedermannes, der gern den Namen Gottes im Munde führte. Unter dieser Maske der Heuchelei und Berechnung fand er leichter Vertrauen bei den Jungen. Schwachsinn liegt bei ihm nicht vor. Er ist zwar nicht besonders intelligent, aber er ist ein schlauer und sehr gerissener Mensch.«

Dr. Fischer betont, Seefeldt sei kein Sklave seines Sexualtriebs gewesen. Er habe bei Gefahr jederzeit von seinem Vorhaben ablassen können.

Mehrere Gutachter äußern ihre Vermutung, auf welche Weise Seefeldt seine Opfer getötet haben könnte.

Medizinalrat Dr. Pfrembter bemängelt, daß in den meisten Fällen die Ermittlung zu früh eingestellt worden sei, weil ein Tod aus natürlicher Ursache angenommen worden war. Nach Aussage von Zeugen habe sich Seefeldt gerühmt, Kenntnisse über Gifte zu besitzen. Für einen Uhrmacher sei es nicht schwierig, sich Zyankali zu beschaffen. Es sei durchaus möglich, daß Seefeldt seine Opfer mit »gasförmiger Blausäure« vergiftet und an den Toten Oralsex vorgenommen habe. Am letzten Opfer seien ja auch Schürfspuren in der Halsgegend und geringfügige Verletzungen im Mund gefunden worden. Dr. Pfrembter hält es auch für denkbar, daß Seefeldt »ein Gemisch chlorierter Kohlenwasserstoffe« selbst hergestellt und damit die Kinder getötet habe. Beide Gifte ließen sich schwer oder gar nicht nachweisen und seien daher ein ideales Mordgift für Seefeldt gewesen.

Der Berliner Gerichtschemiker Prof. Brüning hält nichts von Dr. Pfrembters Gifthypothese. Als erfahrener Toxikologe müsse er eine Vergiftung ausschließen. Die Vernehmung Seefeldts hätte ihm klargemacht, daß dieser Mann unfähig sei, Gifte herzustellen. Seefeldts Behauptung, er kenne sich mit Giften aus, sei nur eine Prahlerei vor seinen Kunden gewesen. »Gasförmige Blausäure an ein Opfer heranzubringen, ist für den Mörder ein recht gefährliches Unternehmen.« Auch die Vermutung, Seefeldt habe seine Opfer durch Chloroform betäubt, gehöre ebenso ins Reich der Fabel wie die Behauptung, der Angeklagte habe die Kinder mit Fliegenpilzgift ermordet.

Prof. Müller-Hess weist darauf hin, es gebe keine naturwissenschaftlich begründeten Beweise, wie Seefeldt seine Opfer getötet habe. Deshalb helfe hier nur eine psychologische, eine sexualpathologische Deutung weiter. Wie ein Sexualmörder beim Töten vorgehe, hänge von seiner Persönlichkeitsstruktur ab. Sexualtäter töten, um dadurch ihre sexuelle Spannung abzubauen, weil sie das auf normale Weise nicht tun können. Ihren Opfern Gewalt anzutun, ihnen Qual und Schmerzen zuzufügen, bereite ihnen höchste sexuelle Lust. Kein Lustmörder töte mit Gift, denn er will schnell und brutal zum Ziel kommen. Er schlage mit dem Hammer zu, ersteche oder erwürge seine Opfer. Erst Gift herzustellen und es dann auf oft auch noch komplizierte Weise dem Opfer beizubringen, sei völlig untypisch für einen Lustmörder. Für Prof. Müller-Hess gibt es keinen Zweifel: Seefeldt habe alle zwölf Jungen erwürgt, die Kratzer am Hals des Opfers Gustav Thomas wiesen darauf hin. Hier sei ein infantiler Lustmörder am Werk gewesen.

Allein diese drei Gutachten zeigen die Hilflosigkeit ihrer Verfasser. Sie widersprechen einander nicht nur, auch aus den Widersprüchen läßt sich keine einleuchtende Synthese gewinnen. Da Beweise fehlen, greifen die Gutachter zu Hypothesen, die aber bereits in sich selbst unlogisch sind. Wenn Dr. Pfrembter an eine Vergiftung glaubt, weil die Kinder wie friedlich schlafend dagelegen hätten, übersieht er, daß eine Blausäurevergiftung von kurzen heftigen Krämpfen begleitet wird, die eine entspannt friedliche Lage des Opfers ausschließen. Dasselbe gilt für die vermuteten Fliegenpilzvergiftungen. Diese gehen mit heftigen unkontrollierten Zuckungen und wilder Erregung einher. Eine friedliche Schlafstellung ist damit unvereinbar. Widerlegt wird Pfrembter außerdem auch durch die von Müller-Hess erwähnte Tatsache, daß Lustmörder nicht mit Gift töten.

Daß Prof. Müller-Hess jedoch überzeugt ist, die Kinder seien erwürgt worden, scheint ebenso unvorstellbar. Zwar können Würgemale unterschiedlich stark ausgeprägt sein. Aber nur bei einem einzigen der zwölf Toten, dem letzten, sind einige Kratzspuren am Hals gefunden worden, bei allen anderen fehlten Verletzungen am Hals. Dagegen ließe sich wiederum Dr. Pfrembters Vermutung zustimmen, die Kratzer am Hals seien entstanden, als Seefeldt Kopf und Hals des Jungen an sich zog, um Mundverkehr auszuüben.

Mehrdeutig sind auch die Hypothesen der Gutachter über Schlaf und Tod der Opfer. Die einen gehen davon aus, die Opfer seien erst betäubt, dann sexuell mißbraucht und schließlich getötet, die anderen, sie seien sofort vergiftet und dann als Leichen mißbraucht worden. Zusätzlich zu den Argumenten von Müller-Hess und Brüning, die eine Vergiftung ausschließen, wäre auch zu bedenken, daß der obdachlose und unstet wandernde Seefeldt kaum eine Möglichkeit gehabt hätte, ohne jegliche technischen Hilfsmittel Gifte herzustellen. Außerdem sind bei Seefeldts Festnahme keinerlei Gifte bei ihm gefunden worden.

Was also bleibt von diesen drei Hauptgutachten?

Außer einigen Details bleibt nichts.

Was ist nun wirklich geschehen? Bleibt das Rätsel um die Seefeldt-Morde für immer ungelöst?

Merkwürdigerweise ist kein Gutachter, kein Kriminalist, kein Richter, keiner der späteren Berichterstatter auf den wahrscheinlichen Tathergang gestoßen – obwohl ihn Seefeldt selbst, wenn auch leicht verschlüsselt, offenbart hat.

In einem Gespräch mit Obermedizinalrat Dr. Fischer verteidigte Seefeldt seine sexuellen Straftaten. Laut Protokoll sagte er: »Es liegt nicht am Geschlechtsteil, es liegt am Gehirn, das das Seelenleben bestimmt. Durch die Gedanken des Gehirns kommt erst die Wallung in das Geschlechtsteil, dann kann man schließlich nicht mehr dagegen an. Im Gehirn liegt der Fehler. Manche wissen nicht, wie sie dazu kommen, weil der Geist nicht in Ordnung ist. Wenn es dann über ihn kommt, kann er nicht zurück. Er würde durchs Feuer gehen. Dann ist man vollständig befangen. Das ist nicht mehr der Geschlechtstrieb, das kommt vom Gehirn aus. Was nun meine Person betrifft, so kommt es urplötzlich wie ein Funke ins Gehirn, der einen Gedanken bildet, und dieser zieht den Menschen wie ein Magnet mit so furchtbarer Kraft an sich, daß man alle Willenskraft verliert. Diese Kraft wirkt sich ins Riesige aus und macht den betreffenden Menschen mehr oder weniger willen- und kraftlos. Diese Macht überträgt sich auch auf den beteiligten Partner. Das ist so gewiß wie das Amen in der Kirche.«

Später ging er noch näher auf diese »Übertragung« ein: »Der Funke wird immer stärker, die Anziehungskraft zu dem anderen betreffenden Menschen ein unüberwindlicher Zwang. Meine Gedankenübertragung ist in diesem Augenblick so stark, daß der andere Beteiligte, wenigstens in den meisten Fällen, völlig in seinen Gedanken gefesselt und an mich gebunden ist. Schließlich kann der andere auch nicht mehr zurück. Der ist dann völlig in meine Person versunken.«

Manche Menschen, so erklärte Seefeldt, habe er durch seine Gedankenübertragung so gefesselt, daß sie immer wieder zu ihm zurückgekehrt seien.

Während des Prozesses rief Seefeldt den Journalisten zu: »Ich habe eine seltsame Kraft in mir, meine Herren. Woher ich die Kraft habe, weiß ich nicht. Ich kann Menschen an einen Ort fesseln, nur durch Blicke.« Als der Oberstaatsanwalt Seefeldt fragte, ob er hypnotisieren könne, antwortete er: »Ich kann durch Gedanken andere beeinflussen, sie zentrieren. Das ist eine geheime unsichtbare Kraft.«

Die friedliche Schlafstellung der Toten spricht gegen eine von krampfhaften Zuckungen begleitete Blausäure- oder Fliegenpilzvergiftung. Die fehlenden Würgemale am Hals von elf Opfern schließen ein Erwürgen aus.

Aber alles spricht dafür, daß Seefeldt seine Opfer in hypnotischen Schlaf versetzt und sie in diesem Zustand sexuell mißbraucht hat, wahrscheinlich durch den von ihm so häufig ausgeübten Oralsex. Alles spricht für Hypnose: »Der Gedanke, der Menschen anzieht wie ein Magnet ... Die unbeschreibliche Kraft, die sich auf den beteiligten Partner überträgt und ihn an einen Ort fesselt ... der andere kann nicht mehr zurück.«

Aber Hypnose tötet doch nicht!

Sie endet nicht tödlich, wenn der Hypnotiseur den Hypnotisierten wieder in den Wachzustand zurückholt. »Die Beendigung der Hypnose«, so schreibt Prof. Dr. G. Klumbies, »beginnt mit der Desuggestion. Man nimmt alle noch bestehenden Suggestionen zurück, bis man zuletzt auch wieder die Augen öffnen läßt. Bei mangelhafter Desuggestion können störende Nachwirkungen für viele Stunden bestehen bleiben.«

Störungen – aber auch die wären nicht tödlich. Tödlich würden sie erst unter ganz bestimmten Umständen.

Niemandem ist damals aufgefallen, daß die Kinder (mit einer Ausnahme) in kühlen und kalten Monaten zu Tode gekommen sind. Ein Kind im Januar, zwei im Februar, je eins im März und April, vier im Oktober, zwei im November.

Über Erfrierungen schreibt der prominente Gerichtsmediziner Prof. Dr. Prokop: »Die weniger kalten Monate ... stehen hinsichtlich der Kältetodopfer gleichwertig neben den kalten Monaten.« Kinder seien besonders unterkühlungsgefährdet. Bereits der Abfall der Körpertemperatur auf 29 Grad könne tödlich sein. Tod durch Unterkühlung sei »als eine Art innerer Erstickung mit Aufhören der Gewebsatmung und Erliegen des Atemzentrums aufzufassen«.

Im Seefeldt-Prozeß hatte Prof. Müller-Hess darauf hingewiesen, daß einige Leichen Erstickungsanzeichen aufgewiesen hätten. Darauf hatte er ja dann seine Hypothese gegründet, die Kinder wären erwürgt worden – obwohl es keine Würgemale gab. Nun, bei Kenntnis der Vorgänge des Erfrierungstodes, lassen sich jene Erstikkungsanzeichen durchaus mit Erfrierungstod erklären.

Selbst daß eines der Opfer im Juni starb, widerlegt diese Annahme nicht. Die Gerichtsmedizin hat auch schon über Erfrierungstod im Sommer berichtet.

So ließe sich also der Tathergang, in sich logisch, naturwissenschaftlich gesichert und durch Andeutungen des Täters begründet, folgendermaßen darstellen: Seefeldt tötete nur in den kühleren und kalten Monaten. Er versetzte seine Opfer in hypnotischen Schlaf, beging dann an ihnen sexuelle Handlungen, brachte ihre Kleidung wieder in Ordnung, konnte oder wollte sie nicht wieder aus dem Schlaf erwecken und ließ sie im Wald, auf dem Erdboden liegend, zurück. Sie starben an Unterkühlung.

Und der Täter konnte auf dem Ruhekissen des guten Gewissens erklären: »Ich habe kein Kind umgebracht.« Seine Opfer lebten ja noch, als er sie verließ. So war die Hypnose für Seefeldt auch ein Mittel zur absoluten Kontrolle über seine Opfer, Beweis seiner gottähnlichen Macht.

Scheint nun, mehr als ein halbes Jahrhundert später, geklärt zu sein, wie Seefeldt seine Opfer tötete, bleibt die Frage nach dem Motiv weiterhin offen.

Prof. Dr. J. Lange erklärte damals: »Es ist ganz gleichgültig, ob für seine Morde sexuelle Triebfedern entscheidend waren oder nicht.«

Während Prof. Müller-Hess in Seefeldt einen sexuellen Triebtäter, einen infantilen Lustmörder sah, widersprach Prof. Lange dem Tiefenpsychologen Müller-Hess und bezeichnete Seefeldt einfach als einen gemütskalten Psychopathen: »Seefeldt mordete offenbar ganz kühl und besonnen, vermutlich, um Zeugen aus der Welt zu schaffen.« Seefeldts Mordmotiv sei also die Verschleierung seiner Sexualdelikte gewesen. Er sei ein echter Serienmörder: »Auf den ersten Mord folgt offenbar eine längere Pause, vielleicht auch noch auf den nächsten. Aber dann schließen sich die Morde serienweise aneinander. Nichts ändert sich mehr als die Virtuosität der Ausführung. Entscheidend ist, daß bei diesen Menschen mit der ersten Wiederholung des Mordes Scheu vor der Vernichtung mitmenschlichen Lebens überhaupt nicht mehr besteht.« Lange fügte hinzu: »Daß Menschen, die, wie das Heer der schweren Psychopathen, schon durch die Geburt geschlagen sind, auch noch besonders schwer dafür bestraft werden«, sei bitter, aber im Interesse der Gemeinschaft notwendig.

Mit diesen bedauernden Worten rechtfertigte Lange das für die Justiz der Nazizeit selbstverständliche Todesurteil.

Erich Ebermayer, einer der späteren Berichterstatter, erwähnt das grotesk-makabre politische Nachspiel des Schweriner Seefeldt-Prozesses. Kriminalisten wie Gutachter hofften auch nach Beendigung des Prozesses, die Vollstreckung des Todesurteils könnte hinausgeschoben werden. Sie waren der Meinung, es wären noch längst nicht alle Verbrechen Seefeldts aufgeklärt. Doch die Gestapo bestand auf unverzüglicher Hinrichtung. Sie ließ sich Seefeldt wegen »kommunistischer Agententätigkeit« (!) ausliefern und unterzog ihn grausamer Folter. Sie veröffentlichte danach folgende Mitteilung: »Im Zuge der Vernehmung, die in bezug auf seine politische Tätigkeit negativ verlief, legte Seefeldt ein umfassendes Geständnis ab. Er gestand außer den gerichtlich bereits festgestellten zwölf Morden eine große Anzahl weiterer Knabenmorde und Verbrechen. Ebenso gestand er, die Tötung der Knaben mit einem von ihm selbst zubereiteten Gift vorgenommen zu haben. Er führte diese Herstellung seines Giftes vor.«

Seefeldt hatte einen Sud von Fliegenpilzen gebraut. Ebermayer bemerkt dazu: »Ein alter Hund, dem man eine stärkere Dosis vorsetzte, fraß sie und fühlte sich bestens.«

Kriminalrat Lobbes soll damals den Bericht der Gestapo als »Gestapo-Alberei« kommentiert haben.

Bleibt nun der Seefeldt-Fall letzten Endes doch ein Rätsel, weil sein Motiv nicht geklärt werden konnte? Möglicherweise hat er die Kinder im Wald sterben lassen, um sie als Zeugen auszuschalten. Warum aber hat er so viele andere Zeugen seiner Sexualdelikte nicht getötet? Hat er die Kinder im Wald sexuell mißbraucht oder sie nur entblößt und bei ihrem Anblick masturbiert wie in anderen Fällen auch?

Seefeldt will nicht in das übliche Bild eines Lustmörders passen, der würgend, schlagend, oder stechend zum Orgasmus kommt. Er geht behutsam, oft bedachtsam, geruhsam ans Werk, nach einem – so makaber das klingt – fast zärtlichen Ritus.

Es ist daher wohl verfehlt, wenn Prof. Lange Seefeldt einen »typischen Lustmörder« nannte. Fragwürdig bleibt auch Langes Behauptung, Seefeldts Verbrechen erklärten sich aus dem Erbgut seiner »hypersexuellen dirnenhaften Mutter«. Es muß daran erinnert werden, daß Seefeldt im Alter von etwa zwölf Jahren selbst zu homosexuellen Handlungen verführt worden ist – was seine spätere Sexualität sicherlich mitgeprägt hat. Nach einer kurzzeitigen heterosexuellen Beziehung kehrte er immer wieder zu homosexuellen Handlungen mit Minderjährigen zurück – eine infantile Regression, ein Rückfall in die eigene Kindheit, ein Verharren in der vorpubertären, aber sexuell schon gereizten Entwicklungsphase. Eine Unfähigkeit, erwachsen zu werden, eine immerwährende Selbstbespiegelung im kindlichen Sexualobjekt.

Seefeldt selbst hatte die von Prof. Lange vermutete Erbanlage einer »Hypersexualität« in Frage gestellt, als er sagte, schuld an seinen Taten sei »nicht das Geschlechtsteil, sondern das Gehirn. Durch die Gedanken des Gehirns kommt erst das Geschlechtsteil in Wallung.« Sexualität beginnt im Kopf, ist zuerst Vorstellung, dann Handlung. In der Kindheit geprägt, verfestigen sich die Vorstellungen durch Wiederholung der Handlungen, gewinnen eine eigene Gesetzlichkeit: »Dann kann man schließlich nicht mehr dagegen an. Dann entzündet sich die Patrone von selbst.«

Das aber ist die Frage, an der sich auch heute noch die Geister scheiden. Konnte sich ein Täter wie Seefeldt dem Druck seiner perversen Vorstellungen und Erwartungen entziehen und ihre Realisierung verhindern? Oder waren sie so übermächtig, »daß man alle Willenskraft verliert«? Die Gutachter meinten, er sei für seine Verbrechen voll verantwortlich, denn er habe nachweislich von seinem Vorhaben abgelassen, wenn er Gefahr witterte. Seine Willenskraft sei also stark genug gewesen, um seinem Verlangen zu widerstehen.

1923 hat Seefeldt nachgewiesenermaßen seinen ersten, 1935 seinen letzten Mord begangen – wie viele Kinder er in diesen zwölf Jahren insgesamt getötet hat, blieb ungeklärt. Es sollen viel mehr gewesen sein. Daß er so lange Zeit unentdeckt morden konnte, ist wohl zuerst seinem raffinierten modus operandi zuzuschreiben. Der Tod der Kinder wurde für einen natürlichen Tod gehalten, so daß die bei Mord selbstverständliche Tiefenprüfung des Todesfalles unterblieb.

Seefeldt ließ die Leichen in einsamen Waldverstecken zurück, so daß sie oft erst längere Zeit nach ihrem Tode gefunden wurden. Der Zustand der Leichen erschwerte es zusätzlich, die Todesursache festzustellen.

Die Dezentralisation der Polizeibehörden und ihre mangelhafte Koordination ließ erst viel zu spät einen Zusammenhang zwischen den einzelnen Todesfällen erkennen und die Fahndung nach einem Serienmörder aufnehmen.

Seefeldt kam mehrmals wegen Sittlichkeitsdelikten vor Gericht, als er längst schon gemordet hatte. Die Justizbehörde erkannte mangels schlampiger Ermittlung Seefeldt nicht als Wiederholungstäter, er kam mit kurzzeitigen Strafen davon und konnte nach Freilassung weiter morden.

Sexuelle Aufklärung war im prüden Nazistaat weitgehend ein Tabu. Das schloß auch die öffentliche Diskussion und die Warnung vor Sexualverbrechern ein. Seefeldts Opfer waren zugleich auch Opfer ihrer eigenen gesellschaftlich bedingten Arglosigkeit.

Nach einer Meldung der Nachrichtenagentur SAD vom 2. 8. 1996 sind im belgischen Ferienort Blankenberge zwei Frauen spurlos verschwunden, nachdem der »Magier« Rasti Rostelli sie hypnotisiert und nicht wieder fachgerecht aus dem hypnotischen Schlaf geweckt hatte.

KATHRIN KOMPISCH / FRANK OTTO

Der Schrecken des Münchner Westens

Johann Eichhorn (1931 – 1939)

Rede vernünftig mit ihm. Es gibt bestimmt die Möglichkeit, sich durch Reden hier rauszubringen. Rede, bring ihn dazu, dich als Individuum anzuerkennen. Er will dich zum Objekt machen. Laß das nicht zu.

Mo Hayder, Der Vogelmann

Der Fall des Münchner Frauenmörders Johann Eichhorn ist schon deshalb so interessant, weil er zwar noch vor Kriegsausbruch aufgedeckt wurde, der Prozeß jedoch erst nach Beginn des Zweiten Weltkriegs stattfand. Die Frage drängt sich auf, ob sich in der Wahrnehmung des Falles und in seiner Behandlung durch die Justiz bereits die Auswirkungen des Kriegs feststellen lassen. Bezeichnenderweise gibt es über diesen Fall so gut wie keine Literatur, lediglich Steffen Bergs Buch »Das Sexualverbrechen« von 1963 erwähnt ihn.

Bereits seit 1928 hatte Eichhorn als Serienvergewaltiger das westliche Umland Münchens in Angst und Schrecken versetzt. Er lauerte seinen Opfern meist in einsamen, bewaldeten Gebieten auf, griff sie an, würgte sie und zwang sie unter Morddrohungen zum Geschlechtsverkehr. Die Staatsanwaltschaft ermittelte schließlich in knapp 100 solcher Fälle. Seinen ersten Mord beging Eichhorn am 11. Oktober 1931 an der 16jährigen Katharina Schätzl. Er war zunächst mit dem Mädchen ausgegangen und versuchte dann, sie in den Isarauen zu vergewaltigen. Sein Opfer wehrte sich jedoch, so daß Eichhorn es erwürgte, um den Leichnam anschließend zu schänden. Danach warf er die Tote in die Isar, wo sie drei Tage später gefunden wurde. Erst beim zweiten Mord entwickelte Eichhorn sein dann charakteristisches Vorgehen: Am 30. Mai 1934 riß er die 26jährige Anna Geltl im Fortsenriederpark von ihrem Fahrrad, würgte sie und schoß ihr, da sie Widerstand leistete, mit einer Pistole in den Kopf. Dann schleppte er die Tote in den Wald. Aufgrund seiner Erregung ejakulierte er vorzeitig und verstümmelte sein Opfer anschließend im Genitalbereich. Die Leiche vergrub er. Ganz ähnlich ging Eichhorn auch bei der Ermordung von Berta Sauerbruch (25) am 9. September 1934, Rosa Eigelein (25) am 31. August 1937 und Maria Jörg (24) am 29. September 1938 vor.

Johann Eichhorn wurde am 8. Oktober 1906 in Aubing bei München geboren. Der gelernte Schlosser verlor im September 1932 aufgrund der schlechten wirtschaftlichen Lage seinen Arbeitsplatz. 1933 scheint er versucht zu haben, sich in nationalsozialistischen Organisationen zu betätigen, sei aber »wegen Dienstvernachlässigung bald wieder entfernt« worden. Dies erwähnten die Presseberichte übrigens nicht. Seit Mai 1934 war er dann im Schichtdienst bei der Reichsbahn beschäftigt. Ungefähr 1935 lernte er Josefa W. kennen, mit der er eine Beziehung begann, aus der zwei uneheliche Kinder hervorgingen. 1937, nach der Geburt des zweiten Kindes, heiratete das Paar. Seine Frau ließ sich noch vor Prozeßbeginn von Eichhorn scheiden.

Eichhorn wurde schließlich am 29. Januar 1939 verhaftet, gerade als er versuchte, eine zwölf Jahre alte Schülerin zu mißbrauchen. Zunächst leugnete er, noch weitere Taten verübt zu haben, gab aber nach wiederholten Vernehmungen durch die Kripo schließlich zwei Vergewaltigungen aus dem Jahr 1928 zu. Eichhorn wurden nun 21 seiner überlebenden Opfer gegenübergestellt, die ihn zum Teil wiedererkannten. So konnte Eichhorn in 34 Vergewaltigungsfällen überführt werden und legte darüber schließlich auch ein Teilgeständnis ab.

Aufgrund der ähnlichen Vorgehensweise geriet Eichhorn schnell in den Verdacht, auch für die fünf ungeklärten Frauenmorde verantwortlich zu sein. Diese Taten bestritt er jedoch. Da die Polizei nicht weiterkam, legte sie Eichhorn in Untersuchungshaft mit einem Gefangenen zusammen, der als Spitzel fungierte. Diesem gegenüber, einem gewissen Schneider, der wegen Betrugs zu Zuchthaus und Sicherungsverwahrung verurteilt worden war, bekannte

Eichhorn angeblich die Morde. Der Zellengenosse bestärkte ihn wohl in dem Glauben, daß er, wenn er die Mordtaten zugebe, als Unzurechnungsfähiger unter den § 51 fallen würde. Darauf zählte Eichhorn und legte schließlich ein umfassendes Geständnis ab, sagte aber einem Gefängniswachtmeister, er werde widerrufen, wenn man ihn für voll schuldfähig erklären sollte.

Kurzer Prozeß vor dem Sondergericht

So geschah es dann auch im Prozeß, der unter Ausschluß der Öffentlichkeit vor dem Sondergericht beim Landgericht München I stattfand und nur zwei Tage dauerte. Die Staatsanwaltschaft hatte bereits im Sommer 1939 die Anklage in den 34 Vergewaltigungsfällen »mit Rücksicht auf die ... Mordtaten ... vorläufig eingestellt«, wahrscheinlich, um möglichst schnell eine Verurteilung wegen Mordes durchfechten zu können. Auch der Fall Schätzl kam nicht zur Anklage, da die Tatumstände nicht eindeutig auf vorsätzlichen Mord hinwiesen. Das Urteil erwähnt, daß sein erstes Opfer sich Eichhorn zuerst freiwillig hingeben wollte, er jedoch nur erregbar gewesen sei, wenn er auch Gewalthandlungen vornahm. Daß die Anklagebehörde alle komplizierten Tatbestände zurückzog, legt den Schluß nahe, daß sie einer Verurteilung Eichhorns in den vier verbleibenden Mordfällen sehr sicher war, das Urteil also schon im Vorfeld des Prozesses feststand. Die Daten der einzelnen Gutachten weisen übrigens darauf hin, daß diese Entscheidung unter Umständen erst nach der deutschen Invasion Polens am 1. September 1939 gefallen ist, mit Eichhorn also nach Kriegsausbruch kurzer Prozeß gemacht werden sollte.

Als Eichhorn am ersten Verhandlungstag, dem 29. November 1939, bewußt wurde, daß die Sachverständigen ihn für voll zurechnungsfähig erklären würden, und ihm somit die Todesstrafe sicher war, zog er sein Geständnis zunächst zurück. Lediglich die Vergewaltigungen, die jedoch nicht angeklagt waren, gab er zu. Das Gericht versuchte nun, ihn aufgrund von Indizien zu überführen. Diese waren allerdings nicht lückenlos. So hatte man die Pistole, mit der Eichhorn seine Opfer erschossen hatte, nicht gefunden, die

Tatwaffe fehlte demnach. Die Staatsanwaltschaft ließ Briefe des Angeklagten sowie seine Geständnisse verlesen, und auch der Zellengenosse Eichhorns sagte aus. Nach der Mittagspause am zweiten Prozeßtag, dem 30. November 1939, legte Eichhorn dann doch ein umfassendes Geständnis ab. Sein Anwalt begründetet dies damit, daß seinem Mandanten klargemacht worden sei, er müsse die volle Wahrheit sagen. Eichhorn bestritt allerdings die Tötungsabsicht und bat anschließend die Angehörigen der Opfer um Vergebung. Wahrscheinlich erhoffte sich der Angeklagte, so wegen Totschlags verurteilt zu werden, worauf nur eine Zuchthausstrafe stand. Totschlag unterschied sich nach dem damaligen StGB dadurch von Mord, daß er ohne Überlegung ausgeführt worden sein mußte. Als Überlegung galten ein Denkprozeß, an dessen Ende der Entschluß zur Tötung des Opfers stand, sowie klare Erwägungen über die zum Handeln drängenden und von ihr abhaltenden Beweggründe. Daß Eichhorn auf Totschlag spekulierte, belegt sein Leugnen einer Tötungsabsicht sowie Aussagen gegenüber Gutachtern – die ihm allerdings den § 51 hatten einbringen sollen –, er habe sich zum Tatzeitpunkt in höchster Erregung befunden, die er nicht mehr habe kontrollieren können.

Die Rechnung ging jedoch nicht auf. Das Gericht erachtete Eichhorn »der vorsätzlichen und mit Überlegung ausgeführten Tötung für überführt«. Auch die psychiatrischen Gutachten fanden keinen Anhaltspunkt für eine Geistesstörung, obwohl Eichhorn erklärt hatte, er sei bei den Taten »wild wie ein Tier« gewesen und erinnere sich an die Einzelheiten nicht mehr. Er habe gegen seinen »unbändige[n] Trieb« nicht ankämpfen können. In einem ersten Gutachten vom 11. Mai 1939, das noch die Schuldfähigkeit in den Vergewaltigungsfällen feststellen sollte, erkannte der Gerichtsarzt Dr. Peters keine Voraussetzungen für die Anwendbarkeit von § 51. Eine von Eichhorn geltend gemachte »geistige Verwirrtheit« sah Peters als unglaubwürdig an. Er erachtete Eichhorn vielmehr als einen »gemeinen Gewohnheitsverbrecher« und empfahl neben der Sicherungsverwahrung auch die Entmannung. Die psychiatrische Beurteilung für den Mordprozeß erstellte am 8. November 1939 ein Dr. Vogler. Er erkannte in Eichhorns Taten, unter anderem daran, daß dieser »die Spuren so verwischte, daß er jahrelang sein viehisches Treiben fortsetzen konnte«, ein planmäßiges Vorgehen. Vogler charakterisierte Eichhorn als »einen intellektuell nicht unterdurchschnittlich beanlagten, ethisch und moralisch tiefstehenden, haltlosen, willensschwachen, sexuell außergewöhnlich triebhaften Psychopathen«, fand jedoch keine Belege für eine Geistesstörung, die unter § 51 falle. »Daß er diesen seinen Trieben zum Opfer gefallen ist, beruht lediglich auf seiner Willensschwäche, die zu beherrschen er sich nicht die geringste Mühe gegeben hat.« Eichhorn sei fähig gewesen, das Ungesetzliche seiner Taten einzusehen und hätte mit einiger Anstrengung auch dieser Einsicht entsprechend handeln können.

Da Eichhorn also ein Geständnis abgelegt hatte, das Gericht den Tatvorsatz als erwiesen ansah und ihn alle Sachverständigen für voll zurechnungsfähig erklärt hatten, wurde er am 30. November 1939 zum Tode verurteilt. Das Urteil wurde bereits einen Tag später vollstreckt.

Berichterstattung über Serienmord im Krieg

Über die Verhaftung Eichhorns liegen aus zwei Gründen keine Pressemeldungen vor. Zum einen war zum Zeitpunkt seiner Festnahme noch nicht klar, daß es sich bei ihm um den lange gesuchten Serienvergewaltiger und Frauenmörder handelte. Zum anderen wurde Eichhorn am 29. Januar 1939 aufgegriffen. In den nächsten Tagen waren alle Zeitungen voll mit Berichten über die Feierlichkeiten zum sechsten Jahresstag der nationalsozialistischen »Machtergreifung«, die anderes beiseite drängten. So wurde die Rede Hitlers vom 30. Januar 1939 in allen überregionalen Tageszeitungen abgedruckt (es handelt sich hier übrigens um die berüchtigte Rede, in der Hitler die »Vernichtung der jüdischen Rasse in Europa« für den Fall eines Kriegs androhte). Jedoch finden sich auch zu späteren Zeitpunkten keine Berichte über die Überführung des »Schreckens des Münchner Westens«. Es hat den Anschein, als seien solche Berichte am Vorabend des Zweiten Weltkriegs, in einer Zeit der Krisenstimmung in der Bevölkerung und der äußersten

Angespanntheit der politischen und militärischen Führung, unerwünscht gewesen. Vordergründig hätte es sich dabei zwar um Erfolgsmeldungen gehandelt, denn schließlich war der Mann, der so viel Angst verbreitet hatte, von der Polizei unschädlich gemacht worden. Unter Umständen hätte jedoch die peinliche Frage laut werden können, warum Eichhorn so lange ungestört sein Unwesen habe treiben können. Spekulationen darüber galten sicher als störend.

So gibt es nur wenige Artikel über den Fall. Lediglich die »Münchner Neuesten Nachrichten« berichteten als Lokalzeitung über den Prozeß. Die einzigen zwei überregionalen Meldungen erschienen in der »Frankfurter Zeitung«. Es handelt sich dabei um Verlautbarungen des »Deutschen Nachrichten-Büros« (DNB). Daß dort Nachrichten über Eichhorns Verurteilung verbreitet wurden, zeigt, daß über den Fall berichtet werden durfte. Warum andere überregionale Zeitungen ihn nicht aufgriffen, ist unklar. Vielleicht wurden Berichte über die Aufdeckung einer Mordserie in München, der »Hauptstadt der Bewegung«, in Kriegszeiten als unpassend und »wehrkraftzersetzend« angesehen. Es hat den Anschein, es sei einzig den »MNN« erlaubt gewesen, über Eichhorn ausführlich zu berichten, und dies nur, weil der Fall in ihrem Einzugsbereich für große Aufregung gesorgt hatte.

Die Berichterstattung setzte am 28. November 1939 ein. In dem Artikel wurde mitgeteilt, daß am nächsten Tag der Prozeß beginne. Über den Angeklagten hieß es, ihm werde zur Last gelegt, »fünf Frauen in bestialischer Weise ermordet und mißbraucht zu haben«. Dann wurden die »schauerlichen Untaten Eichhorns« kurz zusammengefaßt. Das Fazit lautete, »hier liegt zweifellos Lustmord vor«.

Am 30. November 1939 berichteten die »MNN« dann ausführlich vom ersten Verhandlungstag. Unter der Überschrift »Lustmörder leugnet jetzt« war von »Lügen und Widersprüche[n]« die Rede, in die sich Eichhorn verstrickt habe. Über Eichhorns Äußeres hieß es: »Wie seine Erscheinung, der vielleicht muskulöse, aber keineswegs derbknochige Körperbau, das grob gezeichnete, jedoch lediglich finstere, nicht brutale Gesicht in dem Angeklagten für das Auge des Laien zunächst keinen Lustmörder verrät.« Dies impliziert, daß

Lustmörder, zumindest für den Fachmann, an ihrem Aussehen zu erkennen seien, was sich gut in die Rassenlehre des Nationalsozialismus einfügte, allerdings eine Vorstellung ist, die schon zuvor und, auch weiterhin bis zum heutigen Tag vertreten wurde.

Raubmörder

Die Bilder waren grauenhaft. Dämmerung, ein dunkles Licht hing über den Baumkronen, und das einzige, was leuchtete, war die Leiche. Sie saß aufrecht auf einem Stein im Wald.

Arne Dahl, Böses Blut

Frauen sind die besseren Menschen – wenn auch vielleicht nicht im Einzelfall, so doch in der Regel. Jedenfalls spiegelt sich das in den Kriminalstatistiken wieder. Lediglich zehn Prozent aller Täter sind weiblichen Geschlechts, in einigen Bereichen werden sie überhaupt nicht aktiv. Dieser Trend setzt sich bei den Serienmördern fort, und zwar international. Nur für jeden zehnten Serienmord weltweit ist eine Frau verantwortlich. Sexueller Sadismus, Kannibalismus und Pyromanie sind beim weiblichen Geschlecht kaum zu finden. Als Domänen der Frauen gelten Morde aus Rache oder die falsche Barmherzigkeit der »Todesengel in Weiß«, die ungebetene Sterbehilfe leisten. Die meisten Frauen aber, die in Serie morden, tun dies aus Habgier.

In der Kombination Mord aus Barmherzigkeit und Habgier werden Serienmorde meist erst dann als solche entdeckt, wenn eine untypische Häufigkeit in einem bestimmten Bereich auftritt. Von Medizinern im Dienst ausgeführte Morde sind von Laien kaum und von Kollegen nur sehr schwer als solche zu erkennen, da sie in der Regel im Zusammenhang mit medizinischen Indikationen stehen und lediglich die Dosis der zu verabreichenden Medikamente über- oder unterschritten wurde. Schon Philippus Aureolus Paracelsus (1493–1541), der vergiftet worden sein soll, wußte zu berichten: »Alle Dinge sind Gift, und nichts ist ohne Gift. Allein die Dosis macht, daß ein Ding kein Gift ist.«

Dem britischen Mediziner Dr. med. Harold Shipmann, der im Jahr 2000 zu einer lebenslangen Haftstrafe verurteilt wurde, legten die Behörden 345 Morde zur Last. 215 Fälle konnten bewiesen werden.

Insgesamt ereigneten sich in der 26jährigen Laufbahn des Arztes 521 Todesfälle, an denen er in irgendeiner Weise beteiligt war. Verdacht wurde erst geschöpft, nachdem er das Testament einer von ihm ermordeten Patientin gefälscht hatte und ein Gutachter den Betrug aufdeckte.

Dann gibt es natürlich auch noch den ganz gewöhnlichen Raubmörder, der loszieht, wenn er Geld braucht. Ihm ist eine außergewöhnliche Gefühlskälte zu eigen. Das Schicksal seiner Opfer berührt ihn nicht. Es ist ihm völlig gleichgültig. Er bringt sie nicht um, weil ihn das sexuell erregen würde, sondern weil sie sich wehren, weil sie ihm im Wege sind, oder um sie als mögliche Zeugen auszuschalten. Für ihn besteht kaum ein Unterschied zwischen Gewalt gegen Gegenstände und Gewalt gegen Menschen.

Serienmörder sind Menschen, die aus der Bahn geworfen wurden, die sich nicht länger anpassen wollen oder können, die Macht ausüben möchten. Kein Serienmörder ist normal, kann normal sein. Aber die meisten von ihnen gelten nicht als psychisch krank im klinischen Sinne. Sie sind sehr wohl in der Lage, das verbrecherische Tun ihres Handelns einzusehen und könnten sich dagegen wehren, es unterdrücken, wenn sie nur wollten. Vielen fehlt die Kraft, den Trieb zu bekämpfen. Der ehemalige Londoner Polizist Dennis Andrew Nilsen, der zwischen 1978 und 1983 schätzungsweise 14 Menschen ermordete, schrieb in seinem Geständnis: »Ich tötete sie, wie ich selbst gerne getötet worden wäre. Ich genoß das Extreme des Todesaktes an sich. Wenn ich mich selbst getötet hätte, hätte ich diese Erfahrung nur einmal gehabt. Da ich es aber anderen antat, konnte ich den Tötungsakt immer und immer wieder erleben.«

Diese Mörder sind Produkte der modernen Gesellschaft, die den Egoismus ins Zentrum rückt. Serienmörder stellen die Schattenseite der menschlichen Gemeinschaft dar. Aber sie bilden einen festen Bestandteil davon, so erschreckend das auch klingen mag. Es sind Menschen wie du und ich, nur mit größeren Schwächen. Und diese Schwächen können für andere tödlich sein.

Dieter Zurwehme, der zu den meistgesuchtesten Schwerverbrechern in Deutschland gehörte, war am 02.12.1998 nach einem Freigang nicht in die Haftanstalt zurückgekehrt. Auf seiner Flucht versteckte er sich am 20. März 1999 in der Kleinstadt Remagen in

Rheinland-Pfalz im Rohbau eines Hauses. Als er vom Eigentümer überrascht wurde, ermordete er zuerst ihn, später zeitlich und örtlich versetzt dessen Ehefrau sowie zwei weitere Familienangehörige. Dieter Zurwehmes Beute betrug ganze 8 000 DM.

WOLFGANG SCHÜLER

Die Heitger-Bande läuft Amok

Heinrich und Johann Heitger (1928)

Mit zwei Sätzen war er bei ihm, holte mit aller Kraft aus und schlug ihm die Faust ins Gesicht. Sofern er überhaupt eine Chance gehabt hatte, mit dem Leben davonzukommen, so war sie jetzt verspielt.

Frederick Forsyth, Der Rächer

Die Heitger-Bande läuft Amok

Dem Knappenschaftssekretär Küppers, einem korpulenten und kurzatmigen Mann, machte die unerwartete Hitzewelle am 9. Juni 1927 sehr zu schaffen. Auf seinem Weg zur Gaststätte Drosser in Byfang mußte er immer wieder verschnaufen. Vor dem Lokal zog er ein kariertes Schnupftuch aus der Rocktasche und wischte sich den Schweiß ab. Durch die Glastür winkte ihm der Knappschaftsälteste ungeduldig zu. Er wartete auf das Geld, das die invaliden Bergleute als monatliche Rente ausgezahlt bekommen sollten. Die Uhr zeigte fünf Minuten nach zwei.

Da sprangen jählings drei Gestalten aus einem neben der Gastwirtschaft parkenden Auto. Ein Revolverschuß krachte; Küppers stürzte rücklings die Treppe auf das Pflaster hinunter, die Geldmappe mit achttausend Mark Inhalt entglitt seinen Händen. Ein Bursche mit Lederkappe hob sie auf und stieg in das anrollende Kabriolett. Aufgeschreckt drückten sich die verstörten Bergleute durch die Kneipentür. Von dem Wagen sahen sie nur noch die Rücklichter, als er um die nächste Ecke bog.

Nette Jungs aus Essen

Der dreiundzwanzigjährige Johann Heitger, sein einundzwanzigjähriger Bruder Heinrich und ihr vierundzwanzigjähriger Freund Karl Lindemann hatten Glück in dieser schwierigen Zeit. Alle ihre Bekannten und Nachbarn in Altessen freuten sich mit ihnen: Den drei hilfsbereiten Blondschöpfen war es gelungen, achttausend Mark aufzutreiben und mit diesem Startkapital ein Fuhrgeschäft aufzumachen. An eine eventuelle Verbindung zu dem Mord in Byfang, einem Essener Vorort, dachte niemand bei solch netten Jungs.

Am 5. Mai 1928 raste ein roter Mercedes auf eine Nebenstelle der Reichsbank in Gladbeck zu. Kurz davor stoppte die Limousine, drei Männer schnellten heraus und stürmten in die Filiale. Mehrere Schüsse peitschten durch den Kassenraum, wenige Minuten später war alles vorüber. Die Beute der Bankräuber betrug sechsunddreißigtausend Mark.

Die Gladbecker Kriminalisten baten ihre Kollegen aus Essen um Hilfe, allein konnten sie den Fall nicht bewältigen. Die fanden alsbald eine heiße Spur: Ein Schutzmann erkannte den in Dortmund gestohlenen und in einer Essener Seitenstraße aufgefundenen roten Mercedes wieder. Unlängst hatte er drei Burschen aus seinem Viertel damit herumkutschieren sehen. Sie hießen Heitger und Lindemann.

Kriminalkommissar Oßmann, ein gefürchteter Draufgänger, überlegte nicht lange. Er steckte sich seine Pistole ein und fuhr zur Wohnung der Heitgers. Lange klopfte er vergeblich an die Tür. Als sie sich öffnete, blitzte die Mündung eines Revolvers auf. Kommissar Oßmann brach tödlich getroffen zusammen.

Die beiden Brüder und ihr Freund flüchteten über Gießen, Frankfurt am Main und München nach Köln. Dort stiegen sie in einer schäbigen Pension in Köln-Riel ab. Ein im Hause wohnender Postbeamter wurde stutzig. Er blätterte in alten Zeitungen, sah sich die in der Presse veröffentlichten Fahndungsbilder noch einmal genau an und verständigte die Polizei.

Vollmer geht zu Fuß

Am 20. Oktober 1928 suchten der Kriminalassistent Vollmer und sechs Beamte die Pension auf. Sie benutzten keinen Kraftwagen, um in der stillen Seitenstraße nicht unnötig aufzufallen. Im Hausflur legten sie sich auf die Lauer. Gegen elf Uhr kamen drei Männer die Treppe herunter. Vollmer rief: »Hände hoch, Polizei!« und schoß ohne weitere Warnung, als seine Aufforderung nicht befolgt wurde. Heinrich Heitger blutete aus einer Fleischwunde am Arm und ergab sich. Sein Bruder sowie Karl Lindemann konnten in einem kurzen Handgemenge überwältigt werden.

Auf der Straße stoppte Kriminalassistent Vollmer ein Auto. Er und die ungefesselten Brüder Heitger stiegen hinten ein, neben dem Fahrer nahm der Oberlandjäger Schmitz Platz. Die anderen Polizisten führten Karl Lindemann ab.

Mit quietschenden Reifen brauste der Pkw los. In einer Kurve wurde der Kriminalassistent gegen Johann Heitger geworfen. Der packte blitzschnell zu, entriß ihm die Pistole und drückte ab. Vollmer sackte tot in sich zusammen. Noch ehe Johann Heitger die Waffe auf den Oberlandjäger richten konnte, hatte der sich schon herumgedreht und ihn am Handgelenk gepackt. Ein dramatischer Kampf entspann sich. Mehrere Schüsse gingen los, die Schmitz am Kopf und am Arm streiften.

Das Auto schlingerte hin und her, prallte gegen den Bordstein und kam quer zur Fahrbahn zum Stehen. Der Chauffeur rannte in panischem Entsetzen davon. Auch die beiden Verbrecher versuchten zu fliehen. Dem Oberlandjäger gelang es noch, Heinrich Heitger zu schnappen und mit der Dienstwaffe niederzuschlagen, als sich ein übereifriger Passant in völliger Verkennung der Lage einmischte. Er warf sich auf den Polizisten in Zivil, den er für einen Verbrecher hielt, und entwand ihm die Pistole. Diesen Moment der Verwirrung nutzte Johann Heitger, um zwei Schüsse auf den Oberlandjäger abzufeuern. Schmitz brach zusammen, Heinrich Heitger griff sich dessen Revolver und lief hinter seinem Bruder her. An der nächsten Kreuzung zerrten sie einen verdutzten Autofahrer aus seinem Wagen, sprangen hinein und jagten davon. Die aufgenommene Fahndung blieb zunächst erfolglos.

Flucht mit der Straßenbahn

Zwei Tage nach dieser blutigen Schießerei in Kölns Innenstadt patrouillierte ein Wachtmeister die Boltensternstraße auf und ab. Ihm begegneten zwei Männer in verschmutzter Kleidung, die unvermutet zu rennen begannen. Der Wachtmeister blies in seine Trillerpfeife. Ein Fußgänger, der Gärtnermeister Peters, stellte sich den Burschen in den Weg, um sie aufzuhalten. Eine Kugel zerfetzte ihm die Halsschlagader.

Nun schoß der Wachtmeister hinter den Flüchtenden her, verfehlte sie aber wegen der großen Entfernung. Zu allem Unglück hielt ein Straßenbahnwagen der Linie 12 an der Haltestelle. Die Brüder huschten hinein, zwangen mit vorgehaltenen Pistolen Insassen, Fahrer und Schaffner zum Aussteigen, setzten die Straßenbahn in Gang und fuhren mit höchster Geschwindigkeit davon. Ein Streifenwagen nahm die Verfolgung auf. Johann Heitger stand auf dem hinteren Perron und feuerte aus zwei Pistolen auf das Polizeiauto. In der Nähe des Niederländer Ufers ließen sich die zwei Halunken seitlich in die Sträucher fallen, die fahrerlose Straßenbahn sauste allein weiter. In letzter Sekunde gelang es einem beherzten Polizisten, vom Streifenwagen aus auf die Elektrische zu springen und sie wenige Meter vor der entgegegenkommenden Straßenbahn zu stoppen.

Diesmal kamen die Verbrecher nicht weit. Als sie sich an einem parkenden Auto zu schaffen machten, entdeckte sie ein Kriminalbeamter. Ein rasch von ihm herbeigerufenes Überfallkommando sperrte innerhalb weniger Minuten das gesamte Gelände ab. Um dreiundzwanzig Uhr zehn trat Heinrich Heitger mit erhobenen Händen aus einem Gebüsch. Zwei Beamte gingen auf ihn zu. Sie erkannten zu spät, daß es sich um eine Finte handelte. Johann streckte sie mit gezielten Schüssen aus der Deckung heraus nieder.

Die anderen Polizisten erwiderten das Feuer. Ätzender Pulverdampf vernebelte die Straße. Im Kugelhagel wurde Heinrich tödlich getroffen. Sein Bruder überlegte nicht lange. Im Zickzacklauf rannte er auf den Fahrdamm, setzte mit einem mächtigen Sprung über einen Gartenzaun – wenige Meter von den wie wild auf ihn schießenden Beamten entfernt – und verschwand im Dunkeln.

Der Einsatzleiter forderte Scheinwerfer an, um das Gelände abzuleuchten. Die hellen Finger tasteten sich durch die Nacht und strahlten die im Hintergrund des parkähnlichen Gartens liegende Villa Oertel an. Vorsichtig pirschten sich zwei Zehnergruppen mit vorgehaltenen Karabinern an das klotzige Gebäude heran, durchsuchten es vom Keller bis zum Dachboden. Vergeblich, Johann Heitger schien sich in Luft aufgelöst zu haben. Der Einsatzleiter ließ die Villa trotzdem weiter bewachen.

Schüsse in der Villa Oertel

Drei Tage lang harrten die Männer auf ihren Posten aus. Am 25. Oktober um sieben Uhr dreißig wurde ihr Warten belohnt: In einem Zimmer der obersten Etage fielen mehrere Schüsse. Ein völlig verstörtes Dienstmädchen kam kreischend die Treppe heruntergeeilt und konnte schluchzend Auskunft geben. Sie war den verwinkelten Flur entlanggegangen, als sie hinter einer offenen Tür bemerkte, wie sich jemand durch die Dachluke in die Bodenkammer herunterließ. Der Mann hatte ohne jeden Grund hinter ihr hergeschossen.

Nun rückten zehn Kriminalbeamte mit Kugelpanzern an. Sie verbarrikadierten sich vor der fraglichen Tür, öffneten sie mit einem Eisenhaken und riefen Heitger an: »Kommen Sie heraus, Hände hoch! Es wird nicht geschossen!«

Als Antwort pfiffen ihnen mehrere Kugeln um die Ohren. Der Oberwachtmeister Maiboom kroch auf allen vieren zu der Tür und hielt einen Kugelpanzer als Schutzschild vor seinen Kopf. Wahllos feuerte er mehrmals in den Raum. Ein lautes Stöhnen ertönte. Maiboom blickte über den Kugelpanzer. Es war ein übler Trick gewesen. Heitger schoß dem Oberwachtmeister mitten in die Stirn.

Die anderen Polizisten zerrten ihren toten Kollegen an den Beinen zurück, warfen drei Handgranaten in das Zimmer, warteten die Detonationen ab und stürmten hinterher. Der schwerverwundete Heitger lag hinter einem zerfetzten Matratzenstapel, mit der rechten Hand hielt er noch immer eine Pistole umklammert. Zwei Sanitäter legten ihn auf eine Trage und schafften ihn ins

Vinzenzhospital, wo er noch am selben Abend seinen Verletzungen erlag. Kurz vor seinem Tod konnte er noch aussagen, daß er sich die ganze Zeit – also vom 22. bis zum 25. Oktober 1928 – auf dem Dach der Villa Oertel hinter einem Schornstein versteckt gehalten hatte. Quälender Durst war schuld daran gewesen, daß er seinen Schlupfwinkel verlassen mußte.

An einem frostigen Novembermorgen wurden die Gebrüder Heitger auf dem Essener Segeroth-Friedhof beigesetzt. Der einzige Überlebende der Bande, Karl Lindemann, erhielt eine langjährige Zuchthausstrafe.

REGINA STÜRICKOW

Die vierundneunzigste Spur

Walter und Max Götze (1934 – 1938)

Die vier Männer, die am Morgen des 2. November 1934 vor dem Büro des Raubdezernats warteten, vermieden es, einander anzusehen und fixierten statt dessen verlegen ihre Schuhspitzen. Unabhängig voneinander waren sie ins Polizeipräsidium am Alexanderplatz gekommen, um Anzeige zu erstatten. Jedem von ihnen mochte dieser Schritt ein gehöriges Maß an Überwindung abverlangt haben, handelte es sich doch um eine äußerst peinliche Angelegenheit, die zu allem Überfluß auch noch vor den Ehefrauen geheimgehalten werden mußte.

»Geschieht den Kerlen ganz recht«, grinste die Stenotypistin schadenfroh, während sie die Anzeigen in die Maschine tippte. »Das kommt davon, wenn man nachts mit der Sekretärin im Grunewald rumknutscht.« Und auch die Beamten des Raubdezernats konnten sich das Lästern nicht verkneifen.

In der Nacht zum 2. November 1934 waren im Berliner Grunewald, in der Nähe des Kleinen Sterns, unweit der Onkel-Tom-Straße, mehrere Liebespärchen in ihren Kraftfahrzeugen überfallen und ausgeraubt worden. Die Täter, den Beschreibungen zufolge zwei maskierte Männer, waren folgendermaßen vorgegangen: Sie hatten sich an die Wagen herangeschlichen, die Tür an der Fahrerseite aufgerissen, ihre Opfer mit einer Stabtaschenlampe geblendet und mit vorgehaltener Waffe Geld beziehungsweise die Herausgabe der Brieftasche gefordert. Zwei der Überfallopfer hatten der Forderung sofort nachgegeben, das dritte hatte versucht, Widerstand zu leisten, war aber dennoch seiner Brieftasche verlustig gegangen. Das vierte Opfer war auf die Forderung »Geld her! Widerstand zwecklos!« zunächst eingegangen und hatte dem Räuber das Hartgeld aus seiner Geldbörse in die ausgestreckte Hand geschüttet. Dem Räuber war indes nicht entgangen, daß sich in der Seitentasche des Portemonnaies noch Scheine befanden. »Mach keine Faxen. Die Scheine auch!« befahl er. Das Opfer versuchte sich zu wehren, und es kam zu einem Handgemenge, in dessen Verlauf einer der Täter einen Schuß abfeuerte. Der Überfallene gab auf. Die Beute: 270 RM.

Das Raubdezernat nahm die Überfälle durchaus ernst. Umgehend wurde eine Pressemeldung herausgegeben, die schon in den Abendzeitungen erschien. Doch Kriminalpolizei und Presse hatten die Rechnung ohne das Propagandaministerium gemacht: Unmittelbar nach der Lektüre der Morgenzeitungen soll Joseph Goebbels, so beschreibt es jedenfalls Alexander Harder in seinem 1963 erschienenen Buch »Kriminalzentrale Werderscher Markt. Die Geschichte des ›Deutschen Scotland-Yard‹«, einen Tobsuchtsanfall bekommen und eine wütende Anfrage an das Polizeipräsidium gerichtet haben, »ob die Kripo wahnsinnig sei, so etwas in der Presse breitzutreten. Da bemühe er sich, das nationalsozialistische Deutschland als einen Hort der Ordnung und Sauberkeit hinzustellen, und eine instinktlose Kriminalpolizei bringe ständig Überfallmeldungen.«

Wohl oder übel mußten sich Polizei und Presse der Anordnung des Ministers für Volksaufklärung und Propaganda beugen. Über weitere Überfälle im Winter 1934 sowie im Frühjahr 1935 schwieg sich die Presse aus. Von jetzt an gingen alle Pressemitteilungen der Kriminalpolizei zuerst an Goebbels' Ministerium. Das entschied dann, was die Öffentlichkeit wissen durfte und was nicht. Eine Entscheidung, die die Arbeit der Kriminalpolizei nicht gerade erleichterte. Wußte sie doch seit den frühen zwanziger Jahren nur zu gut, wie wichtig das Zusammenspiel zwischen Presse und Polizei für einen Fahndungserfolg war. Zwar wurden auch in der Folgezeit noch Polizeiberichte veröffentlicht, aber nur noch solche, die propagandistisch ausgeschlachtet werden konnten. So boten Meldungen über spektakuläre Mordfälle reichlich Gelegenheit, sogenannte »Volksschädlinge« anzuprangern.

Straftaten, die offensichtlich auf das Konto von Serientätern gingen, waren für das nationalsozialistische Regime äußerst peinlich, hatte es doch großspurig den »Kampf gegen das Verbrechertum«, vornehmlich gegen die sogenannten »Berufsverbrecher« propagiert.

In der Nacht zum 17. November schlugen die Täter erneut zu, doch offenbar war die Beute nicht gerade üppig ausgefallen, denn einige der Opfer hatten nur wenig Geld bei sich, anderen gelang die Flucht. Wie viele Liebespärchen seit dem 2. November überhaupt Opfer von Überfällen geworden waren, vermochte niemand genau zu sagen, denn mit Sicherheit hatten bei weitem nicht alle Geschädigten den Weg zur Polizei gefunden. Diejenigen, die mit dem Schrecken davongekommen waren oder die nur ein paar Mark bei sich hatten, wollten sich Scherereien mit den Behörden lieber ersparen.

Von den letzten Überfällen wurde der Öffentlichkeit folglich nichts bekannt. Das Polizeipräsidium hatte zwar eine Presseerklärung herausgegeben, mußte diese aber, wie es nach dem Anpfiff von Goebbels angeordnet worden war, erst dem »Promi«, dem Propagandaministerium, vorlegen, das sich die Entscheidung vorbehielt, was die Öffentlichkeit wissen durfte und was nicht. Von dieser, für die Autorität des NS-Regimes ziemlich peinlichen Überfallserie sollte sie jedenfalls nichts erfahren.

Die Kriminalpolizei hatte zwar keine heiße Spur – woher sollte sie die auch haben, wenn sie auf die Mitarbeit der Bevölkerung verzichten mußte –, war aber auch nicht allzu beunruhigt, denn allem Anschein nach hatten sich die Täter in Anbetracht der geringen Beute, die sie bei den letzten Überfällen gemacht hatten, wieder zurückgezogen.

Einige Monate später mußte das Raubdezernat jedoch eingestehen, daß es die Lage falsch eingeschätzt hatte. Offensichtlich hatten die Täter ihre Überfälle nur deshalb eingestellt, weil der Grunewald in den Wintermonaten für Liebespärchen weniger attraktiv war. Im Frühjahr schlugen sie wieder zu. Diesmal sogar in weitaus größerem Umfang. Die ersten Überfälle des Jahres 1935 erfolgten Ende März. Doch auch diesmal fiel die Beute eher bescheiden aus, denn alle Opfer hatten nur geringe Geldbeträge mitgeführt.

Jetzt war die Kriminalpolizei, zumal sie völlig im dunkeln tappte und nicht den geringsten Hinweis auf die etwaigen Täter hatte, doch beunruhigt. Ärger mit der Staatsführung stand bevor, denn eine Verbrechensserie dieser Art paßte nicht ins Bild des neuen Staates. Zudem mußte die Kriminalpolizei auch diesmal wieder davon ausgehen, daß bei weitem nicht alle Überfälle angezeigt worden waren. Wer gab schon gerne zu, daß er sich mit seiner Geliebten im Grunewald ein Stelldichein gegeben hatte. Insbesondere die biederen, verheirateten Ehemänner erzählten zu Hause lieber die Geschichte von der verlorenen Brieftasche, als daß sie ihren Fehltritt offen eingestanden hätten. Die Kripo ging davon aus, daß sie die Zahl der angezeigten Verbrechen wenigstens mit vier multiplizieren mußte, um der der tatsächlich verübten Überfälle wenigstens halbwegs nahe zu kommen.

In den ersten beiden Juni-Wochen verging kaum eine Nacht ohne Überfälle, wobei die Täter stets nach dem gleichen Schema vorgingen: sie blendeten ihre Opfer mit der Taschenlampe, bedrohten sie mit der Schußwaffe und forderten Geld. Am 8. Juni 1935 gab es dabei erstmals einen Verletzten. Das Opfer, ein Kaufmann aus Charlottenburg, hatte die Verfolgung der Täter aufgenommen, sie eingeholt und versucht, einen von ihnen festzuhalten. Es kam zu einem Handgemenge, in dessen Verlauf ein Schuß fiel. Der Kaufmann erlitt einen Streifschuß am Oberschenkel. Die Beute diesmal: 35 RM Hartgeld. Da der Angeschossene nicht sagen konnte, wo genau der Überfall stattgefunden hatte, konnten weder ein Geschoß noch eine Hülse gefunden werden.

Am 13. Juni 1935 kam es zu einem weiteren Zwischenfall. Das Opfer, Siegfried Wiechert, parkte nachts mit seiner Freundin auf einem Waldweg im Grunewald, als er von zwei Tätern überfallen wurde. Geistesgegenwärtig konnte er nach seiner Waffe greifen und die Täter in die Flucht schlagen. Dabei gab er zehn Schüsse auf die flüchtenden Räuber ab. Am nächsten Tag stellte die Spurensicherung nicht nur die Patronenhülsen sicher, die aus der Waffe des Überfallopfers stammten, sondern auch noch zwei weitere Hülsen vom Kaliber 9 mm, die eigentlich nur aus der Waffe der Räuber stammen konnten. Es war der erste konkrete Hinweis. Aber wirklich weiter brachte er die Polizei auch nicht.

Die Raubserie schien immer größere Ausmaße anzunehmen. Im Juli 1935 wurde das erste Mal ein Liebespärchen nach der Grunewaldmethode im Osten von Berlin überfallen, und zwar im Waldgebiet Adlergestell zwischen Grünau und Schmöckwitz. Die Opfer sprachen allerdings nur von einem Täter. Aber auch dieser war maskiert gewesen und hatte eine Stabtaschenlampe sowie eine Waffe mit sich geführt.

Die Kriminalpolizei trat zur Krisensitzung zusammen und stellte vier verschiedene Theorien auf:

1. Die Täter hatten ihr angestammtes Terrain verlassen und setzten ihre Überfallserie jetzt im Osten der Stadt fort.
2. Sie waren in Streit geraten und hatten sich getrennt.
3. Es handelte sich um dieselben Täter, die Opfer hatten den zweiten Mann nur nicht bemerkt.
4. Die Grunewaldräuber hatten Nachahmer auf den Plan gerufen.

Darüber hinaus warf die Überfallserie noch zahllose Fragen auf. Weshalb gingen die Täter ein so hohes Risiko ein, obwohl die Beute jedesmal nur äußerst gering ausfiel? Es tauchten sogar Gerüchte auf, daß es sich um gezielte Provokationen von »Staatsfeinden« handele, die dem Regime Schaden zufügen und den NS-Staat der Lächerlichkeit preisgeben wollen. Innerhalb der Reihen der Kriminalpolizei wurde diese Theorie wohl eher belächelt. Doch die Kripo befürchtete nicht zu Unrecht, daß die Gestapo die Ermittlungen an sich reißen könnte.

Wenn die Bevölkerung vor der Gefahr im Grunewald wenigstens gewarnt werden könnte, würden sich ahnungslose Liebespärchen sicher nicht Nacht für Nacht in Gefahr begeben, war die einhellige Meinung. Zwar war der materielle Verlust oft zu verschmerzen, aber weitaus unangenehmer war der Verlust der Brieftasche mit den persönlichen Dokumenten, deren Wiederbeschaffung mit viel Ärger und vor allem mit einem großen Zeitaufwand verbunden war.

Zu allem Überfluß schien es die Polizei nun auch noch mit einer völlig neuen Dimension von Raubüberfallen zu tun zu bekommen: Am südöstlichen Stadtrand von Berlin waren Mitte Juni 1935 Lieferwagen durch Hindernisse auf der Fahrbahn zum Halten gebracht und deren Fahrer ausgeraubt worden.

Handelte es sich hier um eine neue Tätergruppe? Die Beschreibung der Täter und die Vorgehensweise paßte durchaus zu den Grunewaldräubern. Hatten sie sich umorientiert? Ihre Methode und Taktik geändert? Gedanken, die schnell wieder verworfen wurden.

Das Raubdezernat ging davon aus, daß es sich um zwei verschiedene Gruppen von Tätern handelte.

Kommissar Moritz war allerdings aufgefallen, daß sich die Taten niemals überschnitten. Kam es zu Autofallen-Überfällen im Osten, dann herrschte Ruhe im Grunewald. War das wirklich ein Zufall?

Im Laufe der Zeit gingen die Räuber immer rabiater vor. Am 5. Juli 1935 kam es wieder zu Überfällen auf Liebespaare in parkenden Kraftwagen am Kleinen Stern. Einer der Überfallenen sprang jedoch aus dem Wagen und griff den Täter an. Dieser schoß sofort, ergriff dann aber die Flucht, ohne Beute gemacht zu haben. Das Opfer erlitt einen Bauch- und Hüftschuß, überlebte aber.

Bei den am Tatort gefundenen 9 mm Hülsen handelte es sich um eine typische Revolvermunition. Die Geschosse, die dem Opfer herausoperiert wurden, waren dagegen 7,65 mm Patronen, eine typische Pistolenmunition. Somit sprachen die Hülsen zwar dafür, daß es sich bei den Tätern um dieselben handelte, die auch die anderen Liebespaar-Überfälle im Grunewald verübt hatten, die Geschosse sprachen wiederum dagegen. Das Raubdezernat konnte sich zunächst noch keinen Reim darauf machen.

Es ist wohl nicht einmal übertrieben, wenn Alexander Harder schreibt, daß die Autofallen-Überfälle im Propagandaministerium eine regelrechte »Panikstimmung« erzeugten. Die einheimischen Zeitungen durften nach wie vor nicht berichten. »Aber noch gab es Korrespondenten der Auslandspresse in Berlin«, so Harder. »Und die stürzten sich mit wahrer Wonne auf die neuesten Überfälle.« Die ausländischen Blätter berichteten seitenlang über die Autobahnen des »Führers«, bemerkten aber gleichzeitig, daß eine neue Art von Wegelagerei die »schönsten Autostraßen der Welt« zu den unsichersten zu machen drohte ...

Goebbels tobte, denn die Olympischen Sommerspiele 1936 standen ins Haus! Himmler und Heydrich rieben sich schon die Hände, standen sie doch schon lange auf dem Standpunkt, daß allein die Gestapo in der Lage sei, das Verbrechen auszurotten. Konnte sie nicht bald einen Fahndungserfolg vorweisen, lief die Kriminalpolizei Gefahr, ihre Autorität einzubüßen.

Das Raubdezernat im Polizeipräsidium war nach wie vor der festen Überzeugung, daß die Täter allein mittels einer Großfahndung gefaßt werden könnten. Dazu gehörte freilich auch die Aufklärung der Bevölkerung durch die Presse. Für das »Promi« kam das aber nicht in Frage.

Wenigstens wurden für die Liebespaar-Überfälle und die Autofallen-Überfälle zwei getrennte Sonderkommissionen gebildet, denn das Raubdezernat ging noch immer davon aus, daß es sich um zwei verschiedene Tätergruppen handeln müsse.

Inzwischen hatten die Täter ihre Autofallen immer weiter perfektioniert. Errichteten sie anfangs ihre Straßensperren noch mit Hilfe abgebrochener Äste oder von nahegelegenen Baustellen herbeigeschaffter Holzbohlen, so sägten sie später schon kleinere Bäume ab. Als sich diese Methode ebenfalls nicht bewährte, spannten sie Drahtseile über die Fahrbahn. Doch auch das schien nicht der Weisheit letzter Schluß zu sein. Zeugenaussagen zufolge war es nicht sonderlich schwierig, diese Sperren zu durchbrechen, auch auf die Gefahr hin – wie in mindestens einem Fall geschehen –, daß die Windschutzscheibe dabei zu Bruch ging. Schließlich fällten sie kräftige Bäume, vornehmlich Kiefern, die beim besten Willen nicht zu überwinden waren.

Auch im Winter 1935/36 rissen die Überfälle nicht ab: Raubüberfälle im Grunewald, in den sich trotz der Kälte immer wieder unerschrokkene Pärchen zurückzogen, Autofallen im Osten und Südosten Berlins sowie Überfälle auf Liebespaare in der Nähe des Müggelsees. Von den Tätern fehlte nach wie vor jede Spur. Zudem waren die Personenbeschreibungen mehr als dürftig. Sogar die Angaben über die Größe der Täter schwankte zwischen 1,60 m und 1,80 m.

Kommissar Moritz vertrat noch immer die Theorie, daß es sich bei den Tätern um ein und dieselben Personen handelte. Seiner Ansicht nach war es allzu auffällig, daß sich die Überfälle niemals überschnitten. Innerhalb des Raubdezernats fand er mit seiner Meinung kein Gehör und zog es von nun an vor, seine Meinung für sich zu behalten.

Die beiden Kommissionen arbeiteten unterdes Tag und Nacht, observierten und werteten Zeugenaussagen aus, aber ohne Ergebnis.

Das Gebiet, in dem sich die Autofallen abspielten, war viel zu groß. Die einzelnen Tatorte lagen bis zu 40 km auseinander.

Im Frühjahr 1936 stieg die Zahl der Überfälle sogar noch weiter an, und immer häufiger wurden jetzt auch Opfer verletzt. Am 20. April 1936 kam es am Schwarzen Weg in der Nähe von Müggelheim zu einem Handgemenge mit einem der Opfer, das einen äußerst schmerzhaften Bruch des Kniegelenks davontrug. Der Mann hatte nicht einmal Geld bei sich gehabt.

Im Sommer 1936 erbeuteten die Räuber, diesmal wieder am Kleinen Stern, neben einer Brieftasche mit 482 RM auch eine Waffe, eine Pistole der Marke Walther-PPK vom Kaliber 7,65 mm, eine automatische Waffe, die nach jedem Schuß die leere Patronenhülse selbständig auswirft.

Die Ermittler gingen davon aus, daß die Täter die Waffe in Zukunft benutzen würden.

Im Dezember 1936 stellte die Spurensicherung an einem neuen Tatort eine Patronenhülse sicher, die nur von den Tätern stammen konnte. Die Untersuchung ergab, daß es sich eindeutig um Revolvermunition mit der Fabrikbezeichnung RWS 320 handelte. RWS stand für Rheinisch-Westfälische Sprengstoff AG und 320 war die englische Kaliberbezeichnung einer handelsüblichen Munition für Revolver. Die Täter hatten also nicht die gestohlene Waffe benutzt. Oder vielleicht doch?

Die Untersuchung der Hülsen brachte nämlich eine Überraschung: Dem Gutachten zufolge konnte diese Munition nicht nur von Revolvern, sondern auch von Selbstladepistolen verschossen werden. Ein Umstand, der nicht einmal den erfahrenen Kriminalbeamten geläufig war. Und das sichergestellte Geschoß war nicht aus einem Trommelrevolver, sondern aus einer Selbstladepistole abgefeuert worden! Dafür kamen jedoch nur einige wenige Fabrikate in Frage. Eine Walther-PPK war, wie sich wenig später herausstellte, jedoch nicht darunter. Hatten die Täter die erbeutete Walther also doch nicht benutzt? Die Verwirrung war komplett.

Neben den Liebespärchen- und den Autofallen-Überfällen bekam das Raubdezernat im Sommer 1936 zu allem Überfluß auch noch zusätzliche Arbeit. Die Raubüberfälle häuften sich in Berlin in geradezu erschreckender Weise. So war am 30. August die Kasse des

S-Bahnhofs Rahnsdorf überfallen worden. Offenbar war der Tag mit Bedacht gewählt worden, denn es handelte sich um einen schönen Sommertag, und es herrschte starker Badeverkehr zum Müggelsee. Gegen 22 Uhr war ein Räuber durch das Toilettenfenster in den Verkaufsraum eingedrungen, hatte die Kassiererin mit der Waffe bedroht und 561,40 RM gestohlen. Wenige Tage später erbeuteten Räuber bei einem Überfall auf den S-Bahnhof Grunewald gleich 2000 RM.

Am 13. November 1936 wurden gleich mehrere Lieferfahrer Opfer der inzwischen von Kraftfahrern so gefürchteten Autofallen, darunter auch ein mit drei Männern, dem Fahrer Fritz Thieme und den Brüdern Werner und Wilhelm Krüger, besetzter Lastzug. Diese wollten sich aber keinesfalls ausrauben lassen. »Nimm den Hammer und hau ihn vorn Kopp!« sagte Wilhelm Krüger zu Fritz Thieme. Einer der Räuber zog sofort seine Waffe und schoß. Fritz Thieme, der gerade im Begriff war, von seinem Sitz zu klettern, wurde in die Brust getroffen. Die Kugel zerriß ihm den rechten Lungenflügel und blieb im siebten Brustwirbel stecken. Auch durch eine Operation konnte sie nicht entfernt werden, da die Gefahr einer Verletzung des Rückenmarks bestand. Thieme war vom 13. November 1936 bis 18. Februar 1937 im Krankenhaus. Die Verletzung hatte eine schwere Rippenfellentzündung verursacht, so daß eine Rippenresektion vorgenommen werden mußte. Thieme blieb arbeitsunfähig und konnte seinen Beruf als Tischler nie wieder ausüben.

Einen Tag vor dem Heiligen Abend des Jahres 1936 bekamen die Autofallen-Räuber mehr zu tun, als ihnen lieb sein konnte. Auf der Fernverkehrsstraße Berlin–Küstrin hatten sie eine Baumfalle errichtet, der sich von beiden Seiten her gleich mehrere Fahrzeuge näherten, von Münchberg her das Fahrzeug des Kurdirektors Tetzlaff und von der anderen Seite ein Wagen der Firma Hertie. Die Täter forderten vom Beifahrer des Lieferwagens die Geldtasche, die dieser umgehängt hatte. Sie enthielt 300 RM. Kurdirektor Tetzlaff hatte in Anbetracht dessen offenbar Angst bekommen und händigte den Brüdern ebenfalls widerstandslos seine Brieftasche mit 340 RM aus. Inzwischen näherte sich von Herzfelde noch ein Brauereiwagen. Der Beifahrer, der die kassierten Gelder in der Tasche hatte, bemerkte aber rechtzeitig, was sich vor ihnen abspielte, und flüchtete in den Wald.

Am Rande sei angemerkt, daß in dieser Nacht peinlicherweise auch ein SS-Oberführer in die Autofalle geriet. Statt sich mutig der Übermacht der Täter entgegenzustellen und sie zu überwältigen, wie es seine Vorgesetzten von ihm erwarteten, reagierte er doch ganz menschlich, überließ den bewaffneten Räubern sein Geld und suchte das Weite. Er wurde aus der SS ausgeschlossen.

Heydrich machte den Vorschlag, alle wegen Raubes Vorbestraften in Vorbeugehaft zu nehmen. Die Täter würden mit Sicherheit dabei sein und der Spuk wäre beendet. Die Kriminalpolizei war davon allerdings keineswegs so überzeugt.

Aus jahrzehntelanger Erfahrung wußten die Beamten, daß die Rückfallquote gerade unter den Räubern relativ gering war. Raub beziehungsweise schwerer Raub wurde mit Zuchthaus nicht unter fünf Jahren bestraft. Wer die abgesessen hatte, überlegte sich gut, ob er das Risiko einer solchen Strafe noch einmal einging, zumal ein Räuber nie wußte, ob sein Opfer tatsächlich größere Geldbeträge oder Wertgegenstände bei sich führte. Er riskierte also ein harte Bestrafung für eine geringe Beute. Anders verhielt es sich bei den Einbrechern, die sich in der Regel von vornherein lukrative Objekte aussuchten.

Die Mordkommission befaßte sich erst relativ spät mit der Raubserie, denn bisher war es im Zuge der Überfälle zwar schon mehrfach zu mehr oder weniger schweren Körperverletzungen gekommen, aber noch nie zu Tötungsdelikten. Das änderte sich erst im März 1937:

Mit größter Aufmerksamkeit fuhr der kaufmännische Angestellte Gerhard Roth in der Nacht des 24. März 1937 in seinem Dienstwagen von Berlin nach Schmöckwitz, wo er zu Hause war. Er achtete auf jede Kleinigkeit, denn er wußte vom Hörensagen von den sogenannten Autofallen in dieser Gegend.

Etwa drei Kilometer hinter dem Bahnhof Grünau auf der Strecke Schmöckwitz–Adlergestell, bemerkte er etwas Leuchtendes im Straßengraben. Er fuhr näher heran und erkannte, daß es sich um ein Fahrrad mit noch brennender Lampe handelte. Ein Verkehrsunfall mit Fahrerflucht? Er stoppte den Wagen und stellte ihn quer zur Straße, um so mit seinen Scheinwerfern in den Wald hineinleuchten zu können. Eine verletzte Person konnte er aber nicht entdecken. Aussteigen wollte er indes nicht, vielleicht war das ja auch wieder so eine Falle. Roth zog es vor, lieber gleich zur Polizei zu fahren. Zusammen mit den Polizeibeamten fuhr er zurück an die Stelle, an der er das Fahrrad entdeckt hatte, und sofort erkannten die Beamten das Dienstfahrrad eines Kollegen, der gegen 19 Uhr vom Revier zu einer zweistündigen Streifenfahrt aufgebrochen war. Nach kurzer Suche fanden sie ihren Kollegen. Doch er hatte keinen Unfall gehabt, wie sie zunächst vermutet hatten. Der Polizist war erschossen worden. Seine Pistolentasche war geöffnet, die Waffe fehlte.

Die Beamten fuhren nach Grünau zurück und informierten das Polizeipräsidium.

Der Gerichtsmediziner stellte einen Einschuß in der Nähe des Schlüsselbeins fest, der vermutlich von einem Kleinkalibergeschoß herrührte. Die Spurensicherung fand in unmittelbarer Nähe der Leiche nicht nur die Dienstpistole des Beamten, sondern auch vier Patronen der mitgeführten Munition und außerdem eine Hülse. Daraus ergab sich, daß der Beamte von der Schußwaffe Gebrauch gemacht hatte. Durch eine offenbar entstandene Ladehemmung konnte er allerdings nicht noch einmal schießen. Zudem fanden sich im Waldboden vier weitere Patronen sowie eine Patronenhülse vom Kaliber 7,65 mm. Die Geschosse waren mit Sicherheit aus der Waffe abgefeuert worden, die auch die Autofallenräuber benutzt hatten!

Späteren Zeugenaussagen nach zu urteilen, hatte der Polizist etwas Verdächtiges im Wald bemerkt. Er war zunächst am äußersten Rand der Chaussee entlanggeradelt, hatte dann aber die Straßenseite gewechselt und war noch einmal zurückgefahren.

Ein Zusammenhang zwischen dem Polizistenmord und den in dieser Gegend ihr Unwesen treibenden Autofallenräubern lag auf der Hand.

Diesmal wurde sogar umgehend eine Pressemitteilung herausgegeben, die in dem typischen Tonfall der 30er Jahre gehalten war: »Mord an Schutzpolizisten in Berlin–Grünau. Einem ruchlosen

Verbrechen ist am Mittwoch, dem 24. des Monats, zwischen 19 und 21 Uhr, der 33jährige verheiratete Revierpolizeibeamte Arthur Herrmann vom Polizeirevier 243 in Grünau zum Opfer gefallen.« Am 27. März 1937 wurden an allen öffentlichen Orten Fahndungsplakate ausgehängt.

Zwei Tage später, am 29. März 1937, es war die Nacht zum Ostermontag, geschah ein weiterer Mord, der ebenfalls in engem Zusammenhang mit anderen Straftaten zu stehen schien, nämlich mit der seit drei Jahren nicht abbrechen wollenden Serie bewaffneter Raubüberfälle auf Liebespaare im Grunewald:

Kurz vor Mitternacht verließen der 20jährige Maurer Bruno Lis und seine 19jährige Freundin Anna das Lokal »Wurzbacher« am Bahnhof Grunewald, wo sie sich mit Freunden zu einem Tanzvergnügen getroffen hatten. Zusammen mit Annas Freundin Edith und deren Verlobten Erwin beschlossen sie, noch einen Spaziergang zum nahegelegenen Hundekehlesee zu unternehmen. Während Edith und Erwin weitergingen, setzten sich Bruno und Anna auf eine Bank am See. Kaum waren Edith und Erwin außer Sichtweite, kam von der Auerbacher Straße her ein Mann mit einer tief ins Gesicht gezogenen Schiebermütze direkt auf sie zu. Er bedrohte Lis mit einer Waffe und forderte Geld. Mit den Worten »Du hast se wohl nich' alle« stürzte sich Lis auf den Mann, und es kam zu einer Prügelei. Doch plötzlich fielen Schüsse. »Renn weg! Renn weg!« konnte Lis seiner Freundin noch zurufen. Anna, der sofort klar war, daß sie ihrem Freund nicht helfen konnte, rannte zum Bahnhof Grunewald zurück und rief aus einer Telefonzelle die Polizei.

Der schwerverletzte Lis, der einen Hals- und einen Brustschuß erlitten hatte, wurde ins nahegelegene Martin-Luther-Krankenhaus gebracht, wo er wenig später seinen schweren Schußverletzungen erlag. Die am Tatort gefundene Patronenhülse trug die Bezeichnung RWS 320, Kaliber 7,65 mm. Die gleiche Munition wie in der Mordsache Herrmann.

Die Nachricht schlug im Polizeipräsidium wie eine Bombe ein. Die Sensation war perfekt. Beide Opfer waren von den Autofallen-Räubern erschossen worden. Kommissar Moritz hatte also doch recht gehabt. Die Täter waren tatsächlich identisch. Auch im Mordfall Lis wurde die Bevölkerung zur Mitarbeit aufgefordert und eine Belohnung von 1000 RM ausgesetzt. Die Überfälle gingen indes weiter. Zudem wurde am 5. September 1937 die Stationskasse der Reichsbahn im S-Bahnhof Hirschgarten überfallen und ausgeraubt. Zwar betrug die Beute kaum 60 RM, doch war der diensthabende Beamte brutal zusammengeschlagen worden.

Mehr als 3000 Hinweise zu diversen Raubtaten, von denen man nicht einmal wußte, ob sie tatsächlich in irgendeinem Zusammenhang mit den Autofallen- oder den Grunewald-Überfällen standen, hatten sich inzwischen bei der Kripo angesammelt. Doch das Raubdezernat hatte keine Wahl. Wohl oder übel mußte es sich die Spuren systematisch vornehmen. Der überwiegende Teil der Hinweise konnte allerdings mit gutem Gewissen vernachlässigt werden. Allein die Spur 94 erschien den Beamten interessant. Sie kam vom 234. Polizeirevier in Niederschöneweide und trug das Datum vom 10. September 1937: Die Meldung bezog sich auf den Raubüberfall auf die Stationskasse des Bahnhofs Hirschgarten vom 5. des Monats und wies auf zwei »Berufsverbrecher« hin, die für den Überfall in Frage kämen. Es handelte sich um den 46jährigen Max Götze und seinen 35jährigen Bruder Walter. Beide waren wegen zahlreicher Eigentumsdelikte bereits erheblich vorbestraft.

Der Hinweis auf die Brüder war von einer Kneipenwirtin gekommen, die die Brüder von früher kannte und auch um ihre kriminelle Vergangenheit wußte. Einen Tag, nachdem sie von dem Raubüberfall auf das Kassenhäuschen des Bahnhofs gehört hatte, gab Walter Götze, obwohl er keiner geregelten Arbeit nachging, viel Geld in ihrem Lokal aus und hatte sich sogar ein neues Fahrrad gekauft. Aus diesem Grunde hielt sie es für durchaus möglich, daß es sich bei den beiden um die Täter handelte.

Der Bericht der Kollegen aus Niederschöneweide endete mit dem interessanten Satz: »Es scheint nicht ausgeschlossen, daß sie [die Brüder Götze] auch für die Autofallen-Überfälle in Frage kommen.«

Die »Sonderkommission Autofallen« beschloß, es war der 13. September 1937, dem Hinweis nachzugehen:

Max Götze wurde allerdings in seiner Wohnung in Adlershof nicht angetroffen. Nachbarn erklärten den Beamten, daß Götze immer erst um 18 Uhr von der Arbeit käme. Da die Ermittler vermeiden wollten, mit Kanonen auf Spatzen zu schießen, ließen sie sich keinen Haftbefehl ausstellen, sondern luden Max Götze für den 15. September vor. Immerhin konnte nicht ausgeschlossen werden, daß es sich bei den Angaben der Schankwirtin um eine Denunziation handelte. Zudem ging Max Götze einer geregelten Arbeit nach und paßte somit nicht ins Klischee vom »Berufsverbrecher«.

Walter Götze wohnte in Oberschöneweide zur Untermiete und wurde ebenfalls nicht zu Hause angetroffen. Von seiner Vermieterin erfuhren die Beamten, daß er schon seit dem 6. September nicht mehr in seinem Zimmer gewesen war. Daraufhin wurde nach Walter Götze die Fahndung ausgeschrieben.

Max Götze hingegen erschien am 15. September pünktlich auf dem Polizeipräsidium. Der verheiratete Maurer beteuerte, mit dem Überfall auf den Bahnhof Hirschgarten nichts zu tun zu haben, und konnte sogar ein Alibi vorweisen. Am Abend des 5. September gegen 22 Uhr war seine Frau von einer zehntägigen Rheinreise mit »Kraft durch Freude« zurückgekommen. Sie hätten sich noch eine Weile unterhalten und seien dann zu Bett gegangen. Außerdem habe er seine letzte Strafe 1933 verbüßt und habe sich seither nichts mehr zuschulden kommen lassen.

Max Götzes Ehefrau sagte allerdings aus, sie sei erst gegen 22 Uhr 30 nach Hause gekommen, und ihr Mann sei zu diesem Zeitpunkt noch gar nicht daheim gewesen. Er sei erst kurz nach ihr gekommen. Max Götze beteuerte auf erneute Nachfrage, daß sich seine Frau ganz bestimmt irre. Trotz dieses Widerspruchs, der ohnehin nur geringfügig war, schied Max Götze als Täter aus und wurde folglich wieder entlassen.

Die Fahndung nach Walter Götze lief indes weiter. Alles in allem hatte sich die Spur Nr. 94 als ebenso unbrauchbar erwiesen wie die 93 davor und wurde ebenfalls ad acta gelegt. In der nächsten Zeit blieb es ruhig, es kam weder zu Überfällen im Grunewald noch zu weiteren Autofallen. Es sah ganz so aus, als würden die Täter ungestraft davonkommen. Niemand glaubte noch recht daran, daß man ihrer jemals habhaft werden könnte.

Monate vergingen, bevor am 5. März 1938 der seit September des Vorjahres gesuchte Walter Götze wieder auftauchte. An jenem

Abend kehrten die Brüder Götze wieder in der Schankstube ein, deren Wirtin sie damals des Überfalls auf den Bahnhof Hirschgarten verdächtigt hatte. Die Frau konnte ihren Augen kaum trauen, als sie die Brüder erblickte. Die Untätigkeit der Polizei empörte sie, denn sie war fest davon überzeugt, daß es sich bei den beiden um gefährliche Verbrecher handelte, und meinte, jetzt sogar einen Beweis dafür zu haben: Als sie ihnen das Bier hinstellte, holte Walter Götze gerade eine Schachtel Zigaretten aus seiner Aktentasche. Dabei konnte sie sehen, daß die Tasche voll von Zigarettenschachteln und Schokoladentafeln war, genau solchen, wie sie an Bahnhofskiosken verkauft wurden. Da vor ein paar Tagen erst ein solcher überfallen worden war, glaubte sie, daß die Brüder die Täter waren. Zum Telefon zu gehen und die Polizei zu holen, wagte sie allerdings nicht. Erst als Max Götze gegangen und Walter auf seinem Platz eingeschlafen war, faßte sie all ihren Mut zusammen und rief die Polizei. Als diese eintraf, war Walter Götze allerdings längst gegangen.

In der Nacht vom 17. auf den 18. März 1938 fiel einer Polizeistreife in einer Laubenkolonie ein verdächtiger Mann auf. Handelte es sich etwa um einen Einbrecher? Bei seiner Festnahme leistete der Unbekannte derart heftigen Widerstand, daß er beinahe wieder entkommen wäre. Es handelte sich um Walter Götze.

Die Wirtin des Lokals sollte recht behalten. Die Aktentasche, die Walter Götze bei sich hatte, enthielt Zigaretten und Schokoladentafeln, die zweifellos aus einem Überfall auf einen Kiosk stammten. Walter Götze wurde umgehend ins Polizeipräsidium gebracht.

Unter den Gegenständen, die der Verhaftete mit sich führte, fand Kommissar Moritz auch ein Parteiabzeichen. Zudem bemerkte er, daß Walter Götze einen verkrüppelten kleinen Finger hatte. Kommissar Moritz stutzte. In seinem Gehirn schien alles durcheinander zu gehen. Parteiabzeichen und verkrüppelter kleiner Finger. Beides stand in irgendeinem Zusammenhang miteinander. Wenn er nur wüßte in welchem?

Endlich fiel der Groschen: Bei einem der Überfälle im Grunewald war einem hohen Genossen sein Parteiabzeichen gestohlen worden. Moritz wollte sich die Akte heraussuchen lassen, doch die lag inzwischen bei der Gestapo. Der Geschädigte hatte nämlich geglaubt,

Opfer von »kommunistischen Banditen« geworden zu sein, die sich an ihm rächen wollten. Also Fehlanzeige. Was die Gestapo erst einmal in ihren Krallen hatte, rückte sie so schnell nicht wieder heraus.

Zudem erinnerte sich Moritz, daß eines der Grunewalder Überfallopfer ausgesagt hatte, einer der Täter habe einen verkrüppelten kleinen Finger gehabt. Kommissar Moritz setzte alle zur Verfügung stehenden Kräfte ein, um in den Akten nach eben jener Aussage zu suchen.

Schneller als gedacht, wurden die Beamten fündig, und umgehend wurde der Zeuge namens Brenner ins Präsidium geholt. Brenner bestätigte seine Aussage von damals. Der Täter hatte einen verkrüppelten kleinen Finger. Das habe er genau gesehen. Die Frage, ob er den Täter identifizieren könnte, bejahte er. Wenn er ihm mit der Strumpfmaske, also genau so wie damals, gegenübergestellt würde, könne er ihn wiedererkennen.

Tatsächlich identifizierte der Zeuge Brenner den Täter unter neun Personen zweifelsfrei. Die Nummer sieben sei es gewesen, sagte er, nachdem die Männer wieder hinausgeführt worden waren. Hinter der Nummer sieben verbarg sich Walter Götze.

Tagelang wurde Walter Götze verhört. Er dachte aber gar nicht daran, ein Geständnis abzulegen. Erst nachdem Kommissar Moritz ihm verkündet hatte, er habe seine gesamte Familie verhaften lassen, seine Frau, seine Eltern und seine Geschwister, erklärte er sich bereit, auszusagen. Allerdings stellte er eine Bedingung: vorher mußte seine Familie freigelassen werden.

Moritz gab ihm darauf sein Ehrenwort – und hielt es auch. Daß sein Kollege Lohmeyer Max Götze kurz darauf wieder in Schutzhaft nahm, erfuhr der Kommissar erst später.

Am 8. April 1938 legte Walter Götze ein Geständnis ab und gab in Bausch und Bogen zu, seit 1934 mehr als 150 Überfälle auf Liebespaare oder mittels Autofallen verübt zu haben. Doch damit allein war es nicht getan. Moritz wollte auch wissen, wer sein Komplize gewesen war. Walter Götze behauptete, es habe sich um einen gewissen Willi gehandelt, den er in der »Alexanderquelle« in der Münzstraße kennengelernt hatte. Er beteuerte allerdings immer wieder nicht zu wissen, wo dieser Willi zu finden sei. Es dauerte wieder einen Tag, bis er endlich mit der Sprache herausrückte. Er habe

Willi, weil er befürchtete, er könnte ihn verraten, im Januar jenes Jahres erschossen. Dann habe er ein Loch ins Eis des Müggelsees gehauen und die Leiche versenkt. Er könne der Polizei sogar die Stelle zeigen, wo er das getan habe.

Doch die Polizeitaucher, die etwa 14 Tage lang den See absuchten, fanden keine Leiche. Zudem hatte eine Nachfrage beim Wetterdienst ergeben, daß es auf dem Müggelsee im Januar 1938 gar kein tragfähiges Eis gegeben hatte. Walter Götze hatte also gelogen. Kommissar Moritz war ohnehin längst zu der Überzeugung gelangt, daß allein Max Götze als Mittäter in Frage kam, und wandte eine altbekannte List an, um Walter Götze endlich dazu zu bewegen, die Mittäterschaft seines Bruders einzugestehen. Moritz gab vor, Max Götze habe bereits ein Geständnis abgelegt. Daraufhin gestand Walter Götze die Beteiligung seines Bruders ein.

Als auch endlich Max Götze seine Mittäterschaft zugegeben hatte, erfuhren die Beamten Details über die einzelnen Taten. Den Aussagen der Brüder zufolge war es ausschließlich Walter Götze, der von der scharfen Schußwaffe Gebrauch gemacht hatte. Max hatte stets nur eine Schreckschußpistole bei sich getragen. Walter Götze war es auch, der den Polizisten Herrmann erschossen hatte. Zu dem Mord war es folgendermaßen gekommen:

Nachdem sich die Baumfallen unter den Kraftfahrern offenbar herumgesprochen hatten und folglich immer weniger Lieferwagen nachts unterwegs waren, mußten sich die Brüder eine neue Taktik einfallen lassen: In jener Nacht des 24. März 1937 wollte Walter Götze die Geldtasche, die sie bei dem Überfall auf den Hertie-Lieferwagen erbeutet und anschließend vergraben hatten, aus dem Versteck holen. Sie wollten sie mit Papier füllen und irgendwo auf die Straße legen. Der Fahrer eines sich nähernden Fahrzeugs würde dann sicher denken, jemand hätte die Tasche verloren, und in der Hoffnung, sie enthielte Geld, anhalten und aussteigen. Dann wollten die Brüder aus dem Hinterhalt auftauchen und den Neugierigen ausrauben.

So begab sich Walter Götze, er hatte seine Walther-Pistole bei sich, in den Wald bei Grünau, um die Tasche wieder auszubuddeln. Der Polizist auf dem Fahrrad bemerkte ihn und rief ihn an, was er so spät im Wald zu suchen habe. Er käme von der Arbeit aus

Adlershof und wolle nach Schmöckwitz, gab Götze zurück. Was er in der Aktentasche habe, wollte der Polizist wissen. »Thermosflasche, Stullendose und so«, meinte Götze unschuldig. Der Polizist blieb skeptisch und wollte den Inhalt sehen. Daraufhin zog Götze seine Pistole und schoß auf den Beamten. Dieser schoß ebenfalls, traf aber nicht. Weitere Schüsse konnte er nicht abgeben, denn seine Waffe hatte eine Ladehemmung …

Erst jetzt erfuhren die Beamten, daß auch die Überfälle auf die Bahnhöfe Rahnsdorf, Grunewald und Hirschgarten auf das Konto der Brüder Götze gingen, ebenso zahlreiche Überfälle auf Tankstellen.

Die Zeugen hatten es im übrigen ganz richtig beobachtet, wenn sie behaupteten, nur einen Täter gesehen zu haben. In der Tat hatte Walter Götze eine ganze Reihe von Überfällen allein ausgeführt, denn sein Bruder war nicht immer abkömmlich gewesen, ging er doch als Maurer einer geregelten Arbeit nach.

Nach dem Überfall auf die Stationskasse des Bahnhofs Hirschgarten war Walter Götze nicht mehr in seine Wohnung in Niederschöneweide zurückgekehrt, weil er fürchtete, die Polizei sei ihm schon auf den Fersen. In der Folgezeit nächtigte er auf Dachböden oder in unbewohnten Lauben.

Am 25. November 1937 agierten die Brüder Götze wieder gemeinsam und überfielen den Lieferwagen einer Fleischwarenfabrik direkt vor dem Feinkostgeschäft in der Dreilindenstraße Nr. 80, das gerade beliefert werden sollte. Wieder machten sie von ihren Schußwaffen Gebrauch und verletzten das Opfer. Die Beute: 1350 RM. Am 18. Januar erbeuteten sie bei einem ähnlichen Überfall noch einmal 1150 RM.

Am 13. Juni 1938 begann vor dem Sondergericht II beim Landgericht Berlin der Prozeß gegen die Brüder Götze. Die Anklage lautete auf Raubmord, Raub, Raubversuch und Diebstahl in 157 Fällen.

Am 16. Juni ließ Walter Götze seinem Bruder einen Kassiber zukommen, in dem er einen Fluchtplan darlegte, der auch Gewalt gegen die Justizbeamten vorsah. Angeblich übergab Max Götze den Kassiber am Morgen des 17. Juni dem Justizwachtmeister, so daß er in der Verhandlung verlesen werden konnte.

Für die Staatsführung war eines klar. Die Brüder Götze mußten zum Tode verurteilt werden. Daß Walter Götze der Todesstrafe nicht entgehen würde, war so gut wie sicher. Immerhin hatte er die beiden Morde und mehrere Mordversuche verübt. Den Aussagen der Brüder zufolge war es immer nur Walter gewesen, der mit einer scharfen Pistole geschossen hatte. Somit stand zu befürchten, daß Max Götze mit einer langjährigen Zuchthausstrafe davonkommen würde. Doch das erschien inakzeptabel.

Dr. Roland Freisler, damals Staatssekretär im Reichsjustizministerium, soll es, so weiß Alexander Harder zu berichten, gewesen sein, der einen Coup landete, der in der Rechtsgeschichte einmalig war und jeder Rechtsstaatlichkeit Hohn sprach.

Nach einem Gespräch mit Staatsanwalt Henkel, der dem Staatssekretär klargemacht hatte, daß man gegen Max Götze schwerlich die Todesstrafe verhängen könne, soll Freisler zusammen mit dem Reichsjustizminister in aller Eile dafür gesorgt haben, daß ein Gesetzentwurf, der das Aufstellen von Autofallen unter Todesstrafe stellte, durchgepeitscht und im Reichsgesetzblatt vom 21. Juni 1938 mit rückwirkender Kraft veröffentlicht wurde.

Im weiteren Verlauf der Verhandlung ergab sich allerdings, daß auch Max Götze einmal gezielt geschossen hatte, nämlich auf den uniformierten Reichsbahnbeamten auf dem Bahnhof Hirschgarten. Damit konnte Max Götze gemäß § 1 des Gesetzes zur Wahrung des Rechtsfriedens verurteilt werden. Der Paragraph sah für denjenigen die Todesstrafe vor, der einen Beamte der Bahnpolizei während seiner dienstlichen Tätigkeit zu töten versuchte.

In der Sitzung vom 24. Juni 1938 wurde Walter Götze in elf Fällen zum Tode verurteilt: wegen Mordes in zwei Fällen, einmal in Tateinheit mit schwerem Raub, einmal mit Verbrechen gegen § 1 Abs. 1 Ziff. 1 des Gesetzes zur Gewährleistung des Rechtsfriedens, ferner des gemeinschaftlichen Verbrechens gegen das Gesetz gegen Straßenraub mittels Autofallen vom 22. Juni 1938 in acht Fällen, in Tateinheit mit schwerem Raub und versuchtem schweren Raub, außerdem wegen schweren Raubes und räuberischer Erpressung. Wegen weiteren schweren Raubes in acht Fällen, versuchtem Mord und schwerer Körperverletzung wurde er ferner zu 15 Jahren Zuchthaus verurteilt.

Max Götze wurde wegen eines großen Teils der gleichen Verbrechen in neun Fällen zum Tode und ebenfalls zu 15 Jahren Zuchthaus verurteilt.

»Während der Gerichtsverhandlung wurde das Fehlen jeder Reue und auch jeglicher Einsicht festgestellt«, meinte ein Prozeßbeobachter.

In den Akten befindet sich der Prozeßbericht aus einer nicht näher bezeichneten Tageszeitung vom 24. Juni 1938 mit der Überschrift: »Die Götzes eine Verbrecherfamilie. Urteil des Sachverständigen: ›Die Untermenschen sind für ihre Taten voll verantwortlich‹«.

Der Artikel ist geradezu beispielhaft für die aggressive Diktion der Nazi-Presse:

»In der heutigen Nachmittagssitzung des Sondergerichtes gegen die Straßenbanditen Gebrüder Götze begann der Staatsanwalt seine scharfe Abrechnung mit den verabscheuungswürdigen Verbrechen der beiden Untermenschen, die jahrelang auf rücksichtsloseste und brutalste Weise die Kraftfahrer in Berlins Umgebung in gefährlicher Weise terrorisierten. Heute nachmittag bereits ist den beiden Banditen, die sich in so ungeheuerlicher Weise gegen Gut und Leben von Volksgenossen vergingen, vom Vorsitzenden das neue Reichsgesetz mitgeteilt worden, das mit rückwirkender Kraft einen Straßenräuber der Autofallen anlegt, mit Todesstrafe bedroht. Der Vorsitzende hat dabei die beiden Verbrecher auf die für sie dadurch von Grund auf geänderte Rechtslage hingewiesen.«

Die Brüder hätten, so die Zeitung, »mit der Verwegenheit und Rücksichtslosigkeit amerikanischer Gangster lange Zeit hindurch die Straßen Berlins beunruhigt«.

Im weiteren Verlauf des Prozesses mußten die Götzes zudem als Beweis für die angeblichen kriminalbiologischen Ursachen des Verbrechens herhalten. So bezeichnete der Gerichtsarzt Dr. Ebers die Götzes als eine »typische Verbrecherfamilie« und führte aus: »Der Vater der Angeklagten ist entmündigt, die Mutter ist eine Trinkerin. Aus der Ehe der Eltern sind sieben Kinder hervorgegangen. Lediglich eine Schwester der Angeklagten ist anscheinend unbescholten. Die sechs Brüder sind sämtlich Schwerverbrecher, die schwer vorbestraft sind. [...] Trotz der erblichen Belastung liegt indessen keinerlei Anlaß vor, an der Zurechnungsfähigkeit der Angeklagten zu zweifeln.«

Walter Götze, das fünfte Kind der Familie, besuchte bis zu seinem 14. Lebensjahr die Volksschule, begann dann eine Schneiderlehre, die er jedoch wieder abbrach und statt dessen Gelegenheitsjobs annahm. 1919 verübte er die ersten Straftaten. Unter anderem den Diebstahl von Kupferdraht von öffentlichen Leitungen. 1920 kam er für neun Monate ins Gefängnis und anschließend in eine Fürsorgeerziehungsanstalt, aus der er aber bald schon entwich. Er verübte erneut Kupferdrahtdiebstahl, diesmal aber zusammen mit seinem Bruder Max, mit dem er in der Folgezeit die meisten seiner Straftaten ausübte. Walter Götze kam darauf immer wieder ins Gefängnis.

Max Götze war das zweite Kind der Familie. Seine Entwicklung verlief ganz ähnlich wie die seines Bruders. Mit dem Unterschied allerdings, daß Max ein guter Schüler war. Nach der Schule absolvierte er eine Maurerlehre. Das erste Mal straffällig wurde er im Juli 1914. Nachdem er wegen Kupferdrahtdiebstahls drei Wochen im Gefängnis gesessen hatte, meldete er sich freiwillig zur Fußartillerie und kämpfte 1917/18 sowohl an der Ost- als auch an der Westfront. Nach dem Krieg ging er nur noch Gelegenheitsarbeiten nach und wurde immer wieder straffällig.

Die erste gemeinsame Straftat zusammen mit seinem Bruder Walter verübte er in der Nacht zum 30. November 1921. Die Brüder versuchten, von einer Hochspannungsleitung in der Umgebung von Straußberg Kupferdraht abzuschneiden. Max, der auf den Mast geklettert war, bekam einen Stromschlag und erlitt schwere Brandverletzungen. Sein Bruder Walter holte ihn unter Einsatz seines eigenen Lebens vom Leitungsmast herunter. Diese Rettung vertiefte das ohnehin schon innige Verhältnis zwischen den Brüdern noch mehr. Seither übten sie immer wieder gemeinsam Straftaten aus.

Für die NS-Propaganda waren die Götzes das ideale Beispiel »angeborenen Verbrechertums«. Demnach wäre Verbrechen kein gesellschaftliches Phänomen, deren Ursachen in den sozioökonomischen

Verhältnissen zu suchen seien, sondern ein auf Erbanlagen beruhendes Phänomen. Kriminelles Verhalten könne also von Generation zu Generation weitervererbt werden. Auch Kriminelle wurden als »Untermenschen« tituliert und konnten somit »ausgemerzt«, also vernichtet werden.

Heute ist es allgemein bekannt, daß Tausende von sogenannten Berufsverbrechern in den KZs ermordet worden sind.

Beziehungsmörder

Dieses Ereignis brachte mich ins Trudeln, und während ich früher kühn getötet hatte, um meinem Gefühl von Machtlosigkeit entgegenzuwirken, suchte ich jetzt Trost ...

James Ellroy, Stiller Schrecken

Als Beziehungsmörder werden jene Täter bezeichnet, die im Familien, Freundes- oder Bekanntenkreis töten. Bei der überwiegenden Zahl der Einzel- und Doppelmorde handelt es sich um solche Beziehungsmorde. Aus diesem Grund ist die Aufklärungsrate bei (erkannten) Mordfällen sehr hoch. Die Polizei untersucht am Tatort deshalb auch, ob sich aus den hinterlassenen Spuren Rückschlüsse auf eine Täter-Opfer Beziehung ergeben. Wichtige Fragen sind beispielsweise: Weshalb hat der Mörder sein Opfer erwürgt? Weshalb hat er es erschlagen? Warum hat er ein Messer benutzt? Trug der Mörder das Messer bereits bei sich, oder hat er es aus der Küchenschublade genommen? Was fehlt am Tatort? Was wurde gestohlen? Was waren organisierte und was waren unorganisierte Elemente des Verbrechens? Was hat der Täter am Tatort getan, was er nicht hätte tun müssen? War er ortskundig? Ist er ein vermeidbares Risiko eingegangen?

Je mehr Fragen beantwortet werden können, um so leichter wird die Suche nach dem Täter, um so einfacher wird es, den Kreis der Verdächtigen einzuengen. Die Tatortanalyse allein liefert selten eindeutige Beweise, aber sie gibt wichtige Fingerzeige, die wieder mit statistischen Erhebungen abgeglichen werden können. Z. B. sind weibliche Opfer von Sexualmorden, die zwischen sechs und 21 Jahre alt sind, in 55 Prozent der Fälle von einem Bekannten oder Verwandten umgebracht worden und nur in 21 Prozent von einem Fremden. Insgesamt waren 74 Prozent der Täter vorbestraft.

Serien-Beziehungsmörder töten, um sich einen materiellen Vorteil zu verschaffen, wie beispielsweise in den Genuß einer vorzeitigen

Erbschaft zu kommen, oder um eine unerwünschte Beziehung auf eine Weise zu beenden, die andere negative Begleitumstände einer Trennung oder Scheidung zu vermeiden hilft. Serien-Beziehungsmorde sind nach den Raubmorden der »Engel in Weiß« die zweite Domäne der Frauen.

Häufig fallen ihnen ihre eigenen Ehemänner zum Opfer. Die Serienmörderinnen im allerengsten Familienkreis werden »Schwarze Witwen« genannt – nach den *Latrodectus mactans*, einer Spinnenart, von der eine Untergattung selbst im Mittelmeerraum vorkommt. Diese hochgiftigen Spinnen ziehen ihre unregelmäßigen Netze meistens auf Feldern, aber auch in Gebäuden und dort bevorzugt in Toiletten. Der Körper des Weibchens wird ungefähr zwei Zentimeter lang, ist pechschwarz und weist eine rote Zeichnung auf. Ein Biß hat für Menschen gefährliche Folgen. Das Gift, ein Neurotoxin, bewirkt Übelkeit sowie Atemnot und kann für Kinder tödlich sein. Den Namen »Schwarze Witwen« haben die Weibchen, weil sie nach der Begattung die sehr viel kleineren Männchen fressen.

Die mörderischen Frauen tun es den Spinnen nach und setzen Gift als bevorzugte Tatwaffe ein. Eine der berühmtesten Giftmörderinnen der Weltgeschichte, die Französin Marie Lafarge, würzte ihrem Ehemann Charles Lafarge das Essen mit Arsen, einem äußerst giftigen Element, das sowohl in metallischen, nichtmetallischen und amorphen Modifikationen vorkommt. Die Belgierin Marie Alexandrine Becker hingegen verließ sich mehr auf die Kräutermedizin und verabreichte ihren Ehemännern Eisenhut-Auszüge. Eisenhut besitzt Wurzelknollen, aufrechte Stengel und gefiederte Blätter. Die Blüten sind meistens blau oder purpurrot. Daraus läßt sich das höchst gefährliche Alkaloid Aconitin gewinnen, welches die Lebenszeit radikal verkürzt. Elfriede Blauensteiner aus Österreich hingegen bediente sich eines Diabetesmedikaments in hoher Dosis, um mit Hilfe von Trogliatazon den Blutzuckerspiegel ihres Ehemannes, zweier Liebhaber und zwei weiterer Männer so radikal zu senken, daß diese ins Koma fielen und nicht wieder erwachten.

Rang zwei bei den weiblichen Mordmethoden nimmt das Erstikken oder Erwürgen ein. Die Französin Jeanne Weber erdrosselte zwischen 1905 und 1908 acht Kinder, darüber hinaus wurden ihr zwölf weitere Morde zur Last gelegt. Frauen greifen auch gerne zum

Revolver. Andere Mordmethoden, wie die der Amerikanerin Velma Barfield, bilden die Ausnahme: Sie übergoß ihre Opfer nach dem Beischlaf mit Benzin und zündete sie an.

In seinem Buch »Vor Adam« stellte Jack London (1876–1916) den frühgeschichtlichen Beziehungsmörder Rotauge vor: »An mehr als einem Morgen wurde der blutige Körper seiner jeweiligen Frau am Fuße der Klippen gefunden. Nachdem er sie zu Tode geprügelt hatte, warf er sie einfach aus der Höhle heraus.«

Jack Londons Serienmörder Rotauge blieb noch unbehelligt. Der Stamm tolerierte die Morde. Doch mit der Entwicklung moderner Gesellschaftsformen hat sich auch das Bewußtsein gegenüber derartigen Taten verändert. Einer der ersten aufsehenerregenden Kriminalfälle die verfolgt und aufgeklärt wurden, ereignete sich im Jahre 327 vor Christi im alten Rom. Wie der Geschichtsschreiber Titus Livius berichtet, kam es im Kreise der Patrizier zu einer Vielzahl von unerklärlichen Todesfällen. Die Spur führte zu zwei Kräuterweibern, die tödliche Substanzen brauten und heimlich verkauften. Am Ende wurden 170 Giftmörderinnen, die sich ihrer Liebhaber und Ehemänner mit Hilfe toxischer Tränke entledigt hatten, für schuldig befunden und zum Tode verurteilt. Die Erfahrungen wurden schriftlich festgehalten und verallgemeinert. Vielleicht entstand daraus das biblische Gebot: »Du sollst nicht töten!«.

HANS PFEIFFER

Ein vierfacher Kindesmord

Ilse Metzner und Rada (1942 – 1957)

Kinderfälle ließen einen nicht mehr los. Sie höhlten einen aus und brachten einem Narben bei. Es gab keine kugelsichere Weste, die dick genug war, um es zu verhindern, das man durchbohrt wurde. Kinderfälle ließen einen mit dem Wissen zurück, daß die Welt voll von verlorenem Licht war.

Michael Connelly, Kein Engel so rein

Ilse war dreiundzwanzig Jahre alt, als sie 1938 den Bauern Erwin Metzner heiratete. Metzner besaß ein Gut von etwa hundert Hektar. Ilse war zuvor in einem Büro tätig gewesen. Die Arbeit in der Landwirtschaft fiel ihr anfangs nicht leicht, aber allmählich gewöhnte sie sich an die schwere körperliche Arbeit. Gleich in den ersten Ehejahren wurden zwei Töchter geboren.

Nach Beginn des Krieges wurde Erwin Metzner zum Kriegsdienst eingezogen. Eine schwere Zeit kam für Ilse. Obwohl ihr Schwiegervater noch mithalf, lastete doch der Hauptteil der Arbeit auf ihr. 1942 erhielt sie die Nachricht, ihr Mann sei in Rußland vermißt. Sie erhielt einen jugoslawischen Kriegsgefangenen zugewiesen, der sie bei der landwirtschaftlichen Arbeit unterstützen sollte. Er hieß Rada und war ein Jahr älter als sie.

Ilse wußte nicht, ob ihr Mann tot oder in Kriegsgefangenschaft geraten war und noch lebte. Es gibt keine Mitteilung darüber, wie sie diesen Zustand der Ungewißheit empfand. Wahrscheinlich nahm sie ihn als das, was er war, als unabänderlich, und sagte sich, der

Augenblick ist wichtiger als vage Hoffnung oder endlose Trauer. Der Krieg stumpft ohnehin die Gefühle ab. Niemand weiß, was noch kommen wird. Nur der heutige Tag zählt. Und so entschloß sich die vitale und sinnliche Frau, das Beste aus ihrer Lage zu machen. Sie zierte sich nicht lange und gab dem Zwangsarbeiter Rada deutlich zu verstehen, daß sie ihn ins Bett haben wollte.

Ilse bereute ihren Entschluß nicht. Rada war ein kräftiger und leidenschaftlicher Mann. Seine Aggressivität gefiel Ilse. Und auch Rada war mit dieser Beziehung zufrieden. Er fand bei Ilse nicht nur sexuelle Erfüllung, sie war für den sonst so verachteten Zwangsarbeiter ein Stück Heimat. Ilse erwies sich als sehr erfinderisch, vor dem Schwiegervater, ihren Töchtern und den Dorfbewohnern das Liebesverhältnis zu verbergen. Sie und Rada wußten, wie grausam im faschistischen Deutschland eine solche Beziehung bestraft wurde, besonders dann, wenn sich eine »germanische« Frau mit einem »östlichen Untermenschen« einließ. Es war immer ein Spiel mit dem Leben.

Anfang 1944 stellte Ilse fest, daß sie schwanger war. Das so sorgsam gehütete Geheimnis würde nun offenbar werden. Das war ein Todesurteil, zumindest für Rada. Für sie bedeutete es, im Dorf geächtet zu werden. Bedeutete Gefängnis und vielleicht noch Schlimmeres. Beide wurden sich einig, die Schwangerschaft zu verbergen. Aber damit war das Problem erst zur Hälfte gelöst, bis zur Geburt des Kindes. Deshalb beschlossen sie, das Kind sofort nach der Geburt zu töten.

Während des Sommers gelang es Ilse, durch selbstgeschneiderte und geschickt arrangierte Kleidung ihren Zustand zu verheimlichen. Ilse ging wie immer tatkräftig ihrer Arbeit nach. Niemand im Haus, keiner im Dorf merkte etwas. Allmählich schwand Ilses Angst, sie begann sich sicher zu fühlen.

Eines Morgens dann ein neuer Schreck: Rada war verschwunden! Ilse fürchtete, er wolle sie ihrem Schicksal überlassen und sich seiner Verantwortung entziehen. Aber zwei Wochen später kehrte er zurück. Er erzählte, man habe ihn in ein Gefangenenlager bei Wien gesteckt, aber er sei entflohen. Ilse glaubte ihm die verworrene Geschichte nicht, war aber froh, daß Rada wieder bei ihr war.

Da Rada behauptete, er würde wegen seiner Flucht gesucht, versteckte ihn Ilse auf dem Dachboden. Dort wohnte er, bis bei Ilse die

Wehen einsetzten. Am 20. August kam das unerwünschte Kind zur Welt. Noch bevor sein Schreien Ilses Töchter oder den Schwiegervater aufmerksam machen konnte, erwürgten es die Eltern. Rada legte die Leiche in einen Karton und verbrannte sie in einem geeigneten Augenblick im großen Heizofen.

Der Krieg endete, und Ilses Mann kam nicht heim.

Rada blieb auf dem Hof als Arbeiter und Liebhaber.

1947 wurde Ilse erneut schwanger. Das harte faschistische Rassengesetz gab es nicht mehr. Weder der Mann noch die Frau hatten wegen ihres Verhältnisses eine Verfolgung zu befürchten. Und dennoch sah Ilse der Geburt mit Sorge entgegen. Rada war und blieb ein Ausländer, der nur gebrochen Deutsch sprach. Und mit so einem hatte sich eine Kriegerfrau eingelassen, deren Mann nicht mehr oder noch nicht heimgekehrt war! Der Schwiegervater würde ihr das Leben auf dem Hof zur Hölle machen, die Kinder in der Schule gedemütigt werden. Mit Gottes und Radas Hilfe würde es ihr gelingen, sich unauffällig des Neugeborenen zu entledigen. Rada und Ilse waren sich rasch einig über den zweiten Mord.

Nachdem das Kind getötet worden war, offenbarte sich Ilse ihrer Freundin Lena. Lena war auch sofort bereit, Ilse bei der Beseitigung der Leiche zu helfen. Beide dachten sich ein unauffindbares Versteck aus: Eine Grabstätte auf dem Friedhof. In einer für ihr Vorhaben günstigen Nacht höhlten sie ein Grab so weit aus, daß sie die Kindesleiche darin verbergen konnten.

Im Frühjahr 1948 war Ilse wiederum schwanger. Aller guten Dinge sind drei, mag sie sich gesagt haben, was zweimal gut ging, wird ein drittes Mal nicht scheitern. Der Mordplan war jetzt schon mehr als nur die bequemste Art, öffentlichem Ärgernis zu entgehen. Es war eine Selbstbestätigung, der Beweis für ihre Geschicklichkeit, sich und das Verbrechen zu tarnen. Rada bestärkte sie in diesem makabren Triumph, wenn er ihr sagte, die Polizei sei viel zu »doof«, um ihnen auf die Spur zu kommen.

So erwartete Ilse ruhig den Tag der Niederkunft. Mitte Oktober war es soweit. Wiederum waren die äußeren Umstände glücklich für sie. Die beiden Mädchen weilten in der Schule, der Schwiegervater werkelte in der Scheune. Das Neugeborene wurde wiederum erwürgt, in einen Eimer gelegt und dieser im Schrank aufbewahrt. Ilse hatte schon vor dem Mord eine andere Freundin, die vierundfünfzigjährige Wally, in das Geheimnis eingeweiht. Wally hatte versprochen, ihr bei der Beseitigung der Leiche zu helfen. Wally wohnte nicht im gleichen Ort, sondern in der benachbarten Stadt. Als sie von Ilse angerufen wurde, kam sie sofort in einem Taxi, nahm den zugedeckten Eimer samt Inhalt in Empfang und fuhr mit dem Taxi in die Stadt zurück. Nachts vergrub sie die Leiche in irgendeinem Schrebergarten.

In den nächsten Jahren bröckelte die Beziehung zwischen Ilse und Rada. Rada hatte sich in der Stadt bei Wally ein Zimmer genommen. Dort wohnte er manchmal wochenlang, wenn er eine Gelegenheitsarbeit gefunden hatte. Ilse war Radas zeitweilige Abwesenheit durchaus willkommen. Sie suchte Abwechslung und holte sich gelegentlich einen andern Mann ins Bett. Ganz unauffällig, um ihren guten Ruf nicht zu gefährden. Sie war ja im Dorf eine geachtete Frau. Man bewunderte ihre Tatkraft, wie sie, ohne Ehemann, das im Krieg heruntergewirtschaftete Gut wieder ertragsfähig gemacht hatte. Diesen guten Leumund galt es zu wahren. Aber nicht nur deswegen mußte sie ihre Affären geheimhalten. Rada war sehr eifersüchtig. Wenn er von ihren anderen Liebschaften erfuhr, mußte sie seine Rache fürchten.

Im Sommer 1950 begann Ilses vierte Schwangerschaft. Kurz vor der Geburt quartierten sich Freundin Wally und Rada bei Ilse ein. Der vierte Mord war beschlossene Sache. Bedenken hatte Ilse – wenn sie solche jemals gehabt hatte – nun nicht mehr. Die Tat würde wie ein ganz alltäglicher Vorgang ablaufen, routiniert durch Gewohnheit, wie Abwaschen, Fensterputzen oder Viehfüttern.

Am 9. April 1951 erfolgten Geburt und Mord in Anwesenheit Wallys. Wally wollte diesmal die Leiche nicht mitnehmen, sondern schlug vor, sie im Küchengarten zu vergraben. Ilse zögerte, es war ihr wohl unangenehm, die Leiche so dicht in ihrer Nähe zu wissen. Aber schließlich willigte sie ein. Im Dunkeln grub Wally ein Loch, Ilse paßte auf, daß niemand sie überraschte. Sie legten die Leiche in die Grube und bedeckten sie wieder mit Erde.

Die Jahre vergingen. 1956 holte sich Ilse einen Verwalter auf den Hof. Leo Riedesheimer war fünfzehn Jahre jünger als Ilse – für die immer noch vitale Frau ein möglicher neuer Liebhaber. Es bedurfte keiner großen Mühe, um Leo ihre Wünsche zu offenbaren. Bald hatte Ilse einen neuen Bettgenossen. Anscheinend genügte er nicht ganz ihren Ansprüchen. Zuweilen fuhr sie in die Stadt, um mit Rada zu schlafen. Im Sommer 1957, als sie wieder einmal mit Rada zusammen war, teilte sie ihm mit, sie sei wieder schwanger. Rada nahm das ohne Beunruhigung auf. Sie waren ja beide darin geübt, dieses Problem aus der Welt zu schaffen. Später begann Rada nachzudenken. Schon seit einiger Zeit hatte ihn die Anstellung Riedesheimers als Verwalter mißtrauisch gemacht. Besuchte Rada Ilse, so glaubte er Anzeichen für eine Affäre zwischen ihr und dem Verwalter zu erkennen. Er rechnete nach, ob das Kind von ihm sein könnte. Er war sich nicht sicher. Auch Riedesheimer könnte der Vater sein. Die Unsicherheit verstärkte seine Eifersucht. Dabei richtete sich sein Zorn nicht so sehr gegen den Verwalter. Der war nur ein armes Opfer von Ilses Geilheit. Den hatte sie genau so eingefangen wie damals ihn. Sie war es, die bestraft werden mußte. Eine gerechte Strafe sollte es sein für ihre Untreue. Und eine wirksame Strafe. Niemals mehr sollte sie sich mit einem anderen Mann einlassen können.

An einem Augusttag, so berichtete Kriminalhauptkommissar W. Dahncke, erschien Rada betrunken bei der Kriminalpolizei. Er stieß wilde Drohungen gegen die Bäuerin Ilse Metzner aus. Sie habe mehrere Kinder umgebracht, deren Erzeuger wahrscheinlich er gewesen sei. Der diensthabende Beamte nahm den betrunkenen radebrechenden Jugoslawen anfangs nicht ernst. Aber als er hinausging und rief, er werde nun selbst für Gerechtigkeit sorgen, fürchtete der Beamte eine Gewalttat. Mit seinem Dienstwagen verfolgte er das Taxi, in das der Jugoslawe gestiegen war. Das Taxi hielt in einem benachbarten Dorf vor einem Bauerngut. Das Hoftor war verschlossen. Der Jugoslawe trat wütend dagegen und schrie, man solle ihm öffnen. Der Polizist nahm ihn fest und brachte ihn zur Ausnüchterung in die Dienststelle zurück.

Am nächsten Morgen wurde der Jugoslawe ordnungsgemäß vernommen. Rada erzählte die Geschichte seiner Beziehung zu Ilse Metzner. Er behauptete, sie habe vier Neugeborene ermordet.

Nun nahm die Kripo den Fall doch ernst. Sie bildete eine Sonderkommission. Wochenlange Ermittlungen setzten ein. Dutzende von Zeugen wurden befragt. Der Mordverdacht begann sich zu bestätigen. Rada, Ilse und Wally wurden verhaftet. Ilses Aussagen deckten sich im wesentlichen mit Radas Bericht, nur mit einem Unterschied: Sie behauptete, Rada habe die Kinder erwürgt. Wally gestand, daß sie bei einem Mord dabeigewesen war. Es sei Rada gewesen, der das Neugeborene umgebracht habe.

Zwei der Kindesleichen konnten exhumiert werden: die auf dem Friedhof und die im Küchengarten. Die Leiche im Schrebergarten konnte nicht gefunden werden, da Wally nicht mehr wußte, in welchem Garten sie die Leiche vergraben hatte.

Die Skelette wurden gerichtsmedizinisch untersucht. Die von den Tätern genannte Todesursache durch Erwürgen konnte nicht mehr verifiziert werden. Jedoch konnten die Gerichtsmediziner Ilses spätere Schutzbehauptung widerlegen, die Kinder seien Frühgeburten gewesen und tot zur Welt gekommen. Sie wiesen nach, daß sie voll ausgereift gewesen waren. Damit stützten sie Wallys Aussage, daß das (dritte) Kind bei der Geburt gelebt habe.

Im Schwurgerichtsprozeß gegen Ilse, Rada und Wally wurde festgestellt, daß Ilse Metzner vor der Geburt der vier Kinder »keinerlei Vorbereitungen getroffen hatte, um das zu erwartende Kind gesund zur Welt zu bringen und entsprechend zu pflegen. Dieses Verhalten spricht dafür, daß bei R. und I. schon vor der Geburt der Tötungswille vorhanden war.« Für den ersten Mord 1944 wurden beide Täter unter Berücksichtigung der damaligen Notlage nicht verantwortlich gemacht.

Das Gericht war überzeugt, daß Rada alle Kinder mit eigenen Händen erwürgt und Ilse Metzner diese Morde gebilligt habe. Rada erhielt eine lebenslängliche Freiheitsstrafe, Ilse M. eine sechsjährige Zuchthausstrafe und Wally wegen Beihilfe eine kürzere Gefängnisstrafe.

GUNTHER GESERICK / KLAUS VENDURA / INGO WIRTH

Experiment Frauenmord

Hilmar S. (1969)

Die Morde wurden zweifellos perfekt ausgeführt und beruhten auf einem fundierten Wissen, das durch gründliche Beobachtung erworben worden war.

James Ellroy, Blut auf dem Mond

»Schlechte Arbeit für einen Sektionsgehilfen«, sagte der Mann in einem Ton, als wolle er sich entschuldigen. »Kein richtiges Werkzeug gehabt. Und keinen richtigen Tisch mit Blutablauf. Pfuscharbeit. Schade.«

Was wie der Dialog in einem mangelhaft ausgestatteten Obduktionsraum klang, das mußten sich zwei Streifenpolizisten am Nachmittag des 14. Februar 1969 in einer Wohnung in Berlin-Lichtenberg anhören, wo sie auf die frischen Spuren eines soeben geschehenen Mordes stießen. Ihnen gegenüber, vor einem Kachelofen, stand ein großer kräftiger Mann und drückte seine Zigarette aus. Sein Hemd steckte unordentlich in der Hose, und es hatte den Anschein, als ob darauf rote Flecken zu erkennen waren.

Auf dem Fußboden, mitten im Zimmer zwischen Couch und Couchtisch, der Körper einer Frau. An ihrem Hals eine tiefe, klaffende Schnittwunde und viel Blut. Die Frau war tot.

Hätten die Polizisten geahnt, was sich da Minuten zuvor abgespielt hatte, wären sie anders vorgegangen. Um 13.52 Uhr war auf der Volkspolizeiinspektion Berlin-Lichtenberg der Hilferuf einer Frau eingegangen. Sie hatte ein verstörtes kleines Mädchen in ihrer

Obhut, die Tochter der Nachbarin. Die Polizisten hatten sich in den Funkstreifenwagen gesetzt, waren an dem Haus vorgefahren und hatten mehrmals vergeblich unter dem angegebenen Namen geklingelt. Doch niemand öffnete. Drinnen schien alles still. Unten vor der Haustür trafen sie dann die Anruferin. Die Mutter zumindest müsse zu Hause sein, sagte diese, sie habe das Mädchen zu ihr geschickt. Die Polizisten kehrten in das Haus zurück, klopften energisch und bemerkten, daß die Wohnungstür mit einem schweren Gegenstand verstellt war. Mit dem Einsatz ganzer Körperkraft drückten sie die Tür auf und betraten den Korridor. Nun konnten sie erkennen, daß sie eine Waschmaschine beiseite geschoben hatten. An der verschlossenen Wohnzimmertür klopften sie erneut. Drinnen waren Geräusche zu hören, aber erst nach geraumer Zeit drehte sich von innen ein Schlüssel.

»Da liegt sie. Mausetot. Ich habe sie seziert«, sagte der Mann, dessen sie nun ansichtig wurden und der sich als Sektionsgehilfe bezeichnete. Gleichmütig fügte er hinzu, daß er dasselbe noch mit zwei anderen Frauen getan habe. Geschehen in der vorangegangenen Nacht. Er nannte sogar die Namen und die Wohnanschriften.

Der Mann hieß Hilmar S. Er war 30 Jahre alt, mehrfach vorbestraft wegen Körperverletzung und tatsächlich einige Jahre zuvor Sektionsgehilfe in einem Berliner Pathologischen Institut gewesen. Dort hatte er an Leichen gelernt, was er nun, in einem Rausch von Eifersucht, an lebenden Menschen verübt hatte.

Der Mörder leistete keinen Widerstand bei der Festnahme. Er wurde in das Krankenhaus der Volkspolizei in der Scharnhorststraße gebracht. Dort nahm ihm der diensthabende Arzt eine Blutprobe ab. Es lag keine alkoholische Beeinflussung vor. Danach erfolgte die körperliche Untersuchung des Täters durch zwei Ärzte des Instituts für Gerichtliche Medizin der Charité.

Der Rechtsmediziner untersucht nicht nur die Getöteten, sondern begutachtet häufig auch die Täter nach medizinischen Gesichtspunkten. Dabei müssen die im Strafrecht vorgeschriebenen Kriterien berücksichtigt werden. Das Gericht erwartet eine gesetzesgemäße Interpretation des medizinischen Sachverhalts durch den Rechtsmediziner. Der Arzt wird als Sachverständiger tätig und demzufolge unterliegen seine Feststellungen für das Gutachten nicht der ärztlichen Schweigepflicht.

Eine körperliche Untersuchung lebender Personen im Strafverfahren ist eine Ganzkörperuntersuchung, bei der keine Region ausgelassen wird. Sämtliche Verletzungen und alle krankhaften Befunde werden erfaßt. Jede Verletzung ist hinsichtlich Ausdehnung, Art und Lokalisation zu beschreiben. Weiterhin soll der vermutliche Entstehungszeitpunkt eingeschätzt werden. Zur Untersuchung gehört es, verletzungsbedingte Beschwerden genau zu erfragen. Bestimmte Funktionsstörungen, beispielsweise Sehstörungen oder Schluckbeschwerden, erfordern eine zusätzliche Untersuchung durch den entsprechenden Facharzt.

Die Untersuchungsergebnisse werden grundsätzlich schriftlich und – soweit nötig – auch fotografisch festgehalten. Selbst kleinere Befunde, die medizinisch bedeutungslos sind, müssen für die gerichtsärztliche Beurteilung erfaßt werden. Genauso ist das Fehlen von Veränderungen (Verletzungen, Verschmutzungen) bedeutsam und mit zu dokumentieren.

Bei der gerichtsärztlichen Untersuchung von Hilmar S. fanden sich an Kopf, Hals, Rumpf und Gliedmaßen zahlreiche blutverkrustete Riß- und Kratzwunden. Beide Hände waren blutverschmiert.

Attacke mit Würgen

Am ersten Tatort war der alarmierte Gerichtsarzt Dr. G. mit dem Staatsanwalt M. zusammengetroffen, als sie die Nachricht von einem zweiten Mordopfer erreichte. Von dort fuhren sie unverzüglich zum dritten grausigen Ort. Schon dort war die Ähnlichkeit der Verletzungen aller drei Frauen offenkundig. Die Toten wurden in das Institut für Gerichtliche Medizin der Charité überführt. Am nächsten Morgen konnten den Ermittlern die wesentlichen Obduktionsergebnisse mitgeteilt werden:

Leiche der Inge Sch. (Sekt.-Nr. 230/69)

Punktförmige Blutungen an der Innenseite der Kopfschwarte und im Bereich beider Schläfenmuskeln als Folgen einer Halskompression. Querer Halsschnitt mit Durchtrennung der Halsweichteile bis auf die Wirbelsäule. Bluteinatmung. Zwei Stichverletzungen in der Herzgegend mit 1000 ml Blut in der linken Brusthöhle. Blutarmut aller inneren Organe als Folge des Blutverlustes. Längsschnitt durch die Bauchdecke mit Eröffnung des Bauchraumes sowie Stich-Schnitt-Verletzungen von Leber und Magen.

Todesursache: Herzstich und Halsschnitte nach nicht lange dauerndem Würgevorgang.

Keine alkoholische Beeinflussung zum Zeitpunkt des Todes.

Spermanachweis negativ.

Leiche der Ursula K. (Sekt.-Nr. 228/69)

Würgemale am Hals beiderseits, durch Würgen auch Bruch beider oberer Schildknorpelhörner am Kehlkopf, punktförmige Blutungen an den Augenlidern und an den Augäpfeln sowie an der Innenseite der Kopfschwarte und in den Schläfenmuskeln. Halsschnitt mit Durchtrennung von Luft- und Speiseröhre sowie der großen Halsblutgefäße rechts. Bluteinatmung. Stichverletzung des Herzens, 100 ml Blut in der linken Brusthöhle. Kragen- und Körperlängsschnitt mit Schnittführung bis zum rechten Knie.

Todesursache: Halsschnitt nach vorangegangenem Würgen.

Zum Zeitpunkt des Todes bestand eine mittelgradige alkoholische Beeinflussung.

Spermanachweis negativ.

Leiche der Rosemarie S. (Sekt.-Nr. 229/69)

Würgemale an der Halsvorderseite, Blutungen am Kehlkopf und in der vorderen Halsmuskulatur, punktförmige Blutungen in der Gesichtshaut, an den Augenlidern und Augäpfeln, an beiden Schläfenmuskeln, an der Zunge und an den Gaumenmandeln. Tiefer Halsschnitt mit unvollständiger Durchtrennung der Halswirbelsäule, Rückenmark vollständig durchschnitten. Bluteinatmung. Fünf Stich-Schnitt-Verletzungen in der linken Brustregion,

zwei davon mit Eröffnung der Herzkammern, 100 ml Blut in der linken Brusthöhle. Hochgradige Ausblutung.
Todesursache: Halsschnitt nach vorangegangenem Würgen. Keine alkoholische Beeinflussung zum Zeitpunkt des Todeseintritts.
Spermanachweis negativ.

Die Obduktionsergebnisse bestätigten die ersten Erkenntnisse zum Tatgeschehen. Der Täter hatte die Tötung immer auf dieselbe Weise vollzogen: zuerst ein Würgen bis zur Bewußtlosigkeit.

Wie bei den drei ermordeten Frauen auch, stellt das Würgen bei Tötungsdelikten nicht selten die erste Angriffshandlung dar. Es bedarf dazu keines Tatwerkzeugs, denn beim Würgen erfolgt die Kompression des Halses mit bloßen Händen. Je nachdem, wie und mit welcher Kraft der Hals umfaßt wird, kommt es entweder mehr zu einer Behinderung der Atmung oder mehr zu einer Beeinträchtigung des Blutstroms im Hals. Eine völlige Unterbrechung der Blutzufuhr zum Kopf ist durch Würgen kaum zu erreichen, weil die Wirbelschlagadern nicht komprimiert werden. Dagegen können die oberflächlich liegenden Halsblutadern durch den Würgegriff weitgehend zusammengedrückt werden, so daß der Blutabfluß aus dem Kopf erheblich eingeschränkt ist. Deshalb bilden sich die charakteristischen Stauungszeichen Blauverfärbung, Dunsung und punktförmige Hautblutungen im Kopfbereich beim Würgen regelmäßig und äußerst stark aus. Manchmal kommt es zu Blutungen aus Nase und Ohren.

Der Würgegriff führt meist nicht sofort zur Bewußtlosigkeit. Das Opfer ist anfänglich zur Gegenwehr in der Lage. Der Zugriff des Täters lockert sich zeitweise, und er muß mehrfach zufassen, so daß zwischenzeitlich wieder Atmung und Blutfluß am Hals möglich sind. Ist die Gegenwehr heftig und dadurch die Halskompression wiederholt unterbrochen, kann es mehrere Minuten bis zum Eintritt der Bewußtlosigkeit dauern.

Als äußere Zeichen des Todes durch Erwürgen finden sich auf der Halshaut die richtungweisenden Würgemale. Diese entstehen durch Fingerdruck, insbesondere durch die Fingernägel des Täters, und zeigen sich als kratzerartige, gelegentlich rundliche, braun vertrocknete Hautabschürfungen. Zudem können halbmondförmige Fingernagelspuren vorkommen. Durch den Griff an den Hals verursachte kleinfleckige Unterblutungen sind ebenfalls häufig, nicht selten jedoch durch die braunen Hautvertrocknungen überdeckt.

Mitunter läßt sich von der Verteilung der Würgemale auf der Halshaut auf die Art und Weise des Würgegriffs schließen. Beim Würgen mit der rechten Hand von vorn sind charakteristische Spuren zu erwarten. Die meisten Hautvertrocknungen und Unterblutungen werden an der linken Seite liegen, verursacht durch die Finger. Die Würgemale, die dem Daumen entsprechen, sind an der rechten Halsseite lokalisiert. Es sind meist einzelne, häufig kräftig unterblutete Würgemale.

Im Kopf-Hals-Bereich finden sich bei der Leichenöffnung kräftige Blutungen im Unterhautfettgewebe des Halses, in den verschiedenen Halsmuskeln und in der Schilddrüse sowie unterblutete Brüche des Kehlkopfgerüsts und des Zungenbeins. Kräftig ausgebildet sind meist auch die Stauungsblutungen in der Mund- und Rachenschleimhaut, in den Augenbindehäuten sowie an der Kopfschwarteninnenseite, der Knochenhaut des Schädeldachs und den Schläfenmuskeln. Entsteht vor dem Würgen eine blutende Wunde im Kopf-Hals-Bereich, beispielsweise durch Schlag oder Stich, kann es bei der nachfolgenden Halskompression nicht zu einer Blutstauung kommen und folglich fehlen die Stauungszeichen.

Bei den drei getöteten Frauen konnten verschieden stark ausgeprägte Zeichen des Würgens festgestellt werden. Dem Würgen folgten tiefe Halsschnitte und Herzstiche.

Wenn die vordere Halsmuskulatur durchschnitten ist, kann der Eindruck entstehen, als sei aus der Halsvorderseite ein Keil herausgeschnitten worden. Dieses breite Klaffen der Wunde läßt sich mit der Retraktion der durchtrennten Halsmuskeln erklären, deren Zurückweichen den Defekt vortäuscht. Hinzu kommt das Zurücksinken des Kopfes infolge seines Eigengewichts und der Zug der totenstarr werdenden Nackenmuskulatur.

Der Halsschnitt führt bei Eröffnung großer Blutgefäße zu einem starken Blutverlust, so daß die Todesursache ein Verbluten sein kann. Lebensbedrohlich wird ein akuter Blutverlust dann, wenn mehr als ein Drittel der Gesamtblutmenge aus dem Blutgefäßsystem ausgetreten ist. Das entspricht beim Erwachsenen einem Blutverlust von 1,5 – 2 l. Bedeutsam für ein Verbluten ist nicht allein die Menge, sondern auch die Schnelligkeit des Ausblutens. Daraus ergibt sich, daß Todesfälle durch alleiniges Verbluten meist infolge einer Verletzung großer Schlagadern auftreten, die wesentlich schneller bluten als Blutadern desselben Kalibers.

Die Ausblutung ist stets eine aktive Kreislaufleistung, die zu einer allgemeinen Blutarmut des gesamten Körpers führt. Äußerlich fällt eine starke Blässe von Haut und Schleimhäuten auf. Die Totenflecke sind nur spärlich ausgeprägt oder fehlen völlig. Die Blutarmut zeigt sich an den inneren Organen durch das Hervortreten ihrer Eigenfarbe. Unter der Herzinnenhaut finden sich regelmäßig kleinfleckige oder streifige Blutungen, sogenannte Verblutungsblutungen.

Beim Verbluten stellt der Sauerstoffmangel die letztendliche Todesursache dar. Infolge des Blutverlustes reicht die Transportkapazität der im Organismus verbliebenen roten Blutkörperchen nicht mehr ans, um die Organe ausreichend mit Sauerstoff zu versorgen.

Hat der Halsschnitt zur Verletzung großer Blutadern geführt, kann es zu einer tödlichen Luftembolie kommen. Durch den negativen Druck in diesen Blutgefäßen wird Außenluft in die Blutbahn eingesaugt, die in das Herz und in die Lungenschlagadern gelangt. Bei genügend großer Menge kommt es zum Ausfall der Pumpfunktion des Herzmuskels mit Kreislaufstillstand.

Der Nachweis einer Luftembolie erfolgt bei der Leichenöffnung und verlangt eine besondere Sektionsmethode, nämlich das Öffnen des Herzens unter Wasser. Dazu wird der Herzbeutel aufgeschnitten, soviel Wasser hineingefüllt, bis das Herz vollständig mit Wasser bedeckt ist und dann mit einem Sektionsmesser in die Herzkammern gestochen. Befindet sich Luft darin, steigen Bläschen aus dem Herzen auf.

Werden mit dem Halsschnitt große Blutgefäße eröffnet und gleichfalls Luftröhre oder Kehlkopf verletzt, erfolgt auch eine Blutaspiration. Mit Aspiration bezeichnet man das Einsaugen von flüssigem oder festem Material (Blut, Mageninhalt, Fremdkörper) in die Atemwege während der Einatmungsphase. Das eingeatmete Blut gelangt über die Luftröhrenäste bis in das Lungengewebe. Es bewirkt eine Verlegung der Atemwege und kann zum Erstickungstod führen.

Bei der Leichenöffnung finden sich unter dem Lungenfell und auf den Lungenschnittflächen landkartenartige, blau-rote Bluteinatmungsherde.

Die möglichen Todesursachen nach einem Halsschnitt – Ausblutung, Luftembolie und Blutaspiration – gehören zu den allgemeinen Vitalreaktionen. Solche Reaktionen stellen eine Antwort der großen Funktionssysteme des Körpers wie Kreislauf und Atmung auf ein schädigendes Ereignis dar, sind also an das Funktionieren dieser Systeme gebunden. Das bedeutet – wie bereits erörtert –, daß Vitalreaktionen die Entstehung einer Verletzung zu Lebzeiten anzeigen. Wie durch die lokalen Vitalreaktionen lassen sich so zu Lebzeiten verursachte Gewaltfolgen von den nach dem Tod zustande gekommenen Beschädigungen unterscheiden. Je länger die Zeitspanne zwischen der Gewalteinwirkung und dem Todeseintritt ist, desto stärker ausgeprägt sind die vitalen Reaktionen des Organismus.

Eine berufsbedingte, typische Schnittführung ließ sich lediglich bei dem zweiten Opfer erkennen, an dem der Täter einen Kragen- und Körperlängsschnitt mit Eröffnung der Bauchhöhle ausgeführt hatte. Der sogenannte Kragenschnitt reicht von Schulter zu Schulter auf der Körpervorderseite. Bei dieser Schnittführung handelt es sich um eine übliche Sektionstechnik, mit der in der Pathologie eine Leichenöffnung begonnen wird.

Der Frauenmörder aus Lichtenberg berichtete ausführlich über seine Taten und diktierte sogar teilweise seine Aussagen. Ohne Schwierigkeiten gelang es, Vorgeschichte und Ablauf der Verbrechen aufzuklären.

Rache am Scheidungstag

Im Juli 1967 hatte Hilmar S. seine spätere Ehefrau Rosemarie kennengelernt, die damals noch in einer anderen Ehe lebte. Zwischen beiden entwickelte sich eine stark sexuell geprägte Beziehung. Als sie dann zusammenlebten, mußte Rosemarie mehr und mehr Gewalttätigkeiten ihres neuen Mannes ertragen. Am 12. Dezember

1968 erstattete sie Anzeige gegen ihn wegen Körperverletzung und verließ ihn noch am selben Tag. Nichts konnte sie bewegen, zu ihm zurückzukehren. Am 3. Februar 1969 reichte sie die Scheidungsklage ein. Hilmar S. aber wollte sie niemals und unter keinen Umständen einem anderen Mann überlassen. Und so beschloß er, sie zu töten.

Zuerst dachte er daran, seine Frau zu erschießen. Um in den Besitz einer Pistole zu gelangen, wollte er einen Polizisten überfallen. Bei genauerem Nachdenken schien ihm das jedoch zu schwierig. Er entschied sich für das Messer, mit dem er ja beruflich genug Umgang gehabt hatte. Zum Tag der Rache wählte er den Tag der Ehescheidung. Er nahm sich vor, Rosemarie auf dem Weg zum Gerichtsgebäude niederzustechen. Da er nicht sicher war, welchen Weg sie zum Gericht nehmen würde, änderte er den Plan. Er wollte die Tat – noch dramatischer – im Gerichtssaal ausführen und sich anschließend selbst töten.

Doch dann ging alles schneller. Am Abend des 13. Februar 1969 verlor Hilmar S. beim Kartenspiel mit einem Bekannten rund 120 Mark. Er behauptete, beim Spiel betrogen worden zu sein und forderte das Geld zurück. Sein Mitspieler verweigerte die Rückgabe, er habe ehrlich gespielt. Hilmar S. drohte, das werde ein schlimmes Ende nehmen.

Als der andere den Gastraum verließ, um die Toilette aufzusuchen, klappte der hochgradig Erregte sein Taschenmesser auf und lief hinterher. Auf der Toilette forderte er das Geld erneut zurück. Zweimal stach er dem anderen in den Hals. Getroffen im Nacken und an der rechten Halsseite, rückte der Angegriffene 100 Mark heraus. Doch Hilmar S. wollte alles. Er schlug dem anderen noch mehrmals mit der Faust ins Gesicht, bis dieser auch die restlichen 20 Mark zurückgab. Danach reichte der Angreifer dem stark Blutenden ein Taschentuch, reinigte das Messer mit Wasser und verließ die Gaststätte.

Doch offenbar reichte das für eine Genugtuung nicht. Unterwegs hielt Hilmar S. an, lauerte dem Mitspieler beim Heimweg noch einmal auf, beschimpfte ihn erneut und drohte, daß dieser für den Betrug beim Spielen noch mehr bluten müsse. Er verfolgte den Verletzten bis zu dessen Wohnung. Für den Fall, daß der andere Anzeige erstatten sollte, kündigte er an, ihn nach der Haftzeit totzuschlagen.

Das war wohl auch der Moment, als Hilmar S. sich erinnerte, daß gegen ihn wegen schwerer Körperverletzung seiner Ehefrau ermittelt wurde. Wenn man ihn inhaftierte, wäre sein Plan gefährdet, am Tag der Ehescheidung seine Frau im Gerichtssaal zu töten. Und er entschloß sich, dem zuvorzukommen. Sein Vorhaben wollte er noch in derselben Nacht verwirklichen.

Zur Probe ein Doppelmord

Es war Mitternacht, als Hilmar S. in seine Wohnung zurückkehrte. Er reinigte sich vom Blut des verletzten Mitspielers und nahm aus der Küche ein Brotmesser an sich. Als er es im Mantel verstaut hatte, kamen ihm Zweifel, ob er im entscheidenden Moment fähig sein werde, seine Frau wirklich zu töten. Schon mehrfach hatte er sie mit einem Messer bedroht, aber noch nie richtig zugestochen. Er meinte, er müsse ausprobieren, ob er imstande sei, einen Menschen zu töten. Ein mögliches Opfer kam ihm schnell in den Sinn: seine ehemalige Verlobte, die 46jährige Inge Sch. Sie wohnte in unmittelbarer Nähe, und er konnte sicher sein, auch mitten in der Nacht Einlaß zu finden.

Hilmar S. hatte die 16 Jahre ältere Frau im Frühjahr 1965 kennengelernt. Schnell wurde daraus eine intime Beziehung. Doch seit er bei ihr wohnte, gab es oft schon aus nichtigen Anlässen heftige Auseinandersetzungen. Er schlug sie und demolierte mehr als einmal ihre Wohnung. Als er im Dezember 1965 erneut inhaftiert wurde, trennte sich Inge Sch. von ihm. Später besuchte er sie noch gelegentlich.

Am 14. Februar 1969 erschien Hilmar S. gegen 0.30 Uhr bei Inge Sch. und bat, bei ihr übernachten zu dürfen. Sie willigte ein. Als beide im Bett lagen, griff der ehemalige Verlobte nach ihrem Hals und würgte solange, bis sie kein Lebenszeichen mehr erkennen ließ. Danach holte er das mitgebrachte Brotmesser aus seinem Mantel, durchschnitt den Hals von vorn bis zur Wirbelsäule und versetzte seinem Opfer mehrere Herzstiche. Anschließend schnitt er der Getöteten den Bauch auf.

Nach der Tat reinigte er das Messer und steckte es zurück in die Manteltasche. Dann ging er noch einmal zu der Leiche, um seine

Gefühle zu prüfen. Der Anblick der getöteten Frau berührte ihn nicht. Aber ganz sicher, ob er das auch seiner Ehefrau antun könnte, die er noch liebte, war er sich nicht. Und so entschied er sich zu einem zweiten Probemord.

Inzwischen war es morgens ein Uhr. Nach einem Fußweg von 30 Minuten traf Hilmar S. bei der 37jährigen Ursula K. ein. Diese Frau hatte er vier Monate zuvor kennengelernt und auch mit ihr intime Beziehungen aufgenommen, obwohl ihn ihre Alkoholabhängigkeit störte. Schon bald kam es zwischen beiden zu tätlichen Auseinandersetzungen. Mehrmals war Ursula K. bei der Polizei erschienen, weil sie sich von ihm bedroht gefühlt hatte.

So spät in der Nacht zögerte diese Frau zunächst, ihn bei sich übernachten zu lassen. Doch sie ließ ihn ein. Beide entkleideten sich teilweise und legten sich auf ein Sofa. Kurz darauf stürzte Hilmar S. sich auf sein zweites Opfer. Wieder würgte er solange, bis er keine Abwehrbewegungen mehr bemerkte. Als er den Griff lockerte, vernahm er ein Röcheln. Daraufhin drückte er der Frau mit beiden Händen ein Sofakissen auf das Gesicht. Um sich zu vergewissern, ob sie wirklich tot war, legte er ein Ohr an ihren Brustkorb. Kein Zweifel: Da war kein Herzschlag mehr, sie war tot.

Doch Hilmar S. wollte absolut sicher sein. Um das Sofa nicht mit Blut zu verschmutzen, richtete er auf dem Fußboden ein Lager aus Matratzen und einigen Kleidungsstücken her. Dorthin zog er die Tote und entkleidete sie vollständig. Mit dem Brotmesser brachte er ihr noch einen tiefen Halsschnitt und einen Herzstich bei. Anders als nach der ersten Tat beließ er es diesmal nicht beim Aufschneiden des Bauches. Stattdessen vollzog er einen Kragenschnitt von Schulter zu Schulter und verlängerte diesen über Brust, Bauch und rechte Leistenbeuge bis unterhalb der rechten Kniescheibe. Sein Vorhaben, den Oberschenkelknochen herauszulösen, gab er auf, weil das Messer zu stumpf war. Auch die Leichenöffnung setzte er nicht fort.

Tränen vor der Tat

Wiederum stellte Hilmar S. fest, daß er alle Handlungen ruhig und gelassen ausgeführt hatte. Er war sich nun sicher, die geplante Tat begehen zu können. Nachdem er das Messer gesäubert hatte, verließ er den zweiten Tatort. Gegen 2.30 Uhr kehrte er in seine Wohnung zurück, um einige Stunden zu schlafen. Er stellte sich den Wecker auf 5.30 Uhr. Mit der S-Bahn fuhr er zur Wohnung seiner Ehefrau, die wieder bei dem Mann lebte, von dem sie geschieden war. Zunächst beobachtete er das Mehrfamilienhaus. Die Fenster der Wohnung waren dunkel. Er wußte, daß seine Stieftochter gegen 7.30 Uhr das Haus verlassen würde, um zur Schule zu gehen. Diesen Moment wollte er nutzen und in die Wohnung eindringen. So ging er noch einige Zeit spazieren und kehrte rechtzeitig zurück. Bei seiner Rückkehr stand die Haustür offen. Er begab sich zur Wohnung, klopfte an, und als sich niemand meldete, ging er nochmals im Wohngebiet spazieren. Wieder zurückgekehrt, schlug er kräftiger an die Tür, und da ihm nicht geöffnet wurde, nahm er Anlauf und warf sich mit Wucht dagegen.

Die Tür sprang sofort auf. Rosemarie lag noch im Bett. Nebenan die drei Stieftöchter und der leibliche, sechs Monate alte Sohn von Hilmar S. Damit die Frau ihm nicht davonliefe, wollte er die Wohnungstür abschließen. Aber das Schließblech war beschädigt. So schob er die Waschmaschine, die im Korridor stand, von innen dagegen. In das Schlafzimmer zurückgekehrt, fragte ihn seine Frau, warum er gekommen sei. Er wolle seinen Sohn sehen und den Unterhalt bezahlen, antwortete er.

Nach diesem Gespräch kleidete sich die Frau an und begann, ihre Hausarbeiten zu erledigen. Hilmar S. wich ihr nicht von der Seite. Allmählich wurde sie zugänglicher. Es kam sogar zu Zärtlichkeiten. So verging der Vormittag. Hilmar S. begann zu weinen, und als sie ihn nach dem Grund fragte, antwortete er, sie wisse doch, daß er nervenkrank sei.

Das muß sie versöhnlich gestimmt haben, denn sie erklärte sich bereit, ihre Anzeige wegen Körperverletzung zurückzuziehen. Zu spät, entgegnete Hilmar S., Entsetzliches sei geschehen, er habe zwei Menschen getötet. Zum Beweis nannte er die Namen der Opfer.

Erschüttert von diesem Geständnis fragte Rosemarie, ob sie ihm irgendwie helfen könne. Ungerührt antwortete der Ehemann, daß er gekommen sei, auch sie zu töten. Dann zeigte er ihr das mitgebrachte Brotmesser und 40 Schlaftabletten, die er nach der Tat einnehmen wolle. Vorher solle sie noch einmal mit ihm schlafen, weil er sie über alles liebe.

Mit allen Mitteln versuchte die Frau, den Mann von seinem Vorhaben abzubringen. Sie nahm ihm das Brotmesser und die Tabletten ab, brachte beides in die Küche. Leise lief sie zum Kinderzimmer und beauftragte ihre älteste Tochter, zur Nachbarin zu gehen, um die Polizei zu alarmieren. Um keinen Verdacht zu erregen, rief sie der Tochter laut hinterher, sie möge vor dem Haus spielen.

Hilmar S. hatte sich inzwischen im Wohnzimmer bis auf die Unterhose entkleidet. Als die Frau wieder bei ihm war, verschloß er die Stubentür. Beide legten sich auf die Couch, und sie ließ es geschehen, daß er auch sie entkleidete.

Plötzlich das Klingeln an der Wohnungstür. Beide sprangen auf. Hilmar S. nahm an, daß der Besuch gekommen sei, von dem sie am Vormittag beiläufig erzählt hatte. Seit diesem Moment beschäftigte ihn nur noch ein Gedanke: Wenn er die Frau jetzt nicht tötete, würde er keine Gelegenheit mehr haben. Augenblicklich rannte er um den Couchtisch, ergriff mit beiden Händen ihren Hals und drückte zu. Sie wehrte sich so kraftvoll, daß er mit ihr kämpfend das ganze Zimmer durchqueren mußte, bevor er sie auf die Couch werfen konnte. Noch immer leistete sie Widerstand, und so fielen sie schließlich gemeinsam auf den Boden.

Dann das laute Klopfen an der Wohnungstür. Hilmar S. glaubte nun auch zu hören, wie die Waschmaschine beiseite geschoben wurde. Gleich darauf hörte er Stimmen im Korridor und begriff: Nicht der erwartete Besuch, sondern die Polizei stand vor der Tür. Jetzt handelte er rasch, aber ohne Panik. Die Frau lag regungslos am Boden. Er griff zum Mantel, klappte das Taschenmesser auf und schnitt der Bewußtlosen die linke Halsseite auf. Aus der Wunde schoß das Blut heraus und bildete eine riesige Lache. Unverzüglich versetzte Hilmar S. dem Opfer noch einige Stiche in die Herzgegend. Um ganz sicher zu sein, versuchte er dann, den Kopf abzuschneiden. Die Halsweichteile ließen sich leicht durchtrennen, jedoch gelang es ihm nicht, die Halswirbelsäule vollständig durchzuschneiden. Dann trank er vom Blut. Um für alle Ewigkeit etwas von ihr bei sich zu behalten. Ihre Bluteiweiße, so glaubte er, würden in seinen Körper eingebaut.

Dann erst zog er seine Kleidung an. Nachdem er sich noch eine Zigarette angezündet hatte, schloß er die Wohnzimmertür auf. So stand er schließlich den eintretenden Polizisten rauchend und blutbeschmiert gegenüber.

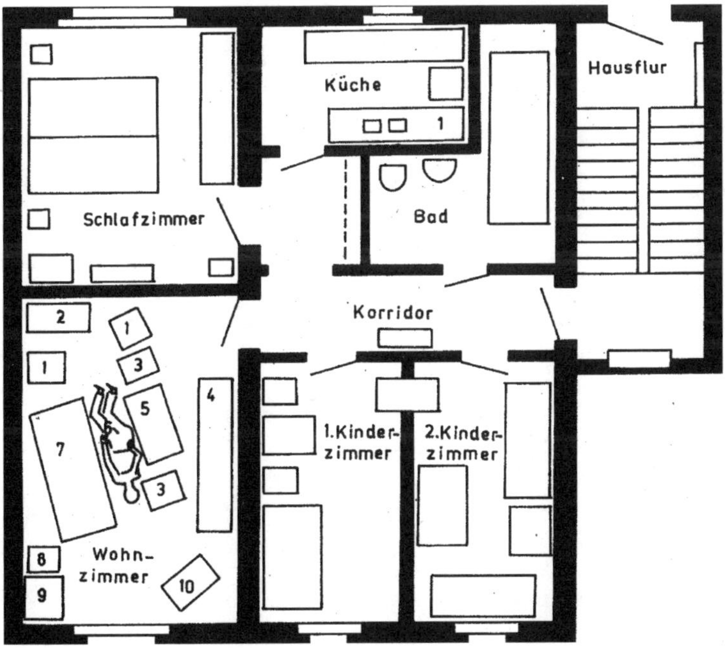

Polizeiliche Tatortzeichnung zum Mordfall Rosemarie S. (Berliner Polizeibestand)

Das Ende: ein Kopfschuß

Kriminalistisch bot der geständige Hilmar S. keine besonderen Schwierigkeiten. Aber die Tatsache, daß er sein eigentlich ausgewähltes Opfer erst nach zwei Probetötungen ermordete, machte dieses Verbrechen zu einem Fall von kriminalhistorischer Bedeutung.

Die gerichtspsychiatrische Begutachtung des Frauenmörders erfolgte im Haftkrankenhaus Waldheim, wo er ab 27. Februar 1969 für acht Wochen untergebracht war. Verminderte Zurechnungsfähigkeit zur Tatzeit konnte bei ihm nicht festgestellt werden, obwohl der Rechtsanwalt von Hilmar S. ein zweites Gutachten beantragte. In diesem heißt es: »Bei Hilmar S. liegt eine Psychopathie ohne Krankheitswert vor. Dabei ist damit zu rechnen, daß gelegentlich kurze Ausnahmezustände mit Einengung des Bewußtseins im Verlaufe seiner hochgradigen Gewalttätigkeiten aufgetreten sein könnten. Beim ersten und zweiten Tötungsdelikt kann mit einer an Sicherheit grenzenden Wahrscheinlichkeit, bei dem dritten Tötungsdelikt mit überwiegender Wahrscheinlichkeit gesagt werden, daß S. zum Zeitpunkt der Entscheidung und Ausführung der Tat, und zwar hier bei jeder Einzelhandlung bis zur Herbeiführung des Todes, die Fähigkeit besaß, sich nach den elementarsten Regeln des gesellschaftlichen Zusammenlebens zu richten, anderes Menschenleben nicht zu töten.«

Der dreifache Mörder entstammte einer zerrütteten Familie. Im Jahr 1938 in Berlin geboren, wuchs er als Einzelkind auf und erlebte häufig Streitigkeiten und tätliche Auseinandersetzungen zwischen den Eltern. Die Ehe wurde 1949 geschieden. Um diese Zeit neigte der Junge schon zu Jähzorn, demolierte mehrmals die elterliche Wohnung und schlug sogar auf den Vater ein.

Schon im Kindesalter beging Hilmar S. immer wieder Diebstähle. Bald war er dem Einfluß der Mutter völlig entglitten. Nach der neunten Klasse verließ er die Schule, begann eine Lehre als Maschinenschlosser, brach diese aber bereits ein halbes Jahr später wegen Streitigkeiten mit dem Lehrausbilder ab. Nach einem entdeckten Paketdiebstahl floh er 1956 aus der DDR in die Bundesrepublik, kehrte jedoch nach einem halben Jahr zurück. Seit dieser Zeit trank er regelmäßig und viel Alkohol. Wegen schweren Diebstahls erhielt er 1957 eine dreimonatige Bewährungsstrafe. Bis 1959 wechselte er mehr als zwanzig Mal die Arbeitsstelle. Im Jahr 1961 wurde er, wiederum wegen schweren Diebstahls, zu fünf Monaten Gefängnis verurteilt. Es folgte die Tätigkeit als Sektionsgehilfe in einem Pathologischen Institut bis Ende 1965, zweimal unterbrochen wegen Verbüßung von Haftstrafen. Wegen Körperverletzung erhielt er 1963 eine Gefängnisstrafe von einem Jahr und vier Monaten. Kurze Zeit nach der Strafverbüßung schlug er eine Verkäuferin zusammen und leistete erheblichen Widerstand gegen die einschreitenden Polizisten. Die daraufhin verhängte Gefängnisstrafe von einem Jahr und sechs Monaten hat er bis Juli 1967 voll verbüßt. Seither arbeitete er als technischer Angestellter in einem Berliner Großbetrieb. Bis zu seiner Festnahme im Februar 1969.

Hilmar S. war sexuell außerordentlich aktiv und unterhielt zahlreiche, meist kurz dauernde Frauenbekanntschaften, bei denen für ihn die sexuellen Beziehungen im Vordergrund standen. Er legte sich ein Notizbuch zu, in dem er das detailliert registrierte. Für ein abweichendes Sexualverhalten fanden sich darin keine Anhaltspunkte.

Eine Arbeitskollegin, die Hilmar S. 1958 kennengelernt hatte, wurde seine erste Ehefrau. Bereits während der Verlobungszeit kam es zu tätlichen Auseinandersetzungen, wobei er meist alkoholisiert war. Als die Verlobte Trennungsabsichten äußerte, beging er 1958 und 1960 demonstrative Selbsttötungsversuche. Nach einem heftigen Streit verließ er 1960 für kurze Zeit erneut die DDR. Die 1962 geschlossene Ehe wurde schon ein Jahr später geschieden. Aus der Verbindung gingen zwei Töchter hervor.

Während eines gegen ihn geführten Strafverfahrens im Jahr 1965 unternahm Hilmar S. einen dritten Suizidversuch, der wiederum demonstrativ angelegt war. Er versprach sich offenbar Vorteile für den Ausgang des Verfahrens.

Auch die Beziehung zu seiner zweiten Frau Rosemarie war von Anfang an von Gewalttätigkeiten überschattet. Er schlug und würgte sie, bedrohte sie mit dem Messer. Als Rosemarie Anfang Februar 1968 ihre Trennungsabsicht zum ersten Mal kundtat, schnitt er sich die Pulsadern auf – wieder nicht lebensgefährlich. Danach wurde er mehrere Wochen in einem Fachkrankenhaus psychiatrisch behandelt. Als die überforderte Ehefrau trotz Schwangerschaft im Juli

1968 eine Ehescheidungsklage einreichte, beging er im Abstand von fünf Tagen zwei weitere Suizidversuche, diesmal durch die Einnahme von Tabletten. Weitere psychiatrische Behandlungen folgten.

Am 23. März 1970 sollte die Hauptverhandlung vor dem Berliner Stadtgericht beginnen. Vor dem ersten Verhandlungstag unternahm der Angeklagte erneut einen Selbsttötungsversuch, indem er sich mit einer Rasierklinge mehrere Halsschnitte zufügte. Und erneut, ohne sich lebensgefährlich zu verletzen, doch mit dem Effekt, daß der Verhandlungsbeginn auf den 11. Mai 1970 verlegt werden mußte. Nach einer fünftägigen, nichtöffentlichen Verhandlung fällte das Gericht am 19. Mai 1970 gegen Hilmar S. wegen mehrfachen Mordes in drei Fällen das Todesurteil.

Mit dem Strafgesetzbuch von 1968 war die Todesstrafe durch Erschießen eingeführt worden. Das frühere Gesetz hatte Enthaupten vorgesehen.

> Der § 60 StGB der DDR bestimmte:
> »(1) Die Todesstrafe wird, soweit sie das Gesetz zuläßt, gegen Personen ausgesprochen, die besonders schwere Verbrechen begangen haben. Sie ist mit der dauernden Aberkennung aller staatsbürgerlichen Rechte verbunden und wird durch Erschießen vollstreckt.
> (2) Gegen Jugendliche wird die Todesstrafe nicht ausgesprochen. Gegen Frauen, die zur Zeit der Tat, der Verurteilung oder der Vollstreckung schwanger sind, sowie gegen Täter, die nach der Verurteilung geisteskrank geworden sind, wird die Todesstrafe nicht angewandt.«

Eine generelle Abschaffung der Todesstrafe war zur damaligen Zeit für die DDR noch nicht aktuell. Es wurde als unerläßlich angesehen, diese Strafe in Übereinstimmung mit dem Londoner Statut des Internationalen Militärgerichtshofs und den Nürnberger Prinzipien für noch abzustrafende, besonders schwere NS-Verbrechen verfügbar zu haben. Des weiteren schien die Todesstrafe bei besonders schwerwiegenden Fällen von Mord, von Staatsverbrechen und von

Militärstraftaten, namentlich im Verteidigungsfall, unbedingt erforderlich.

Insgesamt wurden in der DDR zwischen 25 und 30 Todesurteile durch Erschießen vollstreckt, das letzte wahrscheinlich am 26. Juni 1981. Sechs Jahre später, am 17. Juli 1987, beschloß der Staatsrat die Abschaffung. Damit war die DDR das erste sozialistische Land, das auch de jure auf die Todesstrafe vollständig verzichtete.

Im Fall Hilmar S. legte die Verteidigung Berufung gegen das Todesurteil ein. Dies wurde vom Obersten Gericht der DDR zurückgewiesen. Auch ein Gnadengesuch änderte nichts an der Entscheidung. Am 1. Oktober 1970 wurde in Leipzig das Todesurteil durch einen Nahschuß in den Hinterkopf vollstreckt. Noch am selben Tag erfolgte die Einäscherung des Leichnams.

Gesinnungsmörder

Über Rod Ferrell weiß ich alles. Angeblich war er von den Pforten der Hölle besessen. Er glaubte, er müsse viele Menschen töten und ihre Seelen verzehren, um genügend Kraft zu sammeln, um den Eingang zur Hölle zu öffnen. Wer weiß? Vielleicht hatte er Erfolg.

James Patterson, Stunde der Rache

Im dritten Jahrhundert v. Chr. entstand das Buch Prediger Salomo, welches dem israelische König Salomo zugeschrieben wird und mit seinen zwölf Kapiteln einen Platz im Alten Testament gefunden hat. In ihm geht es ganz vordergründig um den Sinn des Lebens. Ob man nach Weisheit oder Wohlstand strebt, nur seinem Vergnügen nachgeht oder rechtschaffen arbeitet, Ungerechtigkeit und Übel beklagt: Am Ende läuft alles auf dasselbe hinaus, nämlich auf pure Eitelkeit und auf das Streben nach dem Wind.

Die Frage nach dem Sinn des Lebens beschäftigt die Menschen bis zum heutigen Tag. Eine zufriedenstellende Antwort kann jeder einzelne nur finden, wenn es für ihn selbst viel zu spät ist – nämlich im Angesicht des Todes. Dann wird entgültig entschieden, was richtig und wichtig gewesen ist. Aber ändern läßt sich nichts mehr.

Viele Leute glauben allerdings schon viel früher, den Sinn des Lebens gefunden zu haben. Sie hängen einer Religion oder einer Ideologie an und sind häufig bereit, notfalls auch ihr Leben dafür zu opfern. Solange es sich nur um ihre eigene Existenz handelt, ist dagegen nicht viel zu sagen. Problematisch wird es jedoch dann, wenn Fanatiker für sich in Anspruch nehmen, über die Daseinsberechtigung anderer Menschen gleich mit entscheiden zu dürfen.

Der Gesinnungsmörder tötet aus ideologischen oder religiösen Motiven. Er glaubt daran, mit seinem Handeln einem überirdischen Wesen oder seinen Mitmenschen einen Dienst zu erweisen. Weder sexuelle noch finanzielle Gründe spielen für ihn eine Rolle. Der 24jährige Neonazi Kai Diesner beispielsweise stürmte im Februar 1997 mit einer Pumpgun in einen PDS-Buchladen in Berlin-Marzahn. Ohne jede Vorwarnung feuerte er mehrmals auf den 62jährigen Verkäufer und verletzte ihn lebensgefährlich. Anschließend floh Diesner, der bereits wegen Landfriedensbruch, Körperverletzung, Bedrohung und Widerstand gegen Vollstreckungsbeamte aktenkundig geworden war, mit einem Mazda-Kombi. Auf einem Parkplatz an der Autobahn Berlin-Hamburg fiel der Wagen einer Streife auf. Als die Polizisten den Fahrer kontrollieren wollten, eröffnete dieser sofort das Feuer. Ein Beamter brach tot zusammen, sein Kollege wurde verletzt. Trotzdem gelang es ihm, den Schützen zu überwältigen. Bei der späteren Vernehmung sagte Diesner aus, daß er Mitglied im »Weißen Arischen Widerstand« sei und sich gegenüber dem Staat in einer Notwehrsituation befinden würde. In der Haft gestand er einen weiteren Mord.

Brutale Tötungsdelikte verblendeter Rechtsradikaler hat es schon mehrere gegeben:

· Am 26. Oktober 1980 tötete Gundolf Köhler, Mitglied der Wehrsportgruppe »Hoffmann«, mit einer selbstgebauten Bombe 13 Besucher des Münchner Oktoberfestes und verletzte über 200 Menschen.

· Am 19. Dezember 1980 erschoß der Neonazi Uwe Behrendt in Erlangen den jüdischen Verleger Shlomo Lewin und dessen Frau. Auch Behrendt gehörte der Wehrsportgruppe »Hoffmann« an.

· Am 24. Juni 1982 feuerte der Rechtsextremist Helmut Oxner vor einer Nürnberger Diskothek in die Menschenmenge. Er tötete drei Ausländer und verletzte drei weitere schwer.

· Im Jahr 1996 ermordete der Gladbecker Neonazi Thomas Lemke drei Menschen aus politischen Gründen. Einer von ihnen war ein ehemaliger Freund gewesen, der sich aus der Szene lösen wollte.

· Im Jahr 1997 sprengte sich in Jena ein Mitglied der Kameradschaft »Thüringer Heimatschutzbund« beim Bombenbau selbst in die Luft. Die Polizei durchsuchte die Wohnungen von drei weiteren Kameradschaftsmitgliedern. Die Beamten fanden mehrere Rohrbomben mit einer Sprengkraft von insgesamt 1,4 Kilogramm TNT.

- Am 9. November 2003, zum 65. Jahrestag der Reichspogromnacht, plante die Münchner »Kameradschaft Süd« unter Führung des Rechtsextremisten Martin Wiese einen Sprengstoffanschlag bei der Grundsteinlegung des jüdischen Kulturzentrums. Durch Insiderinformationen konnte das Attentat vereitelt werden.

Doch der Terror linker Fanatiker ist nicht weniger gefährlich. Vom 2. April 1968, dem Tag der Brandanschläge auf zwei Frankfurter Kaufhäuser, bis zum 20. April 1998, dem Tag der Auflösungserklärung der »Roten Armee Fraktion« (RAF), starben 34 unschuldige Menschen bei Überfällen und Attentaten, Hunderte wurden verletzt oder verkrüppelt.

Der Psychotherapeut Wolfgang Schmidtbauer beschrieb das Phänomen, das einen normalen Menschen in unserer modernen Gesellschaft quasi über Nacht zur unberechenbaren Tötungsmaschine werden läßt, wie folgt: »Unter Bedingungen, die sicher nicht leicht zu erforschen sind, die im Dunkeln liegen und deren Formen mit ihrer Umgebung verschmelzen, kann der Mensch explodieren. Er verliert jede Struktur, wird unberechenbar, vernichtet andere und sich selbst.«

Für die Polizei ist es meistens sehr schwer, bei fehlenden Bekennerschreiben eine Verbindung zwischen den einzelnen Fällen herzustellen – besonders, wenn die Morde auf unterschiedliche Arten begangen wurden, es keinen Hinweis auf die Motive gibt oder es sich bei Banküberfällen um reine Beschaffungskriminalität politischer Fanatiker handelt, die mit dem erbeuteten Geld ihre terroristischen Vorhaben finanzieren wollen.

Bei vielen Tötungsdelikten finden sich sowohl organisierte, als auch unorganisierte Elemente. Außerdem entwickeln sich die Täter weiter. Sie verändern sich und lernen aus ihren Verbrechen. Gut geschulte Ermittler können auch daraus wichtige Rückschlüsse ziehen. Lokale Polizeibehörden sind häufig überfordert, wenn sie es mit einem Serienmörder zu tun bekommen, weil es ihnen an Erfahrungen fehlt. In solchen Fällen können Experten für

Persönlichkeitsforschung und kriminologische Analysen, sogenannte »Profiler«, gute Dienste leisten. Sie haben sich intensiv mit dem Phänomen der Serienmorde beschäftigt und nach dem FBI-Grundsatz »Wer Scheusale fangen will, muß Scheusale befragen« in der Regel zahlreiche verurteilte Verbrecher interviewt. Mit diesem Hintergrundwissen können sie nur auf Grund des »Modus Operandi«, der Begehungsweise der Tat, sehr präzise Angaben zum Serienmörder machen, wodurch mitunter eine Festnahme erleichtert wird. Diese Spezialermittler sind beim Bundeskriminalamt und bei allen 16 Landeskriminalämtern in Sonderabteilungen tätig, die »OFA« (Abteilungen für operative Fallanalysen) genannt werden. Doch auch sie können weder Gedanken lesen noch in die Zukunft schauen. Ebensowenig sind sie frei von Irrtümern.

John Douglas, der einer der bekanntesten amerikanischen »Profiler« ist und mehrere Bücher über seine Arbeit geschrieben hat, meinte andererseits: »Hellseher können bei Ermittlungen in Kriminalfällen gelegentlich hilfreich sein. Ich habe schon erlebt, daß es funktioniert. Manche von ihnen besitzen die Fähigkeit, sich unterbewußt auf bestimmte, subtile Details an einem Tatort zu konzentrieren und aus diesen logische Schlußfolgerungen zu ziehen ...« Damit ist die sogenannte deduktive Methode »Sehen bedeutet beobachten, beobachten heißt analysieren« gemeint, die von Edgar Allan Poe (1809–1849) in die Literatur eingeführt und von Arthur Conan Doyle (1859–1930) in seinen Sherlock-Holmes-Geschichten zur Vollendung gebracht wurde. Kriminalhauptkommissar Stephan Harbort, Deutschlands führender Serienmordexperte, ist allerdings kein großer Freund davon, amerikanische Methoden unkritisch zu übernehmen: »Viele jener Erfindungen über Serienmörder, die anstelle von gesicherten Beweisen kursieren, entspringen den vielzitierten, aber schlecht recherchierten Schriften der Verhaltenswissenschaftlichen Arbeitseinheiten des Federal Bureau of Investigation (FBI).«

Die unter einer paranoiden Psychose leidenden Täter, die ihre Mordaufträge direkt vom Teufel, von Gott oder von Außerirdischen erhalten zu glauben, kommen zwar häufig in Filmen, aber selten im realen Leben vor. Der Kriminaloberkommissar Peter Fink berichtet über die Erfahrungen eines bekannten Psychiaters, der in langjährigen Untersuchungen keinen wahrhaftig psychotisch eingestuften Täter kennengelernt hatte, sondern nur Simulanten: »Nichtsdestotrotz war keiner der von ihm Untersuchten normal. Sie litten alle unter Geistesstörungen. Ihnen war trotzdem bewußt, was sie taten. Ihnen war trotzdem bewußt, daß ihre Taten falsch waren – und sie taten es trotzdem.«

Insofern müßten zahlreiche Ketzer- und Hexenverfolger – mit dem spanischen Großinquisitor Tomás de Torquemada (1420–1498) an der Spitze – auch als Serienmörder bezeichnet werden. Torquemada ließ während seiner elfjährigen Amtszeit über 2000 Menschen auf dem Scheiterhaufen verbrennen. Er hätte sicherlich noch viel mehr umbringen lassen, wenn ihn sein eigener Tod nicht daran gehindert hätte. Die erste angebliche Hexe Europas wurde 1275 in Toulouse verbrannt, die letzte 1782 im Schweizer Kanton Glaurus. In den 500 Jahren des Hexenwahns starben über eine Million Frauen. Insgesamt wurden von der Inquisition mehrere Millionen Menschen ermordet, darunter Jeanne d'Arc und Giordano Bruno. Der letzte sogenannte Ketzer starb 1826 im spanischen Valencia am Galgen.

HORST BRANDT

Die Brandstifter von Mölln

Michael T. und Lars C. (1992)

»Im Namen des Volkes«, so begann das Urteil des Vorsitzenden des II. Strafsenats des Oberlandesgerichtes Schleswig, »verurteile ich den Angeklagten Michael T. wegen Mordes in Tateinheit mit versuchtem Mord an sieben Menschen und besonders schwerer Brandstiftung sowie des versuchten Mordes an 32 Menschen in Tateinheit mit schwerer Brandstiftung zu einer lebenslangen Freiheitsstrafe, den Angeklagten Lars C. zu einer Jugendstrafe von zehn Jahren.« Mit diesem Urteil endete im Dezember 1993 ein Verfahren, das seinen Ursprung in den ausländerfeindlichen Anschlägen auf Asylunterkünfte im September 1992 in Gudow und Kollow und im November 1992 auf zwei von türkischen Staatsangehörigen bewohnte Mehrfamilienhäusern in Mölln hatte. Alle drei Orte liegen im Kreis Herzogtum Lauenburg im Südosten Schleswig-Holsteins, unmittelbar an der Landesgrenze zu Mecklenburg-Vorpommern. Während die Anschläge in Gudow und Kollow lediglich Sachschäden verursachten, brannten die Gebäude in Mölln vollständig aus, und es waren neben den vielen Verletzten auch drei Tote zu beklagen. Der Leiter der Bezirkskriminalinspektion Lübeck, Manfred Sahm, legte uns anläßlich des Seminars »Großschadensereignisse durch Anschläge« im September 1996 unter anderem dar, daß sich seit Herbst 1991, nicht nur in Schleswig-Holstein, Straftaten mit ausländerfeindlichen Hintergründen gehäuft hatten. So reichte die Bandbreite der zu bearbeitenden Delikte von Farbschmierereien unter Verwendung von Symbolen verfassungsfeindlicher Organisationen über Beleidigungen, Körperverletzungen und Sachbeschädigungen bis hin zu Brandanschlägen auf Ausländer- und Asylbewerberunterkünfte.

Die Reaktionen bzw. vielmehr Nichtreaktionen des Staates auf die Ereignisse in Hoyerswerda, wo ausländerfeindliche Anschläge vom Mob beklatscht worden waren, dürften viele ermutigt haben, bundesweit weitere Verbrechen zu verüben. Hinzu kam, daß die Ereignisse vom August 1992 in Rostock-Lichtenhagen, wo die zentrale Anlaufstelle für Asylbewerber durch Brandanschläge in Flammen aufgegangen war, ein Fanal für die rechte Szene gewesen war. Auch hier hatten Bewohner umliegender Häuser dazu noch applaudiert und Polizisten, Zeugen dieses schrecklichen Geschehens, nicht im Traum daran gedacht einzuschreiten. Die Rechtsextremen fanden dieses Verbrechen so »toll«, daß die Vorgänge in Schleswig-Holstein als Nachfolgetaten bezeichnet werden müssen.

Brände von Wohnhäusern, das haben meine Brandermittler immer wieder festgestellt, werden selten als sensationell empfunden und beschäftigen in den Stunden nach der Tat meist nur noch die sachbearbeitenden Dienst- und Justizstellen. Ein wenig anders ist die Situation, wenn eine politische Motivation dahinter steckt und zumindest in der ersten Phase Politiker auf den Plan gerufen werden, die dann mit Sprüchen wie »Die Täter werden unnachgiebig verfolgt« die Öffentlichkeit zu beruhigen suchen – als würde dies die Kripo nicht auch ohne diese nur auf Außenwirkung zielenden Aussagen tun. Fest steht allerdings auch, daß Polizei und Justiz in Deutschland lange dafür gebraucht haben, Brandstiftungen, die auf die Vernichtung von Eigentum, vor allem aber auf die Vernichtung von Menschen zielten, auch als das anzuklagen, was sie wirklich sind, nämlich kaltblütig geplante Morde. In Deutschland wurden derartige Taten über einen langen Zeitraum maximal als Brandstiftung mit Todesfolge, nicht aber als Mord angeklagt. Insofern hat der öffentliche Druck, nicht zuletzt aus dem Ausland, doch einen Wandel in der Urteilsfindung bewirkt.

Anschläge auf Ausländer

»Am 23. November 1992«, so schilderte Kriminaloberrat Sahm die Situation in Mölln, »ging auf der Wache der Polizeistation Mölln ein Anruf ein, in dem eine männliche Stimme erklärte: ›In der Ratzeburger Straße brennt ein Haus! Heil Hitler!‹ Die daraufhin alarmierten Beamten fanden diese Angaben leider nur allzu deutlich bestätigt. Während die Freiwillige Feuerwehr aus Mölln innerhalb nur weniger Minuten mit den Löscharbeiten begann, breitete sich der Brand auf das gesamte Obergeschoss und den Dachstuhl aus; der Abbrand des gesamten Gebäudes konnte jedoch verhindert werden. Zur Zeit des Brandausbruches hielten sich insgesamt 32 Personen türkischer Staatsangehörigkeit in dem Komplex auf. Es gab zahlreiche Verletzte, Gott sei Dank keine Toten. Was die Brandursache anbelangte, war recht schnell klar, daß hier nur vorsätzliche Brandstiftung in Betracht kommen konnte, was die festgestellten Brandausbruchbereiche und das Eliminationsverfahren unterstrichen. Die enorme Zerstörungskraft der Flammen und deren Temperatur bewirkten, daß trotz intensiver Spurensuche und Durchsiebens des gesamten Brandschutts kein Nachweis für so genannte »Mollis« (Molotow-Cocktails) oder andere Brandbeschleuniger erbracht werden konnte. Da auch das rückwärtig gelegene hölzerne Treppenhaus vom Feuer erfasst worden war, wurde den Hausbewohnern der Fluchtweg abgeschnitten, so daß neun Personen schwere Verbrennungen und darüber hinaus Verletzungen durch Sprünge aus dem Obergeschoß erlitten.

Noch während der Löscharbeiten der Freiwilligen Feuerwehr ging, diesmal in deren Gerätehaus, ein weiterer anonymer Anruf ein. Wiederum war es eine männliche Stimme, die meldete: »In der Mühlenstraße brennt ein Haus! Heil Hitler!« Obwohl Teilkräfte der Feuerwehr sofort zur Mühlenstraße verlagert und zusätzliche Einsatzkräfte der Kreisstadt Ratzeburg angefordert wurden, gelang es nicht, den Abbrand dieses Hauses, in dem sich zur Zeit des Brandausbruchs zehn Menschen aufhielten, zu verhindern. Einer 51jährigen türkischen Frau und zwei zehn und 14 Jahre alten türkischen Mädchen war der Fluchtweg versperrt, so daß sie in den Flammen umkamen. Die Untersuchungen waren auch hier, ähnlich wie in der Ratzeburger Straße 13, überaus schwierig. Wieder war die Zerstörungskraft sehr stark, dennoch konnte festgestellt werden, daß die Täter »Mollis« eingebracht hatten. Die Bundesrepublik Deutschland, die weltweit in die Schlagzeilen geraten war, reagierte diesmal ebenso schnell wie die Polizei des Landes Schleswig-Holstein. Noch in der Nacht bildete sich eine Sonderkommission, die an den folgenden Tagen laufend aufgestockt und mit der Sonderkommission Gudow, Kollow und Pritzier zusammengelegt wurde. Eine Verbindung zwischen den Anschlägen sei deutlich zu erkennen gewesen, so Sahm.

Ein Verdächtiger gesteht

Bereits am 26. November 1992 ergaben sich durch Hinweise eines Tatzeugen erste konkrete Ermittlungsansätze, die, verstärkt durch weitere tatrelevante Ergebnisse, am 28. November 1992 zur vorläufigen Festnahme des Lars C. führten. Der 19jährige war bereits am 25. November 1992 im Zusammenhang mit den Anschlägen in Gudow festgenommen worden, mußte aber wegen fehlender Haftgründe wieder entlassen werden. In seiner Vernehmung räumte er ein, die Anschläge in Mölln begangen zu haben und benannte den 25jährigen Michael P. als Mittäter. Nach C.'s Aussagen hatten sich beide am Tattage kurz vor Mitternacht in einer Diskothek getroffen. Lars C. hatte in einem in der Nähe geparkten PKW sechs Brandsätze – Bierflaschen mit Brandbeschleuniger – verstaut, die er zuvor in seiner Wohnung hergestellt hatte. Zunächst fuhren sie zu einem Asylbewerberheim, das aber als solches nicht mehr existierte; das Gebäude stand leer. Dort reifte in ihnen der Entschluß, ein von Türken bewohntes Haus aufzusuchen und »Mollis« zu werfen. Ausgewählt hatten sie sich zunächst die Ratzeburger Straße 13. Dort angekommen, stellten sie den PKW in einiger Entfernung von dem Grundstück ab, nahmen vier der mit Brandbeschleuniger versehenen Flaschen, liefen zu dem Haus, entzündeten die Lunten und warfen die Flaschen durch die Fenster im ersten Obergeschoß, wobei mindestens zwei Flaschen in den Flur und auf die leicht brennbare Holztreppe fielen und letztere in Brand setzten. Dann liefen sie zum PKW zurück und tätigten aus einer Fernsprechzelle ihren ersten Anruf, jedoch nicht um Rettungsmaßnahmen einzuleiten, sondern um vielmehr darauf aufmerksam zu machen, daß die Urheberschaft des Anschlages auf eine bekennende rechtsextremistische Gruppierung zurückzuführen sei. Dann fuhren sie zur Mühlenstraße 9, stellten ihr Fahrzeug schräg gegenüber dem Wohnhaus ab und bereiteten die letzten beiden Molotow-Cocktails vor. Während ein Täter einen entzündeten »Molli« durch die unverschlossene Haustür in das Gebäude warf, wo er die hölzerne Treppe in Brand setzte, durchschlug die vom zweiten Täter geworfene Flasche ein Gebäudefenster und brannte auf dem Fußboden des Dachgeschosses aus.

Dann fuhren sie davon, ohne irgendeinen Gedanken an die vom Feuer bedrohten Menschen zu verschwenden, und gaben ihren zweiten Bekenneranruf an die Freiwillige Feuerwehr durch. »Wer«, so schilderte es Manfred Sahm sehr eindrucksvoll und fast schon resignierend, »geglaubt hatte, daß diese Verbrechen von Mölln als Fanal eine positive Wende gegen Ausländerhaß eingeleitet hätte, sah sich schwer getäuscht, denn noch während des Prozesses vor dem Schleswiger Oberlandesgericht brannte am 29. Mai 1993 ein Haus in Solingen, in dem fünf Türken umkamen.«

Schwerverletzte und Tote durch Brandeinwirkung sehen schrecklich aus und die Vorstellung, welchen Torturen diese Menschen ausgesetzt waren, bevor ihr Tod eintrat bzw. welche Operationen Schwerverletzte über sich ergehen lassen müssen, bevor sie durch Ärzte einigermaßen wiederhergestellt sind, läßt selbst einen erfahrenen Kriminalisten nicht los.

Ich habe viele Tote gesehen, darunter viele Verbrannte. Ich habe die Bilder der Menschen vor mir, die aus einem brennenden Inferno gerettet und ärztlich versorgt worden sind. Bei einem Verbrechen war ich nicht selten geneigt, den Tätern die Bilder ihrer Opfer vorzulegen, um ihnen wenigsten auf diese Weise zu vermitteln, was sie anderen Menschen angetan hatten. Getan habe ich es natürlich nicht, zu sehr hat mich mein Berufsethos davon abgehalten. Gedanken aber habe ich schon darauf verwendet, ihnen ein ähnliches Schicksal zu wünschen wie den Opfern.

Die Stadt Mölln wurde 1993 durch einen weiteren Anschlag auf eine aus Containern errichtete Asylbewerberunterkunft, in der sich Rumänen aufhielten, aufgerüttelt. Zum Glück wurde niemand verletzt. Auch hier hatten Anhänger der rechten Szene Brandsätze geworfen, die aber rechtzeitig gelöscht werden konnten. Die Täter wurden nach wenigen Tagen arrestiert. Obwohl es weiterhin Anschläge gab, bildete Mölln gewissermaßen eine Zäsur. Die Empörung der Bevölkerung war ehrlich; Tausende gingen auf die Straßen, um ihre Solidarität mit den bei uns lebenden Ausländern zu unterstreichen und Abscheu, Protest, Wut und Trauer zu bekunden.

Ein positives Signal nach Wochen und Monaten des Schweigens.

Wolfgang Schüler

Der Terrorist

Christian Klar (1977 – 1982)

Und jetzt war er selbst an dem Punkt. Der Boden war ihm unter den Füßen weggezogen worden. Er schwebte in einem beängstigendem Vakuum.

Arne Dahl, Misterioso

Codewort »SB-Margarine«

Am Morgen des 7. April 1977 herrschte in Karlsruhe nicht viel Verkehr. Unter den wenigen Autos, die stadteinwärts fuhren, befand sich ein einzelner S-Klasse-Mercedes. Der dunkle Wagen der Baureihe W116 kam aus dem Stadtteil Neureut. Der Chauffeur hielt sich exakt an die Geschwindigkeitsbegrenzungen. Gegen 8.45 Uhr passierte der Mercedes die Linkenheimer Landstraße. In ihm saßen drei Personen: der Fahrer Wolfgang Göbel, neben ihm der Generalbundesanwalt Siegfried Buback und auf dem Rücksitz der Justizbeamte Georg Wurster. Um 8.50 Uhr mußte der schwere Wagen an der Kreuzung Moltkestraße in der Mittelspur halten, weil die Ampel auf Rot stand. Siegfried Buback war nur noch rund 500 Meter von seinem Büro in der Herrenstraße entfernt.

In diesem Moment näherte sich von hinten ein schnelles japanisches Motorrad. Es fuhr auf der Rechtsabbiegerspur neben der Limousine bis zur Haltelinie vor. Auf der Rennmaschine hockten zwei Gestalten. Beide trugen Integralhelme. Der Sozius hielt eine Sporttasche in der Hand. Er öffnete sie, faßte hinein und zog ein halbautomatisches Gewehr heraus. Er richtete es auf das Auto neben sich und begann aus der Hüfte heraus auf die drei Insassen zu feuern. Der Überfall kam völlig überraschend. Die Männer hatten keine Chance, sich zu verteidigen oder zu fliehen. Der Attentäter tötete mit eiskalter Präzision. Bei einem halbautomatischen Gewehr ist die Schußgeschwindigkeit wesentlich geringer als bei einer vollautomatischen Waffe. Durch den Rückstoß wird die leere Hülse ausgeworfen und die nächste Patrone in den Lauf geschoben. Erst danach kann wieder abgedrückt werden. 15mal nahm der Meuchelmörder seine Opfer ins Visier, fünfmal schoß er auf jeden einzelnen Mann. Generalbundesanwalt Buback und sein Chauffeur sackten auf ihren Sitzen zusammen. Sie waren auf der Stelle tot. Der Justizbeamte Georg Wurster fiel blutüberströmt auf die Seite. Er starb einige Tage später an seinen schweren Verletzungen.

Der rechte Fuß des Fahrers Wolfgang Göbel rutschte von der Bremse. Weil die Automatikschaltung auf »Fahren« stand, setzte sich die Limousine von allein in Bewegung und rollte im Schrittempo über die Kreuzung. Das Motorrad folgte langsam. Der Fahrer wechselte die Spur und fuhr nun von links an den Mercedes heran. Der Sozius beugte sich herunter und schaute in das Wageninnere. Was er sah, schien ihm zu gefallen. Er klopfte seinem Komplizen auf die Schulter, und die Maschine raste davon.

Der führerlose Mercedes zog leicht nach rechts. Er prallte gegen einen Begrenzungspfahl am Straßenrand und blieb stehen. In diesem Moment kam zufällig eine Verkehrsstreife vorbei. Für die Beamten sah es auf den ersten Blick nach einem ganz gewöhnlichen Verkehrsunfall mit Personenschaden aus. Sie alarmierten einen Krankenwagen. Erst als sie näher an den Mercedes herangetreten waren, sahen sie die zersplitterten Scheiben, dann die beiden Toten sowie den Schwerverletzten im Wageninnern. Sie verständigten die Zentrale: »Tötungsverbrechen Kreuzung Moltkestraße. Die Täter sind auf der Flucht. Ein terroristischer Hintergrund ist nicht auszuschließen. Seit dem Anschlag sind weniger als zehn Minuten vergangen.« Die Einsatzleitung reagierte sofort und löste eine Ringalarmfahndung aus. Sie ging dabei nach dem üblichen Schema vor, daß bei Fluchtzeiten unter zehn Minuten von der Tat bis zum Auslösen des Alarms ein zwanzig Kilometer breiter Ring um den Tatort zu ziehen ist. Kurz darauf waren sämtliche Ausfallstraßen um Karlsruhe hermetisch abgeriegelt und die Autobahnzufahrten gesperrt. Die vorgesetzte Dienststelle sowie das Landeskriminalamt wurden benachrichtigt und auf den Autobahnen bis zu einer Entfernung von 40 Kilometern auch die Abfahrten mit Posten besetzt. Zusätzliche Einsatzkräfte nahmen Durchfahrtskontrollen vor.

Der erste Zeuge hatte sich gemeldet und war vernommen worden. Gesucht wurde nun nach zwei Personen mit braunen Integralhelmen auf einem japanischen Motorrad. Die Anweisung der Einsatzleitung lautete deshalb: »Alle Kräder sind genau zu überprüfen. Dabei muß berücksichtigt werden, daß die Tatverdächtigen das Fahrzeug gewechselt oder ihr Aussehen verändert haben können. Der gesamte Kfz-Verkehr aus Richtung Tatort ist zu beobachten und in Kontrollisten zu erfassen.«

Die Terroristen fuhren mit dem Motorrad sieben Kilometer weiter bis zu einer Autobahnbrücke außerhalb von Karlsruhe. Dort, an der Abfahrt nach Wolfartsweiler, wartete ein dritter Mann in einem italienischen Sportwagen auf seine beiden Komplizen. Sie versteckten die Maschine im Gebüsch, stiegen um und flüchteten weiter in östliche Richtung. Eine Stunde nach dem Massaker wurde von der Polizei auf der B 10 an der Kontrollstelle Remchingen ein silberner Alfa Romeo Giulia gestoppt. In ihm saßen drei Männer. Die Beamten konnten nichts Verdächtiges feststellen und ließen sie passieren. Erst später stellte sich heraus, daß der Wagen gestohlen worden war.

An dieser Stelle muß auf einige Merkwürdigkeiten hingewiesen werden, die bis zum heutigen Tag nicht aufgeklärt werden konnten. Die Attentäter hätten mit ihrem Motorrad bis zu der sieben Kilometer vom Tatort entfernten Autobahnbrücke acht Minuten benötigt – wenn sie ganz vorschriftsmäßig gefahren wären, um nicht unnötig aufzufallen. Weitere fünf Minuten wären nötig gewesen, um das Motorrad zu verstecken und um das Fahrzeug zu wechseln. Von der Abfahrt nach Wolfartsweiler bis zur Kontrollstelle bei Remchingen sind es 14 Kilometer. Die Fahrtzeit bis dorthin beträgt bei Tempo 50 – großzügig gerechnet – 17 Minuten. Die Attentäter hätten Remchingen demzufolge gegen 9.20 Uhr passieren müssen. Das Trio kam jedoch erst eine halbe Stunde später dort an. Was hatten die drei Männer in diesen 30 Minuten getan? Was konnte für sie wichtiger sein, als eine schnelle Flucht?

Doch damit nicht genug. Einige Tage nach dem Attentat bekamen mehrere Zeitungsredaktionen ein Bekennerschreiben zugeschickt, welches von einem »Kommando Ulrike Meinhof« stammte. Ihm war in Kopie der Mietvertrag über das zur Tat benutzte japanische Motorrad beigefügt, ausgestellt auf einen gewissen Hans Schäfer. Die Fahnder rätselten sehr lange über die unterschiedlichen Verhaltenweisen der Täter, die nicht zueinander passen wollten. Zum einen die professionelle Ausführung der Tat und die verwendete halbautomatische Waffe vom Kaliber .223, die nur aus NATO-Beständen stammen konnte. Zum anderen aber der Dilettantismus danach. Es schien fast so, als hätten es die Täter geradezu darauf angelegt gehabt, verhaftet zu werden. Bei der ersten spektakulären Tat der Gründer der terroristischen Organisation »Rote Armee Fraktion« (RAF) war es ähnlich gewesen: Nach den Kaufhausbränden in Frankfurt am Main hatten sich Andreas Baader und Gudrun Ensslin völlig irrational verhalten. Sie waren nicht sofort untergetaucht und auf dem schnellsten Weg nach Berlin zurückgekehrt, sondern ohne erkennbaren Grund in der für sie fremden Stadt geblieben. Dort hatten sie sich solange verdächtig gemacht, bis sie zwei Tage später verhaftet werden konnten.

Für die polizeiliche Ermittlungsarbeit gilt die Binsenweisheit, daß selbst die kleinsten Spuren geradewegs zum Täter führen können. Je mehr Spuren gefunden werden, umso leichter wird es, ihn aufzuspüren, umso schneller kann er aus dem Verkehr gezogen werden. Daraus ergibt sich als Umkehrschluß, daß es bei der Planung eines Verbrechens auch darauf ankommt, Spuren zu vermeiden bzw. zu beseitigen. Das ist ebenso wichtig, wie die Aktion an sich. Die Buback-Attentäter hatten sich jedoch kaum darum gekümmert. Sie waren höchstwahrscheinlich wider aller Vernunft zurück nach Karlsruhe gefahren, hatten der Polizei später zielgerichtet wichtige Beweismittel in die Hände gespielt und eine Menge vermeidbarer Spuren hinterlassen.

Bei Serienmördern ist ein solches Verhalten gar nicht so selten. Zum einen sind sie berauscht von der eigenen Überlegenheit und dem offenkundigen Unvermögen der Polizei, sie zu schnappen. Sie lesen alles über ihre Taten, sehen sich Filmberichte im Fernsehen an und kehren häufig zum Tatort zurück. Für die Polizei gehört es deshalb zur Routine, nach einem Verbrechen alle Schaulustigen zu fotografieren und – wenn möglich – ihre Personalien festzuhalten.

Zum anderen haben Serienmörder Angst vor sich selbst und möchten die Sache auf eine elegante Weise beenden. Sie hinterlassen deshalb häufig verschlüsselte Botschaften und kryptische Zeichen.

Der Schock über den Mord am Generalbundesanwalt Siegfried Buback war sehr groß. Das Verbrechen geschah zu einem Zeitpunkt, als die erste Generation der »Roten Armee Fraktion« komplett ausgeschaltet gewesen war. Die meisten Mitglieder saßen im Gefängnis. Die wenigen, die sich noch auf freiem Fuß befanden, hatten sich ins Ausland abgesetzt. Der Rest war tot. So wie Ulrike Meinhof. Sie hatte sich am 9. Mai 1976 das Leben genommen. Der Generalbundesanwalt am Bundesgerichtshof Siegfried Buback war deshalb der irrigen Auffassung gewesen, daß im Jahr 1977 das »Problem RAF« vollständig gelöst werden könnte.

Nun zeigte sich, daß das ganze Gegenteil der Fall war. Die Täter vom »Kommando Ulrike Meinhof« hatten das Verbrechen unter dem von ihnen gewählten Codenamen »SB-Margarine« (SB, die Anfangsbuchstaben des Namens von Siegfried Buback, waren das Markenzeichen einer Margarinesorte) wie eine militärische Operation mit höchster Präzision geplant und durchgeführt. Es gab Fragen über Fragen. Siegfried Buback pflegte zu den unterschiedlichsten Zeiten und auf wechselnden Routen ins Büro zu fahren. Wie waren seine Mörder an die notwendigen Informationen gelangt? Verfügten sie gar über einen geheimen Informanten in der Bundesanwaltschaft? Woher hatten sie das halbautomatische Gewehr aus NATO-Beständen bekommen?

Eine öffentliche Bekanntmachung der »Revolutionären Zellen« in der Propagandazeitschrift »Revolutionärer Zorn« vom Mai 1977 heizte die Stimmung noch weiter an. In dem Pamphlet hieß es: »Es traf Buback genau im richtigen Augenblick. Damit ist der Mythos von der Unverletzlichkeit des Polizeistaates ins Wanken gekommen. Europas Spezialist Nr. 1 im Weiterentwickeln der Counter Insurgency gegen alle, die sich zur Wehr setzen gegen das System der Unmenschlichkeit, wurde unschädlich gemacht. Counter Insurgency Made in Germany ist mittlerweile zum begehrten Exportartikel für Unterdrücker in aller Welt geworden. Pinochet schickt KZ-Leiter Kraushaar in die BRD zur Weiterbildung, Uruguays Militärgorillas rühmen die ›deutsche Methode‹ als die erfolgreichste und gründlichste, in den Ausbildungsakademien des deutschen Staatsschutzes geben sich die Faschisten aller Welt die Hand, um sich auf den neusten Stand der konterrevolutionären Techniken zu bringen.

Gleichzeitig versuchte Buback die politische Verteidigung mit allen Mitteln seiner psychologischen Kriegsführung auszuschalten: Verteidiger werden verhaftet, Kronzeugen präpariert, in den Knästen jedes Wort abgehört ... Und die ersten ›Erfolge‹ zeichnen sich bereits ab: Einige Verteidiger biedern sich in widerlichen Schreiben dem ›Rechtsstaat‹ an, denunzieren damit die anderen als Komplizen und die Guerilla als durchgeknallte Irre. Und das gerade während des Hungerstreiks, in dem die gefangenen Revolutionäre mit der letzten Waffe, die ihnen geblieben ist, gegen ihre Vernichtung kämpfen. Deswegen finden wir die Hinrichtung des obersten Staatsschützers zu diesem Zeitpunkt richtig – besonders für die in den Knästen kämpfenden Genossen. Wir freuen uns zusammen mit vielen legalen und illegalen Genossen über diese gelungene Aktion!«

Codewort »Big Money«

Einige Wochen später, am 29. Juli 1977, klingelte in der Villa Ponto in Oberursel das Telefon. Die Familie verfügte über mehrere Anschlüsse. Der sogenannte Dienstapparat stand im Arbeitszimmer. Die Nummer war nur wenigen Personen bekannt und stand in keinem öffentlich zugänglichen Verzeichnis. Da alle privaten Anrufe über das Telefon in der Diele liefen, hob Ignes Ponto nicht ab, sondern rief nach ihrem Mann.

Der 1923 geborene Jürgen Ponto, Sohn einer Hamburger Kaufmannsfamilie, hatte Rechtswissenschaften studiert. Nach dem Staatsexamen begann er in Frankfurt am Main bei der Dresdner Bank AG zu arbeiten. Das 1872 in Sachsen gegründete Unternehmen mit inzwischen 1400 Zweigstellen in 70 Ländern hatte sich zum zweitgrößten bundesrepublikanischen Geldinstitut nach der Deutschen Bank AG entwickelt. Jürgen Ponto war begabt und fleißig. Er fand einflußreiche Förderer, die ihm einen raschen Aufstieg ermöglichten. Bereits mit 46 Jahren wurde er zum Vorstandsvorsitzenden und Sprecher der Aktiengesellschaft berufen. Zu einem Zeitpunkt, als es den Begriff der Globalisierung noch gar nicht gab, kümmerte er sich bereits intensiv um den Ausbau der internationalen Geschäftsbeziehungen der Dresdner Bank AG. Der damalige Bundeskanzler Helmut Schmidt fand dieses Engagement so interessant, daß er Jürgen Ponto in seinen persönlichen Beraterstab aufnahm. Der einflußreiche Bankier war darüber hinaus noch in den wichtigsten Unternehmerverbänden, Wirtschaftsinstituten und Vorständen etlicher Aufsichträte vertreten. Er drehte, wie der Volksmund sagt, das ganz große Rad.

Für die RAF verkörperte Jürgen Ponto mit allem, was er war, was er tat und was er darstellte, die verabscheuungswürdige Fratze des häßlichen Kapitalisten. Vom Bundeskriminalamt war der Bankier deshalb als eine gefährdete Person eingestuft worden. Er hatte die Kategorie »mittelbar bedroht« erhalten. Das bedeutete, daß sich der Bankier strengen Vorsichtsmaßregeln unterwerfen mußte, aber noch nicht ständig von Personenschützern bewacht wurde.

Doch zurück zu dem Telefongespräch vom 29. Juli 1977. Jürgen Ponto hatte seine Frau rufen gehört, kam ins Arbeitszimmer und nahm den Hörer ab. Wie ihm von den BKA-Beamten empfohlen worden war, meldete er sich nicht mit seinem Namen, sondern fragte stattdessen: »Wer spricht?«

»Onkel Jürgen, bist du das? Hier ist Susanne, Susanne Albrecht. Seid ihr am Wochenende zu Hause?«

»Nur bis zum Samstagabend, dann wollen wir wegfahren. Weshalb?«

»Könnte ich trotzdem noch am Sonnabend um fünf vorbeikommen? Es ist wichtig und würde nicht lange dauern. Für mein Studium muß ich eine Belegarbeit schreiben und habe dazu ein paar Fragen an dich.«

Jürgen Ponto hatte nichts dagegen, weshalb auch. Die Familien Ponto und Albrecht waren seit langem befreundet. Susanne hatte als Kind häufig im Haus der Pontos übernachtet. Der Bankier legte auf. »Susanne Albrecht kommt uns morgen um 17 Uhr kurz besuchen«, informierte er seine Ehefrau über die soeben getroffene Verabredung.

»Die niedliche Susanne? Die haben wir doch schon seit Ewigkeiten nicht mehr gesehen«, erwiderte Ignes Ponto.

Ihr Mann zuckte mit den Schultern. »So ist das eben, wenn Kinder erwachsen werden. Dann wollen sie mit uns Dinosauriern nichts mehr zu tun haben. Es sei denn, sie brauchen etwas. Susanne studiert jetzt Wirtschaftswissenschaften. Glaube ich jedenfalls. Sie benötigt einige Auskünfte für eine Hausarbeit.«

»Du mußt dich kurz fassen. Du weißt, wir haben morgen Abend keine Zeit.«

»Kein Problem. Sie will nur ein paar Minuten bleiben.« Für Jürgen Ponto hatte der am Telefon geäußerte Besuchswunsch völlig plausibel geklungen. Auch seine Frau hegte nicht den geringsten Argwohn.

Am 30. Juli 1977 servierte Ignes Ponto um Punkt 17 Uhr Tee und Gebäck im Herrenzimmer. Ihr Mann war ein Pünktlichkeitsfanatiker. Doch der angekündigte Besuch ließ auf sich warten. »Bei Studenten ticken die Uhren offensichtlich anders, als bei Menschen, die mitten im Berufsleben stehen«, brummelte der Bankier ärgerlich. Wenig später, um 17.10 Uhr, läutete es unten an der Einfahrt am Tor. Eine weibliche Stimme meldete sich über die Gegensprechanlage: »Ich bin es, Onkel Jürgen, die Susanne. Entschuldige bitte die Verspätung.«

»Kein Problem«, erwiderte Jürgen Ponto und drückte auf einen Knopf an der Wand. Ein elektrischer Kontakt summte, das Tor sprang auf. Schritte knirschten auf dem Kies der Auffahrt und kamen rasch näher. Als der Bankier die Haustür öffnete, stutzte er zunächst. Zu seiner größten Verblüffung stand nicht nur Susanne Albrecht davor. Sie wurde von einer Frau Anfang Zwanzig und einem etwa gleichaltrigen Mann begleitet. Beide waren ihm völlig unbekannt. Von ihrer Bekleidung und den Frisuren her schien es sich ebenfalls um Studenten zu handeln.

Susanne Albrecht hielt einen Blumenstrauß in der Hand. »Ich habe für Tante Ignes Rosen gekauft. Die roten mag sie doch besonders gern. Bitte verzeih mir, daß ich meine Kommilitonen mitgebracht habe. Herbert war so freundlich, mich in seinem Auto herzubringen. Wir wollen anschließend noch zusammen in die Uni-Bibliothek fahren.«

Der Hausherr bat seine Gäste in sein Arbeitszimmer und übergab seiner Gattin das stark duftende Bukett.

»Rosen, wie schön, meine Lieblingsblumen«, meinte Ignes Ponto. »Ich werde sie rasch in eine Vase stellen und dann noch zwei weitere Gedecke für den Tee bringen.«

Jürgen Ponto wies auf eine Sitzgruppe, aber seine Besucher wollten nicht Platz nehmen. Der Mann faßte in die Brusttasche seine braunen Cordjacke, zog eine Pistole hervor und richtete sie auf seinen Gegenüber. »Sie sind festgenommen und werden in das Volksgefängnis überführt!«

Der Bankier fragte ungläubig: »Seid ihr komplett verrückt geworden?« Doch sobald er den Ernst der Lage erkannt hatte, folgte er einem bis dahin tausendfach bewährten Verhaltensmuster. Als Manager in wichtigen Führungspositionen war er es seit langem gewohnt, sich auch in schwierigen Situationen durch die Kraft seiner Autorität durchzusetzen. Aber in diesem Fall stand er keinen störrischen Aktionären oder begriffsstutzigen Politiker gegenüber. Er war mit einer Mörderbande konfrontiert. Jürgen Ponto handelte sehr mutig – und tat damit genau das Falsche. Er hob den rechten Arm, deutete auf die Tür und schrie wütend: »Raus mit euch! Verlaßt auf der Stelle mein Haus! Sofort!«

Sein Gegenüber tat nichts dergleichen. Er schien zu überlegen und abzuwägen. Die Sache lief anders als geplant. Aber der Attentäter kannte keine Skrupel, hob die Waffe ein Stück höher und drückte ab. Nun zog auch die junge Frau an seiner Seite eine Pistole hervor und begann wie auf Kommando zu feuern. Der Bankier taumelte, von mehreren Schüssen getroffen, und brach zusammen. Aus der Diele gellten die Schreie seiner Frau.

Die drei Terroristen rannten zu ihrem Auto. Der Fahrer wartete auf sie mit laufendem Motor. Reifen quietschten. Die Verbrecher flüchteten über die Autobahn an Eschborn vorbei. Ihr Ziel war eine rund 30 Kilometer vom Tatort entfernt liegende konspirative Wohnung in Hattersheim. Sie war von ihnen als »Volksgefängnis« vorbereitet worden. Jürgen Ponto erlag wenig später in der

Frankfurter Universitätsklinik seinen lebensgefährlichen Verletzungen.

Am 31. Juli 1977 bekannte sich eine »Befreiungsbewegung Aktion Roter Morgen« zu dem Unternehmen mit dem Codewort »Big Money«. Über die Täterschaft gab es in diesem Fall keinen Zweifel, denn Ignes Ponto konnte eine der beiden Terroristinnen benennen. Trotzdem Susanne Albrecht untergetaucht war, gelang es der Polizei über das Verfolgen von Querverbindungen, die Identität der übrigen drei Verbrecher zu ermitteln. Sie zählten zu den Schlüsselfiguren der zweiten RAF-Generation. Sie hießen Brigitte Mohnhaupt, Peter-Jürgen Boock und Christian Klar.

Christian Klar war der Todesschütze gewesen. Er hatte auch zu den unmittelbar Beteiligten an dem Mordanschlag auf Siegfried Buback gehört. Doch bis heute ist nicht bekannt, welche genaue Rolle er dabei spielte, ob er der Mann mit dem Gewehr oder einer der beiden Fahrer war. Vor Gericht verweigerte er später jede Aussage. Auch seine Komplizen schwiegen sich darüber aus, obwohl der schwerste Verdacht auf Christian Klar lastete. Die Ermittlungsbehörden konnten deshalb nicht zweifelsfrei aufklären, ob er tatsächlich der Dreifachmörder gewesen war. Seinen Richtern reichten jedoch einige Jahre später die Indizien für die Beweiswürdigung und Urteilsfindung aus.

Der Philosophiestudent

Christian Klar wurde am 20. Mai 1952 in Freiburg im Breisgau geboren. Er stammte aus einem gutbürgerlichen Elternhaus. Seine Mutter war Gymnasiallehrerin und sein Vater Vizepräsident des Landesschulamtes von Baden-Württemberg. Im Jahr 1972 legte ihr Sohn das Abitur ab. Anschließend studierte er Geschichte und Philosophie an der Albert-Ludwigs-Universität in Freiburg.

Trotz dieser sehr positiven und zukunftsorientierten Entwicklung hatte es auch in der Familie Klar seit der Mitte der 60er Jahre die üblichen Verständigungsprobleme zwischen den Generationen gegeben. In scharfen Diskussionen war es um den Sinn oder Unsinn von Flower Power, der Beat- und Rockmusik, den langen Haaren, dem Vietnamkrieg und der Hippie-Mode gegangen. Mit 20 Jahren hatte der Philosophiestudent schließlich genug von den elterlichen Bevormundungsversuchen, zog zu Hause aus und suchte sich ein Zimmer in einer Wohngemeinschaft.

Mit Christian Klar wohnten zwei weitere junge Männer und eine Frau zusammen. Sie hießen Günter Sonnenberg, Knut Folkerts und Adelheid Schulz. Ob es nun Vorsehung, Schicksal oder Zufall war, die Mitglieder dieser Kommune hatten sich gesucht und gefunden. Alle vier wurden in der Mitte der 70er Jahre zu aktiven Terroristen. Ihre erste spektakuläre – wenn auch noch relativ harmlose – Aktion war die am 30. Oktober 1974 erfolgte Besetzung des Hamburger Büros von Amnesty International.

1976 wurde Christian Klar Mitglied der RAF und tauchte unter. Ein knappes Jahr danach, am 7. April 1977, beging er – mit sehr großer Wahrscheinlichkeit – den Dreifachmord in Karlsruhe. Nur ein Vierteljahr später, am 30. Juli 1977, erschoß er Jürgen Ponto. Peter-Jürgen Boock, der bei der Aktion in Oberursel der Fahrer gewesen war, sagte später einmal: »Christian Klar provozierte bei jeder RAF-Aktion die große Knallerei.« Und die RAF-Terroristin Silke Maier-Witt fügte ergänzend hinzu, daß Christian Klar von der Führungsebene gestoppt werden mußte, weil er nach dem Tod der Stammheimer Gefangenen den Überfall und die Ermordung mehrerer Offiziere und deren Familien geplant hatte.

An großartigen Gewissensbissen kann Christian Klar jedenfalls nicht gelitten haben. Am 25. August 1977, nur knapp vier Wochen nach dem Mord an Jürgen Ponto, drang er mit drei weiteren Komplizen in die Wohnung eines Rentnerehepaars in Karlsruhe ein. Die Verbrecher überwältigten die alten Leute, fesselten und knebelten sie. Dann schoben sie einen Tisch ans Fenster und bauten einen selbstgebauten Raketenwerfer auf. Sie richteten seine mehr als 40 Rohre auf ein rund 20 Meter entferntes Bürohaus, in dem die Bundesanwaltschaft untergebracht war. Danach öffneten die Attentäter das Fenster, tarnten den Raketenwerfer mit einer Folie, stellten einen Zündmechanismus ein und verschwanden. Doch die Apparatur versagte. Den Terroristen war ein winziges, aber sehr entscheidendes Detail entgangen: Sie hatten vergessen, den Wecker der

Höllenmaschine aufzuziehen! Nach einigen Stunden gelang es den Wohnungsinhabern, sich aus eigener Kraft zu befreien und die Polizei zu rufen. Sprengstoffexperten untersuchten den Raketenwerfer. Er war voll funktionsfähig. Die Wucht der Explosionen hätte ausgereicht, das Dienstgebäude in Schutt und Asche zu legen. Dutzende Tote wären zu beklagen gewesen.

Der Konstrukteur war Peter-Jürgen Boock gewesen. Er hatte den Raketenwerfer zusammengebaut. Aber auch Christian Klar war an dem Unternehmen beteiligt. Von ihm fanden die Kriminaltechniker Fingerabdrücke am Tatort.

Codewort »Big Raushole«

Am 5. September 1977 fuhr ein dunkelblauer S-Klasse-Mercedes durch die Kölner Innenstadt. Ihm folgte ein etwas kleiner weißer Mercedes. Die große Limousine beförderte den 62jährigen Arbeitgeberpräsident Hanns Martin Schleyer, der hinter dem Fahrer auf der Rückbank Platz genommen hatte. Der zweite Wagen war mit drei Polizisten als Begleitschutz besetzt. Sie befanden sich auf dem Weg nach Köln-Braunsfeld, einem ruhigen und grünen Vorort der Stadt am Rhein, wo der Wirtschaftsmagnat eine Wohnung angemietet hatte.

Um 17.30 Uhr bogen die Fahrzeuge in die Vinzenz-Statz-Straße ein. Plötzlich rollte vor dem S-Klasse-Mercedes von links ein Kinderwagen auf die Straße. Im selben Moment schoß von rechts ein Auto aus einer Einfahrt. Wegen des Kinderwagens konnte der Chauffeur nicht ausweichen und trat scharf auf die Bremse. Für den Fahrer im Begleitfahrzeug kam das Manöver zu überraschend. Der hintere Mercedes fuhr auf den Wagen mit dem Arbeitgeberpräsidenten auf und schob ihn gegen den anderen Pkw. Alle Insassen wurden kräftig durchgerüttelt. Doch bevor sie sich von dem Schreck erholt hatten, kamen mehrere Personen mit Maschinenpistolen und Schnellfeuergewehren aus Verstecken am Straßenrand hervor und begannen zu schießen. Insgesamt gaben sie mehrere Hundert Schuß ab.

Zwei Polizisten aus dem Begleitfahrzeug gelang es noch, aus ihrem Wagen zu springen und das Feuer zu erwidern. Aber sie trafen nicht. Beide fielen, jeder von Dutzenden Kugeln getroffen, zu Boden. Auch die zwei Fahrer wurden getötet. Nur Hanns Martin Schleyer blieb unverletzt. Die Attentäter zerrten ihn aus der Limousine, fesselten ihn und warfen ihn in einen Transporter. Dann rasten sie mit ihrem Entführungsopfer davon. Den RAF-Terroristen war der brutale Auftakt der Aktion mit dem Codewort »Big Raushole« geglückt.

Es gab mehrere Gründe, weshalb Hanns Martin Schleyer in das Fadenkreuz der Terroristen geraten war. Zum einen, weil er bis zum Ende des Dritten Reiches ein überzeugter Nationalsozialist gewesen war. Zum anderen, weil er nach dem Ende des Zweiten Weltkriegs eine steile Karriere als Wirtschaftsboß gemacht hatte. Er begann als Referent bei der Industrie- und Handelskammer Baden-Baden und wechselte 1951 als Sachbearbeiter zur Daimler Benz AG. 1953 übernahm er dort die Leitung des Hauptsekretariats und wurde Assistent des Vorstandsvorsitzenden Dr. Fritz Künnecke. Durch dessen Protektion erhielt er 1956 den äußerst wichtigen Posten des Leiters der Personalabteilung. Von dort aus wurde er 1959 als stellvertretendes Mitglied und ab 1963 als ordentliches Mitglied in den Vorstand berufen. Parallel dazu war er von 1962 bis 1968 Vorsitzender des Verbandes der Metallindustrie Baden-Württemberg. Am 6. Dezember 1973 wurde Hanns Martin Schleyer zum Präsidenten des Bundesverbandes der Deutschen Arbeitgeberverbände (BDA) gewählt. Ab dem 1. Januar 1977 amtierte er außerdem noch als Präsident des Bundesverbandes der Deutschen Industrie (BDI).

Hanns Martin Schleyer war damit zum Zeitpunkt seiner Entführung einer der hochrangigsten Wirtschaftsführer der BRD. Er besaß viele einflußreiche Freunde, speziell unter Politikern mit Regierungsverantwortung. Mit ihm als Geisel wollten die Kidnapper die Freilassung von zehn inhaftierten RAF-Mitgliedern erpressen. Der Arbeitgeberpräsident wurde zuerst rund 20 Kilometer weiter in einem Hochhaus in Erftstadt-Liblar versteckt und später illegal über die Grenze in die Niederlande gebracht.

Doch trotz seiner engen Kontakte zu den bedeutendsten Personen in Wirtschaft und Politik blieb die Regierung unter

Bundeskanzler Helmut Schmidt hart. Sie stimmte einem Austausch nicht zu. Als schließlich klar war, daß die langen und zähen Verhandlungen ergebnislos bleiben würden und auch die Entführung einer Lufthansamaschine nicht zum erhofften Ziel geführt hatte, nahmen sich die Top-Terroristen Andreas Baader, Jan-Carl Raspe und Gudrun Ensslin im Gefängnis Stuttgart-Stammheim das Leben. Das RAF-Mitglied Irmgard Möller überlebt ihren Suizid-Versuch schwerverletzt. Der zweite Teil der Aktion »Big Raushole« war damit vollständig gescheitert.

Nachdem die Entführer Schleyers vom Tod der Häftlinge in Stammheim erfahren hatten, ergab es keinen Sinn mehr, den Arbeitgeberpräsidenten länger gefangen zu halten. Aber die Terroristen ließen ihn nicht frei. Am 19. Oktober 1977 wurde Hanns Martin Schleyer erschossen im Kofferraum eines grünen Audi aufgefunden. Der Wagen mit dem Kennzeichen HG-AN 460 stand in Mülhausen im Elsass (Frankreich). Der frühere RAF-Kämpfer Werner Lotze erklärte 1990, daß Schleyer ermordet werden mußte, weil er in der Geiselhaft einzelne Terroristen erkannt hatte. Beispielsweise wurde Christian Klar von ihm mit Namen angesprochen.

Wie im Fall Buback konnte die Identität des Mörders von Hanns Martin Schleyer nicht enthüllt werden. Sie wurde von den noch lebenden Entführern bis zum heutigen Tag geheimgehalten.

Codewort »Joghurt-Topf«

Trotzdem Christian Klar steckbrieflich gesucht wurde, gelang es ihm noch mehrere Jahre lang, der Polizei immer wieder zu entkommen. Es gab so viele Fahndungspannen, daß es schon nach Absicht aussah. Vor allem deshalb, weil Christian Klar sich keineswegs versteckt und ruhig verhielt. Er tat das genaue Gegenteil und unternahm eine kriminelle Aktion nach der anderen:

Beispielsweise plante er 1978, den inhaftierten RAF-Terroristen Stefan Wisniewski mit einem gecharterten Hubschrauber aus dem Hof des Hochsicherheitstrakts der Justizvollzugsanstalt Frankenthal zu befreien. Nach dem ersten Erkundungsflug wurde die Pilotin mißtrauisch und informierte die Behörden. Die Polizei beschloß, nicht sofort zuzugreifen, sondern ihn zu beschatten. Sie wollte auf diese Weise noch weiterer Terroristen habhaft werden. Doch Christian Klar entdeckte die Falle. Nach der Rückkehr von einem weiteren Rundflug entkam er sieben Observationsfahrzeugen.

Am 19. November 1979 überfiel Christian Klar gemeinsam mit Henning Beer, Peter-Jürgen Boock und Rolf Clemens Wagner die Schweizerische Volksbank in Zürich. Der Bankraub an sich glückte. Die RAF-Terroristen erbeuteten 548.000 Schweizer Franken. Mit dem Geld sollten RAF-Aussteiger unterstützt werden. Doch die Flucht verlief anders als geplant. Die Polizei erschien schneller als erwartet am Tatort. Bei einer wilden Verfolgungsjagd quer durch die unterirdische Einkaufspassage am Züricher Hauptbahnhof bis hinaus auf die Straße kam es zum wiederholten Schußwechsel. Eine unbeteiligte Passantin starb im Kugelhagel, zwei Polizeibeamte wurden schwer und eine weitere Frau lebensgefährlich verletzt. Christian Klar schoß ihr aus nächster Nähe in die Brust, weil sie sich weigerte, ihren Pkw als Fluchtauto zur Verfügung zu stellen.

Ob die Fußgängerin in der Ladenpassage von Christian Klar oder einem der Verfolger erschossen wurde, konnte nicht geklärt werden, weil die tödliche Kugel den Körper des Opfers durchschlagen hatte und unauffindbar blieb.

Christian Klar behauptete später einmal, in Zürich hätte es keine absichtlichen Schüsse gegen das Leben ziviler Personen gegeben. Der Fehler wäre ein ganz anderer gewesen: »Die Fluchtmöglichkeiten waren im Vorfeld unzureichend abgeklärt worden. So etwas darf der linken Guerilla nicht passieren.«

Am 15. September 1981 legte sich Christian Klar, mit einer Panzerfaust bewaffnet, in ein Gebüsch mitten in Heidelberg. Als der US-General Frederick James Kroesen, Oberkommandierender der US-Streitkräfte in Europa und Kommandierender General des Nato-Bereichs Mitte, in etwa 150 Metern Entfernung vorbeifuhr, drückte der Attentäter ab. Das erste Geschoß traf den gepanzerten Wagen. Die Explosion hob das Auto in die Luft, richtete aber keinen weiteren Schaden an. Die zweite Rakete durchschlug zwar die Scheiben, detonierte jedoch außerhalb des Fahrzeugs. Dem General platzten die Trommelfelle, aber er überlebte. Auch seine Ehefrau, sein Adjutant und der Fahrer wurden nur leicht verletzt.

Am 15. September 1982 überfielen mehrere Täter eine Filiale der Bochumer Sparkasse und konnten unerkannt entkommen. Die Spezialisten von der Spurensicherung fanden am Bankschalter einen Fingerabdruck von Christian Klar. Danach begann sein Stern endgültig zu sinken. Am 26. Oktober 1982 entdeckten die Ermittler in einem Wäldchen bei Frankfurt-Heusenstamm das RAF-Depot Nr. 1. Es enthielt Waffen, Bargeld, falsche Papiere und eine verschlüsselte Liste der anderen Depots. Dem BKA gelang es, den Code zu entziffern und die Standorte ausfindig zu machen. Sie wurden wochenlang rund um die Uhr überwacht.

Am 16. November 1982 ging Christian Klar den Fahndern endlich ins Netz. Er wurde im Sachsenwald bei Hamburg verhaftet, als er das Waffendepot »Daphne« öffnete. Der RAF-Aussteiger Werner Lotze berichtete später, Christian Klar habe aus Angst vor polizeilicher Überwachung mehrere RAF-Depots im Frankfurter und Stuttgarter Raum vermint gehabt. Die Aktion unter dem Codewort »Joghurt-Topf« wäre aber nur von kurzer Dauer gewesen, um die eigenen Leute nicht zu gefährden.

Die Strafe

Das Oberlandesgericht Stuttgart verurteilte Christian Klar am 2. April 1985 wegen neunfachen Mordes, u.a. an Siegfried Buback, Jürgen Ponto und Hanns Martin Schleyer, fünfmal zu lebenslanger Freiheitsstrafe und zu einer zusätzlichen zeitigen Freiheitsstrafe von 15 Jahren. Im Jahr 1997 entschied dasselbe Stuttgarter Gericht, daß die Mindestverbüßungsdauer 26 Jahre betragen soll, weil Christian Klar lange als besonders unbeugsame Symbolfigur der RAF galt. Eine Strafaussetzung und damit eine Haftentlassung ist also frühestens 2008 möglich. Er wird dann 56 Jahre alt sein und nach einem Vierteljahrhundert in deutschen Gefängnissen das normale Leben wieder von Grund auf lernen müssen. Zumindest ein Ausbildungsplatz ist ihm bereits sicher. Ein

Berliner Theater hat ihm die Lehrstelle eines Bühnentechnikers angeboten.

Aber ist es gerecht, wenn ein neunfacher Mörder jemals wieder auf freien Fuß kommt, und sei es auch erst nach langer, langer Zeit? Hätte er nicht besser die Todesstrafe verdient? Ein wichtiges Argument spricht dagegen. Ein Staat, der das Auslöschen menschlichen Lebens mit der physischen Vernichtung einer Existenz beantwortet, stellt sich mit dem Mörder auf eine Stufe. Albert Camus meinte dazu: »Was ist die Hinrichtung denn anderes als der vorbedachteste aller Morde, mit dem keine noch so berechnete Untat eines Verbrechers verglichen werden kann? Eine Gleichwertigkeit bestünde erst, wenn der mit dem Tod zu bestrafende Verbrecher sein Opfer vorher davon in Kenntnis gesetzt hätte, an welchem Ort er es in einen gräßlichen Tod schikken würde, und es von diesem Augenblick an monatelang gnadenlos eingesperrt hätte. Ein solches Ungeheuer findet sich nicht im Privatleben.«

Am 13. Dezember 2005 wurde in den USA Stanley »Tookie« Williams mit der Giftspritze hingerichtet. Der 51jährige war 1979 wegen vierfachen Mordes verhaftet und nach einem Indizienprozeß von einem Geschworenengericht zum Tode verurteilt worden. In 25 Gefängnisjahren wandelte er sich vom Gangster zum Friedensstifter und zum Verfasser von Kinderbüchern. Seine Werke waren populär, sein Leben wurde verfilmt. Fünf Mal war Williams für den Friedensnobelpreis nominiert worden. Zahlreiche prominente Künstler setzten sich für eine Begnadigung ein. Gouverneur Arnold Schwarzenegger lehnte den Hinrichtungsaufschub mit der Begründung ab: »Ohne Buße für die sinnlosen und brutalen Morde kann es keine Erlösung geben.«

Doch Stanley »Tookie« Williams hatte 25 Jahre lang bitter gebüßt. Tag für Tag war er Tausende Tode gestorben. Die Angst vor der Exekution beherrschte in dieser Zeit ununterbrochen sein Leben. Christian Bommarius schrieb dazu am 14. Dezember 2005 in der Berliner Zeitung: »Der Tod wurde hinter verschlossenen Türen gespritzt. So tötet keiner, der abschrecken will. So heimlich, so verstohlen tötet der Mörder.«

Aus all diesen Beweggründen heraus wurde 1949 in Deutschland die Todesstrafe aufgehoben. Seitdem gilt Artikel 102 des Grundgesetzes: »Die Todesstrafe ist abgeschafft.«

Der Staat ist kein Gott, der über Leben und Tod entscheidet, und jeder Mensch hat ein Recht auf Hoffnung. Wenn keine Gefahr mehr von ihm ausgeht.

Doch auch das ist relativ. Die ehemalige RAF-Terroristin Irmgard Möller war unter anderen an dem Bombenanschlag vom 25. Mai 1972 auf das US-Hauptquartier in Heidelberg beteiligt, bei dem drei Soldaten ums Leben kamen. Sie wurde am 9. Juli 1972 verhaftet, überlebte – wie oben erwähnt – einen Selbstmordversuch und saß 22 Jahre lang im Gefängnis, ehe sie 1994 auf Bewährung entlassen wurde. In einem Zeitungsinterview sagte sie zweieinhalb Jahre später zurückblickend: »Ich habe zu keinem Zeitpunkt gedacht, daß ich den falschen Weg gewählt habe. Ich war immer davon überzeugt, daß ich für eine gerechte Sache kämpfe und letztlich deshalb eingesperrt worden bin.«

Auf die Frage »Haben Sie nie einen Anflug von Reue verspürt?« antwortete Irmgard Möller: »Es gibt nichts zu bereuen.« Dem bewaffneten Kampf würde sie heutzutage nur deshalb abschwören, »weil die Bedingungen nicht mehr gegeben sind.«

Veranlagungsmörder

Aber er konnte nur noch über den Boden kriechen. Er sah aus wie ein Tier, dem das Rückgrat gebrochen war. Und dieses Tier weigerte sich aufzugeben, solange es noch atmen konnte. Da gab es für den Jäger nur eins zu tun.

Jon Ewo, Rache

Der Veranlagungs- oder Dispositionsmörder tötet aus den unterschiedlichsten Motiven, die wechseln und von anderen Ereignissen abhängen. Wenn er sich sexuell befriedigen will, bringt er eine Frau um, und wenn er Geld braucht, nimmt er es sich mit Waffengewalt, ohne Rücksicht auf Verluste. Das verbindende Element der Taten aus unterschiedlichen Motiven ist die geringe Achtung des Täters vor dem Leben. Kriminalhauptkommissar Stephan Harbort hat herausgefunden: »Nicht weniger als 88,5 Prozent der Täter leiden unter ausgeprägten Persönlichkeitsstörungen im Sinne klinischer Diagnostik. Das charakteropathische Profil ist vielschichtig, wird aber insbesondere gekennzeichnet von emotionaler Labilität, Gemütsarmut, Verantwortungslosigkeit, egoistisch-egozentrischen Grundeinstellungen, eingeschränkter Impulskontrolle sowie Minderwertigkeitsgefühlen.«

Zu den Opfern des bereits erwähnten ehemaligen Londoner Polizisten Dennis Andrew Nilsen gehörte auch ein junger Mann mit einem Sinn für absonderlichen Humor: Um den Hals hatte er sich eine gestrichelte Linie eintätowieren lassen, unter der stand »Rip off this way« (hier abtrennen). Nilsen erfüllte ihm diesen Wunsch. Über diese und andere äußerst schwarzhumorige Anekdoten berichtete der 1983 zu lebenslanger Haft verurteilte Verbrecher in seiner 1985 erschienen Autobiografie »Killing for Company«. Co-Autor war der auf Berichte über Serienmörder spezialisierte Zeitungsreporter Brian Masters.

In den 1876 bzw. 1887 erschienen Büchern »Der Verbrecher (Homo Delinquens« und »Das Weib als Verbrecherin und Prostituierte« stellte der italienische Irren- und Gefängnisarzt Cesare Lombroso die Theorie vom »geborenen Verbrecher« auf. Er berief sich dabei auf die Darwinsche Lehre von der stammesgeschichtlichen Entwicklung der Organismen, indem er behauptete, daß die bei niederen Tierarten festzustellende Vertiefung im Schädeldach der mittleren Hauptgrube gleichfalls ein typisches Merkmal für Verbrecher sei. Lombroso schloß daraus, daß der Kriminelle eine Sonderform des Menschen sei, und schon von Geburt an mit negativen körperlichen und seelischen Eigenschaften behaftet wäre.

Diese Lehre hat sich als falsch herausgestellt. Es ist unmöglich, einen Verbrecher an äußerlichen Merkmalen wie angewachsenen Ohrläppchen, wuchernden Augenbrauen und einem abgeplatteten Hinterkopf zu erkennen.

Auch die Theorie, besonders brutale Verbrecher würden unter Chromosomenanomalien – wie unter einem zusätzlichen männlichen Y-Chromosom – leiden, hat sich als nicht tragfähig herausgestellt. Das normale Genom, das ist der Chromosomensatz des Menschen, enthält 23 Chromosomenpaare, also insgesamt 46 Chromosomen. Abweichungen von dieser Anzahl werden als numerische Chromosomenaberrationen bezeichnet. So liegt beim Down-Syndrom (Trisomie 21) das Chromosom 21 in drei Exemplaren vor. Die Folge dieser früher als »Mongoloismus« bezeichneten Fehlbildung sind mäßige bis schwere geistige Behinderungen. Beim Turner-Syndrom hingegen enthält das Genom des Betroffenen nur 45 Chromosomen. Es fehlt das zweite Geschlechtschromosom, was bei Frauen zu Minderwuchs und Kleinbleiben des äußeren Genitals führt.

Frauen, die während der Schwangerschaft stark rauchen und Alkohomißbrauch betreiben, schädigen damit ihre Leibesfrucht. Die ersten sichtbaren Folgen nach der Geburt können sein, daß die Säuglinge als Folge von Entzugserscheinungen an krampfartigen Anfällen leiden.

Detaillierte Befragungen von nach ihrer Verurteilung kooperationsbereiten Serienmördern haben weltweit ergeben, daß sie oft Nachkommen von Alkoholikern oder Drogenabhängigen waren.

Häusliche Gewalt in ihren schlimmsten Auswüchsen wie Mißhandlungen, Demütigungen, Vergewaltigungen und allgemeiner sexueller Mißbrauch gehörte zu ihren alltäglichen Erfahrungen im engsten Familienkreis. Diese negative Prägung setzte sich dann später in der Schule fort.

Eine Sonderform des Veranlagungsmörders sind die Profikiller, die auf Befehl oder für Geld töten. Sie haben meistens eines militärische Spezialausbildung absolviert, waren in Einsätzen mit Feindberührung aktiv und sind seitdem zu keinem normalen Leben mehr fähig, weil sie am Vietnam-, dem Golfskriegs- oder einem anderen Syndrom leiden.

Glücklicherweise spielen Auftragskiller in Deutschland bislang keine große Rolle. Die Nachfrage ist, wie sich zahlreichen Presseveröffentlichungen entnehmen läßt, wesentlich größer als das Angebot. 50 Prozent der Personen, die als Auftraggeber für einen Mord verurteilt wurden, waren weiblichen Geschlechts. Am dümmsten stellte sich allerdings der ehemalige Brandenburger Bauminister Jochen Wolf an, der einem asozialen ehemaligen Fremdenlegionär mehrere Tausender zusteckte, damit dieser die Frau des Politikers ermordete. Die Sache endete damit, daß der Exminister zu einer fünfjährigen Haftstrafe verurteilt wurde.

Es gibt in Deutschland nur wenige Personen, die als aktive Auftragsmörder bekannt geworden sind. Der als »St. Pauli Killer« bekannt gewordene Werner Panczek führte Mitte der achtziger Jahre in Hamburg fünf Auftragsmorde im Rotlichtmilieu aus, bis er festgenommen werden konnte. Bei einer Vernehmung im Polizeipräsidium erschoß er den Staatsanwalt, seine eigene Frau und beging anschließend Selbstmord.

Der 21jährige David K., der im Jahr 2003 zwei Berliner Rentnerinnen erwürgt und beraubt hatte, äußerte nach seiner Festnahme, daß er für seinen Wunschberuf als Profikiller habe üben wollen. Nach der Haftentlassung in einigen Jahren werde er zur Fremdenlegion gehen und dort legal weitermachen.

HANS PFEIFFER

Ein Arzt als Serienkiller

Dr. Sigmund Rascher (1939 – 1944)

Die Schüsse hallten über die Straße. Putz spritzte aus Einschußlöchern, und Blutflecken prangten an der Wand, wo eben noch ein alter Mann und vier Kinder gestanden hatten. Die Kettenhunde untersuchten die übereinanderliegenden Körper nach Lebenszeichen.

Richard Birkefeld & Göran Hachmeister, Wer übrig bleibt, hat Recht

Am Ende dieses Berichtes steht die Geschichte eines Arztes, der eigenhändig mehr als 150 Menschen zu Tode quälte. Sie mutet in ihrem Verlauf fast wie eine antike Tragödie an. Der schuldbeladene Täter büßt seine Blutschuld am Ort seiner Verbrechen, wobei die rächenden Erinnyen, die ihn töten, die gleichen sind, die ihm bei seinen Morden zur Seite standen. Aber alles sträubt sich, diesem Serienmörder das Format eines klassischen Untäters zuzubilligen. Er war nichts anderes als ein Psychopath, dem sein Arztberuf und die gesellschaftlichen Verhältnisse ermöglichten, jahrelang auf unvorstellbar grausame Weise seinen perversen Tötungstrieb auszuleben. Viele wußten, daß er mordete. Manche ermunterten ihn dazu, die meisten schwiegen.

Sigmund Raschers Entwicklung zum Massenmörder begann, wie meist in solchen Fällen, allmählich, unmerklich. Noch schien es völlig normal, daß sich der junge Doktor der Medizin, der in Freiburg, Basel und München studiert hatte und danach als unbezahlter Assistenzarzt in einer Klinik arbeitete, unzufrieden fühlte. Hilfsdienste am Operationstisch für die Professoren und Oberärzte, das entsprach seinen hochfliegenden Plänen nicht. Er träumte von einer Laufbahn als Wissenschaftler, der mit aufsehenerregenden Entdeckungen die Welt aufhorchen ließ. Aber die arroganten Klinik-Hierarchen, so klagte er immer wieder, waren weder bereit, seine politische Verläßlichkeit als SA-Mann noch seine außerordentlichen Fähigkeiten als Chirurg zu würdigen. Sie nahmen auch seine ersten Forschungsversuche zur Krebsdiagnose nicht zur Kenntnis.

Aber es gab wenigstens jemanden, dem er sein Herz über all diesen Frust ausschütten konnte: seine Geliebte Nini. Die frühere Opernsängerin Karoline Diehl war zwar 16 Jahre älter als der Doktor, doch der Altersunterschied zu dem 30jährigen Assistenzarzt spielte bei beiden anscheinend keine Rolle. Wie weit Liebe im Spiel war, bleibe dahingestellt. Rascher soll der skrupellosen und machtgierigen Frau sexuell hörig gewesen sein. Sicher aber ist, jeder brauchte den andern. Nini spürte den drängenden Ehrgeiz des Mannes, hatte seine gestaute Energie erkannt, mit der er sein Ziel einer akademischen Laufbahn zu verwirklichen suchte. Einst würde sie die Gattin eines angesehenen Gelehrten sein – ein zeitgemäßes Ideal für eine alternde, vom Künstlerruhm unerfüllte Sängerin.

Der von Selbstzweifeln geplagte Arzt dagegen mag in der älteren Frau unbewußt einen Mutterersatz gesucht haben. Nach der Scheidung seiner Eltern hatte er sich enttäuscht von seiner Mutter zurückgezogen. Aber Nini war für Rascher weit mehr als eine Geliebte und Ersatzmutter. Nini konnte die Himmelsleiter in die Höhen der Karriere werden. Sie war eine alte Freundin von Heinrich Himmler, noch aus den Münchener Anfangszeiten der Hitlerbewegung. Himmler war nun einer der mächtigsten Männer Nazideutschlands geworden, Reichsminister, Chef der SS und Herr über die Konzentrationslager. Aber die freundliche Beziehung zu Nini hatte er immer aufrechterhalten. Und als ihm Nini 1939 die Geburt des ersten Sohnes meldete, hatte Himmler Nini mit Glückwüschen, Geld und Liebesgaben bedacht.

Dr. Rascher hatte lange genug auf eine günstige Gelegenheit für seine Karriere gewartet. Nini kannte seine Ambitionen und war entschlossen, sie tatkräftig zu fördern. Nun, im Frühjahr 1939, als ihr Himmler mit seinen Glückwünschen zur Geburt des Sohnes erneut seine Gunst bewies, sah Rascher die Stunde gekommen, die Freundschaft zwischen Himmler und Nini für seine allerdings noch völlig vagen und konfusen Forschungsprojekte zu nutzen.

Nini war glücklich, etwas für die Karriere ihres Geliebten tun zu können. Sie arrangierte ein Gespräch zwischen ihren beiden Freunden.

Vom ersten Augenblick an müssen Funken der Sympathie zwischen dem allmächtigen SS-Führer und dem namenlosen Assistenzarzt übergesprungen sein. Intuitiv erkannte der eine im andern ein brauchbares Werkzeug für die eigenen Interessen.

An diesem Apriltag 1939 schlossen beide ein Bündnis miteinander, das anfangs humanen Zielen zu dienen schien, aber bereits den Keim krimineller Verwirklichung in sich barg.

In diesem Gespräch erzählte Rascher von seinen ersten Forschungen zur Krebsdiagnose, die die Fachwelt nach seiner Meinung nicht genügend gewürdigt hatte.

Himmler hörte aufmerksam zu. In Raschers Worten spürte er die hektische Besessenheit eines bisher unbeachteten Forschers. Möglicherweise faszinierte es Himmler auch, daß Raschers Experimente Blutanalysen erforderten. Und so bildete sich im Wechselgespräch beider ein Auftrag heraus, der wie eine Umsetzung des nazistischen Blut-und-Boden-Mythos in den medizinischen Bereich anmutet. Himmler hatte vor seiner politischen Laufbahn mit Kunstdünger gehandelt. Nun sollte Rascher in bestimmten Gebieten des Reiches untersuchen, ob künstliche Düngung die Entstehung von Krebs begünstige. Rascher wollte diese Untersuchung mit seinen bisherigen Forschungen zur Krebs-Frühdiagnose verbinden. Er erklärte Himmler, dazu seien weitere Untersuchungen mit der Auskristallisation des Blutes erforderlich. Himmler versprach ihm, dafür umfangreiches »Menschenmaterial« zur Verfügung zu stellen: »Ich liefere Ihnen dafür Personen, die lebenslänglich im Konzentrationslager untergebracht sind.«

Nun also hatte der ehrgeizige Assistenzarzt einen Mäzen gefunden, der ihm alles beschaffen konnte, was er für seine dilettantischen Experimente brauchte: Geld, Instrumentarien, menschliches »Material«. Und noch eins über allem: Vollmacht. Volle Macht, überall und jederzeit als Beauftragter des Reichsführers SS aufzutreten und damit die erträumte Karriere als Wissenschaftler voranzutreiben.

Und Himmer hatte in Rascher einen Mann entdeckt, den er ohne Bedenken in das Panoptikum seines AHNENERBE einreihen konnte.

Himmler hatte das AHNENERBE als »Lehr- und Forschungsgemeinschaft« der SS ins Leben gerufen. Sie sollte mit einer Anzahl dubioser Projekte das »arisch-germanische« Brauchtum erforschen und es für die Ideologie vom germanischen Herrenmenschen nutzbar machen. In den 40 Abteilungen des AHNENERBE herrschte der Ungeist des Mythos, des Irrationalismus, des rassistischen Hochmuts. In diese Einrichtung also wurde Rascher als Mitarbeiter berufen.

Für Rascher war es nun selbstverständlich, der SS beizutreten.

Bald erhielt er auch den Ausweis, der ihn berechtigte, das Konzentrationslager Dachau aufzusuchen und dort seine Versuche vorzubereiten.

Hochgestimmt sahen Rascher und Nini im Mai 1939 ihrer Zukunft entgegen.

Doch nur zu bald schien sich die sonnige Zukunft zu verdunkeln. Unübersehbar steuerte Hitler einer kriegerischen Lösung seiner Weltmacht-Ansprüche entgegen. Schon im Mai erhielt Rascher den Gestellungsbefehl und wurde als Stabsarzt d. R. der Luftwaffe zugeteilt. Für den möglichen Zusammenhang zwischen Kunstdüngung und Karzinombildung gab es kein Interesse mehr. Zwar ließ sich Rascher auch jetzt noch Häftlingsblut aus Dachau liefern, arbeitete er in seiner Freizeit weiter an seinem Projekt, sah sich aber durch den kommenden Krieg auf den Nullpunkt seiner Karriere zurückgeworfen.

Bis er schließlich begriff, daß er diese fatale Situation nicht als Hemmnis beklagen, sondern sie zu seinem Vorteil nutzen sollte.

Im Mai 1941 nahm Stabsarzt Dr. Rascher an einem Fortbildungs-Kurs des Luftgaukommandos VII in München teil. Dort hörte er einen Vortrag, wie sich der Flug in großer Höhe auf das Flugpersonal auswirke. Um im Luftkampf den englischen Jagdflugzeugen überlegen zu sein, wollte die deutsche Luftwaffe Raketenjäger bauen lassen, die eine bis dahin nie erreichte Höhensteigfähigkeit besaßen.

Vorerst waren nur die Reaktionen des Piloten in einer Höhe von etwa 12 000 Metern bekannt. Die neu zu entwickelnden Maschinen sollten jedoch 18 000 Meter hoch steigen können, um ihre Überlegenheit gegenüber den englischen Jägern zu verwirklichen.

In einer solchen Höhe konnte ein plötzlicher Druckabfall tödlich werden, beispielsweise wenn die Druckkabine durch einen Treffer leck wurde und die Piloten in wenigen Sekunden niedrigstem Luftdruck und Sauerstoffmangel ausgesetzt wurden. Zu fragen war auch, ob sie nach einem Abschuß der Maschine in dieser eisigen sauerstoffarmen Luft einen Fallschirmabsprung überleben könnten.

Alle diese Fragen brauchten eine Antwort. Deshalb hatten fliegermedizinische Institute in Berlin und München begonnen, mit freiwilligen Versuchspersonen – Piloten oder Ärzten – Versuche durchzuführen. Für diese Tests war eine spezielle Unterdruckkammer gebaut worden.

In jenem Fortbildungskurs also erfuhr Rascher, daß die Luftwaffe es für nötig hielt, das Verhalten der Piloten bei extremem Sauerstoffmangel durch weitere Versuche mit Piloten und Ärzten zu erkunden. Auch Tierversuche mit Affen sollten dabei wiederholt werden.

An diesem Maitag hatte Rascher einen Einfall, den er als Wende seines Schicksals empfand.

Noch am gleichen Abend berichtete er Nini von seinem Plan.

Kürzlich hatte sich die Familie um ein zweites Kind, wiederum einen Sohn, vergrößert. Himmler hatte Raschers einen regelmäßigen finanziellen Zuschuß versprochen und Blumen übersandt.

»Ein Dankschreiben an den Reichsführer ist fällig«, begann Rascher das Gespräch.

Nini stimmte zu. »Ich übernehme das schon.«

»Diesmal werde ich das tun, Nini. Ich möchte ihm nämlich einen Vorschlag machen, der glänzende Aussichten für unsere Zukunft eröffnet!«

Nini horchte auf. »Erzähle!«

»Ich habe nicht die geringste Lust, mich wie bisher als kleinen Stabsarzt auf alle möglichen Kommandos schicken zu lassen. Ich will hier in München bleiben, bei dir. Und ich will endlich heraus aus dieser entwürdigenden Situation. Sie entspricht in keiner Weise meinen Ambitionen und meinen Fähigkeiten.«

»Und wie soll der Reichsführer dir dabei helfen?«

»Er mag dich. Und ich gehöre der SS an und immer noch zum AHNENERBE. Nach dem Krieg werde ich nicht wieder an den OP-Tisch zurückkehren. Ich bin fest entschlossen zu einer wissenschaftlichen Laufbahn. Habilitation, später eine Professur. Und dafür leiste ich jetzt schon die Vorarbeit. Jetzt schon werde ich mir das Forschungsmaterial beschaffen. Niemals gab es eine so günstige Gelegenheit, auf sich aufmerksam zu machen wie jetzt im Krieg. Eine kriegswichtige Forschung: Das ist das Geheimnis des Erfolges. Da bekommst du alle Mittel, alle Freiheit, alles Material. Davon muß ich den Reichsführer überzeugen.«

Und dann trug Rascher seiner Geliebten das Projekt vor. Sie hörte gespannt zu und sagte: »Der Reichsführer wird dir zustimmen, da bin ich ganz sicher.«

»Schließlich erhöhen meine Versuche auch das Prestige der SS gegenüber der Luftwaffe.«

»Das wird er auch so sehen. Lege Deinem Schreiben Bilder unserer zwei Jungen bei.«

Am 15. Mai 1941 schrieb Rascher an Himmler. Nach seiner Danksagung für Blumen und Geld berichtete er dem HOCHVEREHRTEN REICHSFÜHRER, daß er in München an einem Fortbildungskurs teilnehme: »Während dieses Kurses, bei dem die Höhenflugforschung eine sehr große Rolle spielt – bedingt durch die etwas größere Gipfelhöhe der englischen Jagdflugzeuge –, wurde mit großem Bedauern erwähnt, daß leider noch keinerlei Versuche mit Menschenmaterial bei uns angestellt werden konnten, da die Versuche sehr gefährlich sind und sich freiwillig keiner dazu hergibt. Daher stelle ich die ernste Frage: ob zwei oder drei Berufsverbrecher für diese Experimente zur Verfügung gestellt werden können? Die Versuche werden angestellt in der ›Bodenständigen Prüfstelle für die Höhenforschung der Luftwaffe‹ in München. Die Versuche, bei denen selbstverständlich die Versuchspersonen sterben können, würden unter meiner Mitarbeit vor sich gehen. Sie sind absolut wichtig … (Es können als Versuchsmaterial auch Schwachsinnige Verwendung finden).«

Mit diesem Brief war der erste Schritt zum Mord vollzogen.

Denn Rascher kalkulierte überlegt und vorsätzlich den Tod seiner Versuchspersonen ein, nun konnte er endlich seinen dunklen Tötungstrieb befriedigen. Hatte er zuvor für seine Krebsforschung das Blut von KZ-Häftlingen verwendet, lag es nun nahe, dieses »Menschenmaterial« auch für seine Höhenversuche zu benutzen. Deshalb unterbreitete er seinen Plan auch nicht den Forschungsinstituten der Luftwaffe, deren Zustimmung er sich nicht sicher war. Er schlug sein

Projekt Himmler vor. Nur der allmächtige Herrscher über die Konzentrationslager konnte ihm dabei helfen. Zugleich machte er sein Anliegen noch besonders dringlich durch die Behauptung, Piloten der Luftwaffe würden sich zu solchen gefährlichen Versuchen nicht hergeben.

Himmler stimmte den erwünschten Versuchen an »Berufsverbrechern« zu. Diese offizielle Sprachregelung, KZ-Insassen als Verbrecher zu bezeichnen, beruhigte das Gewissen.

Er genehmigte die Versuche »unter der Voraussetzung, daß Dr. Rascher daran teilnimmt« und daß Versuchspersonen, die die Experimente überleben, »zu lebenslänglichem Konzentrationslager begnadigt werden sollten«.

Der Sommer 1941 verging mit organisatorischen Vorbereitungen.

Der Rußlandkrieg hatte begonnen, Rascher hatte keinen Fronteinsatz zu befürchten, er war jetzt unabkömmlich.

Bisher hatten sich zwei Institute mit luftfahrtmedizinischen Forschungen beschäftigt: ein militärisches in München, das die Luftwaffe betrieb, und ein ziviles in Berlin unter Leitung von Dr. Ruff. Rascher wurde als Mitarbeiter an das Münchener Institut versetzt, dem Prof. Dr. Weltz vorstand.

Prof. Weltz, der natürlich darüber informiert war, daß Rascher von Himmler persönlich ermächtigt worden war, Höhenflugversuche mit KZ-Häftlingen durchzuführen, setzte sich mit dem Berliner Institut in Verbindung. Beide Direktoren beschlossen, die Versuche zu koordinieren. Bevor Weltz, Ruff und ein ziviler Mitarbeiter namens Dr. Romberg in das KZ Dachau fuhren, um das Unternehmen mit der Lagerleitung abzusprechen, diskutierten sie erst untereinander den ungewöhnlichen Auftrag.

Prof. Weltz hatte anfangs Vorbehalte gegen Raschers Projekt gehabt. Erst als ihm Rascher klar machte, daß Himmer persönlich hinter diesem Auftrag stand, verdrängte er seine Bedenken gegen Menschenversuche. Nun, im Gespräch mit den Kollegen, suchte er sie zur Mitarbeit zu gewinnen: »Unser Projekt ist kriegswichtig. Tierversuche können es nicht klären. Auch ist uns ja versichert worden, die Versuchspersonen seien Verbrecher, die sich freiwillig dafür zur Verfügung stellen, gegen eine Belohnung. Solche Experimente mit freiwilligen Todeskandidaten hat es ja auch schon früher gegeben, beispielsweise in den USA.«

Dr. Ruff aus Berlin stimmte ihm zu. »Ich sehe auch nichts Verwerfliches an diesem Auftrag. Schließlich stammt er vom Reichsführer der SS, der ja als Chef der Polizei dem Innenministerium angehört und die Verantwortung übernommen hat.«

Grundsätzliche Bedenken, ob sie mit diesen Versuchen das ärztliche Ethos verrieten, kamen nicht auf. Und zu diesem Zeitpunkt, so sagten sie später, konnten sie sich auch nicht vorstellen, daß in der Uniform eines deutschen Luftwaffen-Stabsarztes ein Sadist steckte, der von vornherein entschlossen war, die Versuche bis zu ihrem tödlichen Ende zu treiben.

Und so begaben sich Weltz, Ruff, Romberg und Rascher ins Lager nach Dachau, um die Versuche vorzubereiten und sich die entsprechenden Versuchspersonen liefern zu lassen.

Obwohl Prof. Weltz aufgrund seines höheren Ranges und seiner Qualifikation formell der Chef der »Forschungsgruppe« war, ließ er Rascher freie Hand. Damit hatte Rascher faktisch die Leitung der Versuche, wie es seinem mörderischen Ehrgeiz entsprach.

Die Flughöhe, deren Auswirkung auf die Piloten getestet werden sollte, wurde in einer Unterdruckkammer simuliert. Vakuumpumpen stellten Bedingungen eines niedrigen Luftdrucks her, wie sie einer Flughöhe von 21 000 Metern entsprachen. Diese Unterdruckkammer, mit der bisher nur Versuche für eine Höhe von 12 000 Metern vorgenommen worden waren, wurde aus Berlin nach Dachau verbracht. Rascher selbst stieg einmal in die Kammer. Aber bereits bei einer simulierten Höhe von 12 000 Metern verließ er die Kammer wieder. »Nie wieder da hinein«, sagte er. »Wahnsinnige Kopfschmerzen. Als würde der Schädel auseinander gesprengt.«

Im Frühjahr 1942 begann Rascher, dem Dr. Romberg als ziviler Angestellter der Luftwaffe zur Assistenz zugeteilt war, mit den Höhenversuchen in der Unterdruckkammer. In den Schriftstücken und Briefen sprach man, wie schon erwähnt, von Asozialen oder zum Tode verurteilten Berufsverbrechern. Tatsächlich jedoch nahm Rascher die Versuchspersonen aus den Reihen gefangener russischer Offiziere, polnischer Geistlicher, deutscher und ausländischer jüdischer Häftlinge. Von den 200 Versuchspersonen hatten sich nur 10 freiwillig gemeldet.

Manchmal experimentierte Rascher zusammen mit Romberg, der

dann die Herztätigkeit der Versuchspersonen überwachte und durch EKG kontrollierte. Meist aber führte er die Versuche allein aus, um unbeobachtet töten zu können. Nur ein Häftling namens Neff war bei fast allen Versuchen dabei. Als KZ-Insasse war er ein Nichts, er war da und als Unperson doch nicht da. Rascher sah keinen Anlaß, etwas vor ihm zu verbergen, er war sowieso ein Todeskandidat. Neff war später ein wichtiger Zeuge zu Raschers Mordtaten.

Die Versuchsperson wurde in der Unterdruckkammer durch ein Sauerstoff-Bläser-Gerät rasch in die simulierte Höhe von 12 000 Metern gebracht. Dann mußte sie die Sauerstoffmaske abnehmen. Rascher drehte den Hahn der Kammer, um den Druck darin entsprechend zu verringern. Die Versuchsperson begann krampfhaft zu zucken, die Atmung wurde röchelnd wie bei einem Sterbenden. Der Körper erschlaffte, die Atemnot wuchs. Arme und Beine bewegten sich sinnlos. Das Stöhnen des Mannes ging in laute Schreie über. Dabei biß er sich die Zunge blutig.

Als Rascher den Versuch beendete, wies er auf den Bewußtlosen und sagte zu Romberg: »Sieht aus wie ein völlig Geistesgestörter.«

Erst nach Tagen ließen bei den Versuchspersonen die Gedächtnisstörungen nach. Aber an den Versuch selbst konnten sich die Opfer nicht mehr erinnern.

Rascher führte eine große Anzahl dieser »Sinkversuche« durch. Sie sollten einem Fallschirmabsprung aus großer Höhe in der Dauer von 25 Minuten entsprechen. Rascher stellte dabei fest, daß entgegen der bisher herrschenden Meinung ein Absprung aus dieser Höhe überlebt werden könne.

Nun beschloß Rascher, die Dauer des Absinkens über eine halbe Stunde hinaus auszudehnen. Die ersten zwei Versuche endeten tödlich. Nach einer halben Stunde Aufenthalt in einer simulierten Höhe von 10 500 Metern hörte die Atmung auf, es kam bald zum Herzstillstand.

Die dritte Versuchsvariante faszinierte Rascher so, daß er sich einen SS-Lagerarzt als Zuschauer holte. Rascher berichtete Himmler darüber: »Es handelte sich um einen Dauerversuch ohne Sauerstoff in 12 km Höhe bei einem 37jährigen Juden in gutem Allgemeinzustand. Bei 5 Minuten traten Krämpfe auf, zwischen 6 und 10 Minuten wurde die Atmung schneller, Versuchsperson bewußtlos, von

11 bis 30 Minuten verlangsamte sich die Atmung bis 3 Atemzüge pro Minute, um dann ganz aufzuhören. Zwischendurch trat stärkste Zyanose auf, außerdem Schaum vor dem Mund. Etwa eine halbe Stunde nach Aufhören der Atmung Beginn der Sektion.«

Rascher bedachte Himmler auch mit dem Sektionsbericht. Für diese und weitere Obduktionen hatte er sich etwas besonders Monströses ausgedacht. Er wollte feststellen, wie lange das Herz noch tätig war, wenn die Atmung aufgehört hatte. Der Häftling Neff mußte Rascher das EKG-Gerät in die Totenkammer bringen. Rascher schnitt die Brusthöhle auf und schloß das Gerät an das noch schlagende Herz an. Rascher stach das Skalpell in den prall gefüllten Herzbeutel. Eine gelbliche Flüssigkeit spritzte heraus. Der rechte Vorhof des Herzens begann daraufhin wieder kräftig zu arbeiten. Nach 20 Minuten stach Rascher in den rechten Vorhof. Eine Viertelstunde lang sickerte Blut hervor. Das Herz schlug noch immer. Eine Stunde, nachdem die Atmung aufgehört hatte, durchtrennte Rascher völlig das Rückenmark und nahm das Gehirn heraus. Der Herzschlag dauerte nach kurzer Unterbrechung an und hörte nach 8 Minuten ganz auf.

Im Sektionsbericht an Himmler hieß es dann weiter: »Im Hirn fand sich ein schweres subarachnoidales Hirnödem. In den Hirnpartien findet sich reichlich Luft. Außerhalb finden sich in den Herz- und Lebergefäßen massenhaft Luftembolien ... Meines Wissens ist der letztgeschilderte Fall der erste beobachtete dieser Art beim Menschen überhaupt. Die Versuche werden weitergeführt und ausgebaut.«

Himmler war von diesem Bericht sehr beeindruckt. Er forderte Rascher auf festzustellen, »ob es nicht möglich ist, bei diesem langen Arbeiten des Herzens derartige Menschen wieder ins Leben zurückzurufen.« Sollte das gelingen, so wiederholte er, sei die Versuchsperson zu lebenslänglichem KZ zu begnadigen.

Himmlers Brief hatte Rascher in Hochstimmung versetzt. Er antwortete ihm: »Ihr produktives Interesse an diesen Forschungen beeinflußt die Arbeitskraft und Einfallsfreudigkeit außerordentlich.«

Nicht so sehr sah dagegen Raschers zeitweiliger Mitarbeiter Dr. Romberg durch solche Versuche seine Arbeitskraft positiv beeinflußt. Dieser zivile Flugzeugingenieur, der das EKG-Gerät bediente, sah zum ersten Mal mit an, daß Rascher zielgerichtet einen Menschen in der Unterdruckkammer tötete, indem er eine Höhe von 21 000 Metern simulierte. Romberg schaute angewidert, aber tatenlos dem Versuch zu. Zwar machte er danach Rascher Vorhaltungen und meldete den Vorfall auch an Dr. Ruff weiter. Aber natürlich geschah nichts, und Romberg selbst hatte wohl auch nicht erwartet, daß sich Rascher an weiteren tödlichen Versuchen hindern ließ. Romberg erlebte danach noch mehrere Todesfälle, sagte sich aber zur Selbstberuhigung, Rascher, ein Arzt, könne weder moralisch noch juristisch ein Mörder sein.

Raschers Macht als Günstling Himmlers war unantastbar geworden. Das wurde jedem klar, als Himmler am 1. Mai 1942 Rascher mit seinem Besuch beehrte.

Stolz führte Rascher seinen Mäzen zur Unterdruckkammer und ließ ihn einen Höhenversuch von Anfang bis Ende beobachten. Himmler fand den Versuch anscheinend sehr belastend, denn er schickte für die überlebenden Versuchspersonen Bohnenkaffee und Kognak. Doch die sahen nichts davon, daran tat sich das Wachpersonal gütlich. Himmler soll über diese Korruption empört gewesen sein.

Ende Mai 1942 endeten die Höhenversuche. Wahrscheinlich auf Betreiben von Ruff und Romberg wurde die Unterdruckkammer ins Luftwaffen-Institut nach Berlin zurückgebracht.

Im Nürnberger Ärzteprozeß nach dem Krieg wurde festgestellt, daß Dr. Rascher, »die treibende Kraft bei den Versuchen unter den brutalsten und sinnlosesten Umständen«, etwa 70 bis 80 Menschen ermordet hatte. Diese Versuche wurden als verbrecherisch und sinnlos bezeichnet, weil sie selbst in der Kriegssituation praktisch bedeutungslos waren.

Im Juli 1942 suchte Dr. Rascher zusammen mit Dr. Romberg Himmler auf, um ihm abschließend über die Höhenversuche zu berichten. Das Ergebnis war mager genug: Die Piloten, so schlug Rascher vor, sollten einen Fallschirm mit barometrisch gesteuerter Eröffnung und ein tragbares Sauerstoffgerät für den Fall eines Absprungs erhalten.

Himmler dagegen war zufrieden, hatte doch die SS den Mut zu unkonventionellen Experimenten bewiesen. Himmler sagte: »Mit den Fliegermedizinern haben wir immer die gleichen Schwierigkeiten.

In diesen ›christlichen‹ Ärztekreisen steht man auf dem Standpunkt, daß selbstverständlich ein junger deutscher Flieger sein Leben riskieren darf, daß aber das Leben eines Verbrechers dafür zu heilig ist und man sich nicht mit Menschenversuchen beflecken will. Das sind Hochverräter, Landesverräter! Wobei interessanterweise die Ergebnisse solcher Versuche, die sie nicht selbst gemacht haben, dankbar in Anspruch genommen werden. Sie, Dr. Rascher, haben Bedeutendes für die Kriegführung geleistet.«

»Ich hoffe, Reichsführer«, entgegnete Rascher, »daß ich noch mehr zur wehrwirtschaftlichen Forschung der SS beitragen kann. Noch ist ein weiterer Bereich der Kriegführung weitgehend unerforscht. Wie helfen wir den Piloten, die ins Meer abgestürzt sind? Wie wirkt sich die Eiskälte des Meerwassers auf den menschlichen Organismus aus, wie schützen wir ihn?«

»Für Heer, Marine und Luftwaffe eine lebenswichtige Frage«, bestätigte Himmler.

»Über die es nur völlig untaugliche Tierversuche gibt.«

»Nun, Rascher, dann sollten Sie bald mit solchen Versuchen beginnen. Im KZ Dachau. Ich übernehme die Verantwortung.«

Rascher verbarg den Triumph über seinen Erfolg. Knapp erwiderte er : »Ergebensten Dank, Reichsführer. Ich werde Sie nicht enttäuschen.«

»Sie sagten vorhin, die Auswirkungen des Kaltwassers auf den Menschen seien kaum erforscht. Aber es gibt doch sicher praktische Erfahrungen, etwa bei der Bevölkerung an den Meeresküsten. Wie hat man bisher halberfrorene Schiffbrüchige wiederbelebt? Das sollten Sie nicht außer acht lassen. Das Volk hat oft alterprobte Mittel, etwa Tee aus Heilkräutern. Oder man gibt den Leuten heißen Kaffee oder Grog?«

»Ich werde Ihre wertvollen Anregungen im Auge behalten, Reichsführer.«

Himmler kam ins Schwärmen. Er ließ seiner Phantasie freien Lauf: »Ich könnte mir auch vorstellen, daß sich eine Fischersfrau ihren geretteten Mann einfach mit ins Bett nimmt und an ihrem Körper aufwärmt. Animalische Wärme wirkt vielleicht besser als künstliche?«

»So ist es, Reichsführer.«

»Machen Sie also auch in dieser Richtung Versuche.«

»Mit Vergnügen, Reichsführer.«

Dr. Romberg meldete sich zu Wort. »Verzeihung, wenn ich diese Methode doch etwas in Frage zu stellen wage. Es kommt doch allein darauf an, ob man schnell oder langsam erwärmen muß. Das alles erst langwierig auszuprobieren, kostet unnötig Opfer.«

Betretenes Schweigen folgte Rombergs Einwand.

Rascher suchte die Situation zu retten. »Verzeihung, Reichsführer, daß mein Kollege die Bedeutung Ihrer wertvollen Anregungen noch nicht übersieht – «

Himmler nickte. »Sie sind noch immer überlebten Vorstellungen verhaftet, Romberg. Es ist wohl nicht zuviel verlangt, wenn KZ-Häftlinge, die nicht an der Front kämpfen dürfen, an solchen Versuchen teilnehmen und sich dadurch rehabilitieren. Wer das nicht versteht, hat noch immer nicht begriffen, daß Deutschland einen Krieg um Leben und Tod führt!«

»Jawohl«, murmelte Romberg, »ich habe verstanden.«

»Dann werden Sie Dr. Rascher bei den Kälteversuchen assistieren. Ist das klar?«

»Jawohl, Herr Reichsführer.«

Nach diesem Gespräch hatte Dr. Romberg noch einige schwere Stunden durchzustehen. Rascher beschimpfte ihn, weil er Himmlers Vorschläge bezweifelt hatte. Romberg schwankte zwischen Gehorsam und Pflichtgefühl einerseits und Abscheu gegen Raschers Unmenschlichkeit andererseits. Es gelang ihm schließlich, sich der Teilnahme an den Kälteversuchen zu entziehen.

Die Luftwaffe dagegen stimmte Raschers Plänen bedenkenlos zu. Generalfeldmarschall Milch selbst befürwortete es, daß Rascher mit den Versuchen im KZ Dachau begann. Wiederum wurde eine »Forschungsgruppe« gebildet, die den Namen SEENOT erhielt.

Professor Holzlöhner, ein Kieler Physiologe, hatte mit Tierversuchen bereits Vorarbeit geleistet. Unter seiner Leitung sollte Rascher die Versuche durchführen. Zähneknirschend mußte Rascher akzeptieren, daß er Holzlöhner unterstellt wurde. Aber das verlangte nun einmal die militärische Hierarchie, schließlich war Rascher noch immer der kleine Stabsarzt. Umso energischer bemühte sich Rascher nun, die Luftwaffe zu verlassen und mit einem höheren Rang als SS-Arzt weiterzuarbeiten. Doch dieser Versuch scheiterte vorerst. Die Luftwaffe wollte ihren skrupellosen Experimentator, von dem auch sie Nutzen hatte, nicht so bald freigeben.

In den folgenden Monaten führten Holzlöhner, Rascher und ein dritter Arzt, Dr. Finke, mehrere hundert Unterkühlungsversuche durch.

Die Opfer mußten sich in voller Fliegeruniform in ein Becken mit eiskaltem Wasser legen. Eine Schwimmweste verhinderte, daß sie untergingen. Nach 5 bis 10 Minuten begann sich die Skelettmuskulatur zu versteifen, die Arme preßten sich, stark angewinkelt, an den Körper an und konnten nicht mehr bewegt werden. Krämpfe schüttelten den Körper. Die Lähmung der Atemmuskulatur erschwerte und verlangsamte die Atmung. Das Bewußtsein trübte sich, bald trat Kältenarkose ein. Sank die Körpertemperatur unter 28°C, endeten die dadurch bedingten Herzrhythmus-Störungen mit plötzlichem Herzstillstand.

Rascher führte die Kälteversuche bewußt bis zum tödlichen Ende. Danach obduzierte er meistens die Opfer, um die Todesursache festzustellen.

Daneben machte er, wie Himmler gewünscht hatte, eine Reihe von Versuchen, die der »Rettung« aus drohender Todesgefahr dienen sollten. Die Ergebnisse waren von erschreckender Banalität und offenbarten den verbrecherischen Wahnsinn dieses Unternehmens. So schrieb Rascher am 16. Oktober 1942 an Himmler u. a.: »Nach der Bergung aus dem kalten Wasser kann 15 Minuten und länger sich ein weiterer Temperaturabfall vollziehen. Dies gibt eine Erklärungsmöglichkeit für Todesfälle, die nach der Rettung aus Seenot auftreten. Starke Wärmezufuhr von außen schädigt den stark Abgekühlten nie. Als wirksamste therapeutische Maßnahme wird eine aktive massive Wärmebehandlung nachgewiesen, am günstigsten ist das Einbringen in ein heißes Bad. Die Erprobung von Anzügen gegen Wasserkälte zeigte, daß die Überlebensdauer auf über das Doppelte sich steigern läßt.«

Prof. Holzlöhner beteiligte sich persönlich an einer Reihe Unterkühlungsversuche. Auch ihm mag dabei wie Dr. Romberg Raschers Mordlust unheimlich geworden sein. Holzlöhner erklärte im Oktober 1942 offiziell, man wisse nun genug über die Kälteeinwirkung, er werde die Versuche beenden. Das gefiel Rascher durchaus nicht. Er denunzierte Holzlöhners »Humanitätsduselei« bei Himmler und erklärte, er werde die Versuche weiterführen.

Bereits Ende des Monats genehmigte Himmler ihm die Fortsetzung der Kälteversuche. Dabei wies er auf sein Lieblingsprojekt hin, die Rettung durch animalische Wärme. Diese Versuche, die in der Praxis des Seekrieges überhaupt nicht durchführbar und deshalb völlig sinnlos waren, dienten Himmler und Rascher zweifellos dazu, ihre perversen Sexualphantasien zu befriedigen. Denn Himmler selbst begab sich wieder nach Dachau, um einen solchen Versuch mitanzusehen.

Aus dem KZ Ravensbrück waren vier junge Frauen nach Dachau gebracht worden. Sie sollten mit ihrem Körper die »animalische Wärme« liefern. Was sich Himmler bei einem solchen Versuch von Rascher vorführen ließ, soll auszugsweise mit Raschers eigenen Worten aus seinem Geheimprotokoll vom 12. Februar 1943 berichtet werden. Der sachlich-kalte Berichtston läßt trotzdem in jedem Satz das voyeuristische Vergnügen der Zuschauer Himmler und Rascher ahnen:

»Die Versuchspersonen wurden in der üblichen Weise – bekleidet oder unbekleidet – in kaltem Wasser zwischen 4 und 9 Grad abgekühlt. Die Abkühlung auf niedere Werte erfolgte in der üblichen Zeit. Die Herausnahme aus dem Wasser geschah bei 30 Grad Rektal-Temperatur. Bei dieser Temperatur waren die Versuchspersonen stets bewußtlos.

In 8 Fällen kamen die Versuchspersonen zwischen 2 nackte Frauen in ein breites Bett zu liegen. Die Frauen hatten sich möglichst nahe an den abgekühlten Mann anzuschmiegen. Dann wurden die 3 Personen mit Decken zugedeckt. Eine Beschleunigung der Erwärmung durch Lichtbogen oder durch medikamentöse Maßnahmen wurde nicht versucht.

Bei der Temperatur-Messung der Versuchspersonen fiel in jedem Falle auf, daß ein Temperaturnachsturz bis zu 3 Grad eintrat, d. h. ein stärkeres Nachfallen als bei jeder anderen Erwärmungsart.

Es konnte beobachtet werden, daß das Bewußtsein zu einem früheren Zeitpunkt, d. h. schon bei einer niedrigeren Temperatur wieder eintrat als bei andern Erwärmungsarten. Waren die Versuchspersonen erst einmal bei Bewußtsein, so verloren sie dieses nicht mehr, sondern erfaßten sehr schnell ihre Situation und schmiegten sich eng an die nackten Frauenkörper an. Der Körpertemperaturanstieg erfolgte dann ungefähr in derselben Geschwindigkeit wie bei Versuchspersonen, welche durch Einhüllung in Decken erwärmt wurden. Eine Ausnahme machten vier Versuchspersonen, welche zwischen 30 und 32 Grad den Beischlaf ausübten. Bei diesen Versuchspersonen trat nach dem Koitus ein sehr schneller Temperaturanstieg ein, welcher verglichen werden kann mit der Erwärmung in heißem Bad.

Die Erwärmung unterkühlter Menschen mit einer Frau zeigt in jedem Fall eine wesentlich schnellere Erwärmung, als diese durch zwei Frauen möglich war. Ich führe dies darauf zurück, daß bei Erwärmung durch eine Frau die persönlichen Hemmungen wegfallen und sich die Frau viel inniger an den Ausgekühlten anschmiegt.

Die Wiederkehr des Bewußtseins trat auch hier auffällig schnell ein, lediglich bei einer Versuchsperson kehrte kein Bewußtsein wieder. Unter den Erscheinungen einer Gehirnblutung kam die Versuchsperson ad exitum.«

Rascher zog als Schlußfolgerung, daß die animalische Erwärmung zu langsam vor sich gehe und ihr deshalb die »massive Erwärmung durch ein heißes Vollbad« vorzuziehen sei.

Für diese »wissenschaftliche Erkenntnis« hatte Rascher Dutzende von Menschen geopfert.

Aber mit solchen sinnlosen und scheußlichen Versuchen hatte Raschers Sadismus noch nicht seinen Höhepunkt erreicht. Noch während der Experimente mit animalischer Wärme kam ihm ein neuer Einfall, wie er sich Himmler unentbehrlich machen und seine Karriere fördern könnte. Unterkühlung im Meereswasser war für Rascher nur ein Sonderfall, der lediglich Piloten und Seeleute betraf, wobei selbst der Wiedererwärmung Grenzen gesetzt waren.

Der Landkrieg dagegen, vor allem in Rußland, brachte massenhafte Unterkühlung und Erfrierungen, und zwar, wie Rascher formulierte, durch »trockene Kälte«.

Für diese Versuche kam Rascher zugute, daß der Winter von 1942 zu 1943 besonders hart war. Rascher hatte also auch in Dachau genügend »trockene Kälte« zur Verfügung.

Die für die Versuche bestimmten Häftlinge wurden abends völlig nackt auf einer Trage festgeschnallt und bis zum Morgen dem eisigen

Frost ausgesetzt. Jede Stunde wurden sie mit einem Kübel kalten Wassers übergossen. Die Schmerzen der Opfer waren so schrecklich daß ihr Gebrüll durch das ganze Lager schallte. Rascher sah sich schließlich gezwungen, bei den weiteren Versuchen die Opfer in Narkose zu versetzen. Einige überlebten nach einem heißen Bad, die meisten starben durch Unterkühlung bei einer Körpertemperatur von 25 Grad.

Als sich der Winter dem Ende zuneigte, fürchtete Rascher auch ein Ende seiner Kälteversuche. Er bat Himmler um Erlaubnis, einen umfangreichen Reihenversuch im KZ Auschwitz durchzuführen, denn, so schrieb er, »Auschwitz ist für einen derartigen Reihenversuch besser geeignet als Dachau, da es dort kälter ist und durch die Größe des Geländes im Lager selbst weniger Aufsehen erregt wird. Die Versuchspersonen brüllen, wenn sie frieren.«

Im Anschluß an die Kälteversuche machte Rascher Menschenversuche mit einem Präparat zur Blutstillung. Zu diesem Zweck ließ er Häftlinge durch Pistolenschüsse verwunden oder töten.

Raschers Aufzeichnungen über diese Versuche kamen zufällig seinem Onkel zu Gesicht. Dieser stellte seinen Neffen entsetzt zur Rede. Es kam, wie dem knappen Bericht des Onkels zu entnehmen ist, zwischen beiden zu einer erregten Auseinandersetzung. Rascher versuchte anfangs, seine Experimente zu rechtfertigen. Als Arzt, so mag er dem Onkel erklärt haben, sei er Teil des nationalsozialistischen Systems, das jetzt einen heroischen Kampf um die Neuordnung der Welt und die Vorherrschaft der germanischen Rasse führe. Zu diesem Kampf müsse er seinen Beitrag leisten, nicht direkt an der Front, sondern sozusagen als biologischer Soldat. Den Vorwurf des Onkels, ein Mörder zu sein, weise er empört zurück. Wenn ich töte, so töte ich unwertes Leben, töte ich die, die ohnehin in den Lagern zum Tode bestimmt sind. Ich ziehe höchstens den Zeitpunkt des Todes etwas vor. Was sind da, lieber Onkel, hundert Tote bei meinen Versuchen, wenn täglich Tausende in den Gaskammern enden?

Es ist vorstellbar, daß der Onkel seinem Neffen vorgeworfen hat, zynisch seine Verbrechen zu verteidigen. Möglicherweise hat er ihm auch bewußt gemacht, daß er einst, nach dem Untergang des Hitlersystems, für seine Handlungen zur Rechenschaft gezogen würde.

Jedenfalls gelang es dem Onkel in diesem Gespräch, bis in die tiefste, von Raschers Selbstgerechtigkeit verschüttete Schicht seiner Persönlichkeit vorzudringen und Rascher zum Eingeständnis seiner Schuld zu bringen. Rascher, so berichtete der Onkel, sei zusammengebrochen und habe geschrien: »Ich darf nicht denken, ich darf nicht denken!«

Das Gespräch habe dann die ganze Nacht fortgedauert, bis Rascher zugab, er habe einen falschen Weg beschritten, sehe aber keine Möglichkeit zur Umkehr.

Doch bald hatte Rascher diese Episode wieder vergessen und verdrängt. Seine wissenschaftliche Karriere war ihm wichtiger als alle ethischen Bedenken. Er schrieb eine Habilitationsschrift, in der er die Ergebnisse seiner Menschenversuche verarbeitete. Da diese Ergebnisse jedoch höchster Geheimhaltung unterlagen, konnte er die Arbeit keiner Universität vorlegen, und keine Universität war bereit, ihn ohne Kenntnis seiner Schrift zu habilitieren.

Aber die Verleihung des Kriegsverdienstkreuzes Erster Klasse mit Schwertern und die so lange betriebene Übernahme in die SS im Rang eines Hauptsturmführers trösteten ihn. Er stand noch immer hoch in Himmlers Gunst. Und Anfang 1944 konnte er seinem Gönner berichten, daß seine Frau Nini ihr viertes Kind erwarte.

Von diesem Tage an beendete die Rakete seiner Karriere ihren Höhenflug und stürzte steil in die Tiefe.

Und dem war folgendes vorausgegangen: Im März 1944 suchte die Münchener Kriminalpolizei nach einem entführten Säugling. Sie konnte bald die Entführerin ausfindig machen. Es war Nini Rascher, Gattin des SS-Hauptsturmführers Dr. Rascher und Freundin des Reichsführers der SS. Das war ein Fall, den die SS unter sich regeln mußte. Deshalb nahm der SS-Obergruppenführer und Polizeichef von München sofort selbst die Untersuchung in die Hand.

Die Ermittlung ergab, daß auch die andern 3 Kinder nicht die eigenen Sprößlinge von Rascher und seiner Frau waren. Nini hatte sie über Mittelsleute von andern Müttern gekauft. Sie selbst konnte keine Kinder haben, wollte aber Himmler mit einer Kinderschar als vorbildliche deutsche Mutter imponieren. Deshalb täuschte sie die Schwangerschaften vor.

Nicht einmal Himmler glaubte der Behauptung Ninis, ihr Mann habe von alledem nichts gewußt. Sein Zorn, von seinen Günstlingen so hintergangen worden zu sein, war maßlos. Er verfügte, daß Hauptsturmführer Dr. Rascher aus der SS ausgestoßen und ins KZ Buchenwald eingeliefert wurde. Nini wurde ins KZ Ravensbrück verbracht, wo sie nach einem mißglückten Fluchtversuch gehängt wurde.

Die Ironie des Schicksals wollte es, daß der Serienmörder Dr. Rascher dort sein blutiges Ende fand, wo er selbst zahllose Menschen getötet hatte. Er wurde gegen Ende des Krieges aus Buchenwald in das KZ Dachau verlegt und dort am 24. April durch Genickschuß hingerichtet.

Mit dieser von den eigenen SS-Kameraden vollzogenen Hinrichtung kam Dr. Rascher der Todesstrafe zuvor, die der Nürnberger Ärzteprozeß 1947 sicher über ihn verhängt hätte. In diesem und in andern Prozessen wurden Hunderte von Ärzten angeklagt, das ärztliche Ethos verraten und vorsätzlich Menschen umgebracht zu haben, gleich, ob sie das als Befehlsgeber oder als Vollstrecker getan hatten.

All diesen Ärzten gab die nationalsozialistische Diktatur das Betätigungsfeld für den ideologisch begründeten und staatspolitisch befohlenen oder geduldeten Massenmord. Wie ein solcher Verfall des ärztlichen Ethos möglich war, warum Ärzte ohne schlechtes Gewissen eigenhändig mordeten und sich dabei noch als Vollstrecker eines gesellschaftlichen Auftrags sahen – das zu erörtern überschritte die Aufgabe eines Kriminal-Tatsachenberichts.

Der Rascher-Biograph Wolfgang Benz fragte, welche Hintergründe in der Persönlichkeit Raschers ihn zum Psychopathen machten, »aus welchen Ängsten, Entbehrungen, Kränkungen, Nöten seine Obsessionen resultierten«, die den Zwang in ihm entwickelten, zu töten und das Töten zu beobachten. Die Quellen, so Benz, reichten nicht aus, um das zu ergründen.

Das mag für das Individuum Rascher zutreffen. Zugleich aber besaß Rascher auch Eigenschaften, die sich bei allen seinesgleichen wiederfinden. Leute wie Rascher, die zu sadistischen Handlangern und Nutznießern einer politischen Macht wurden, sind in der Regel keine starken Naturen, sondern Charakterschwächlinge, die nur stark sind mit der Macht des Systems im Rücken. Sie erlaubt ihnen, ihre Schwäche durch Gewalttaten zu kompensieren. Alle diese Funktionäre »funktionieren«, denn die Macht, in deren Dienst sie ihre Untaten begehen, gibt ihnen die Sicherheit, straflos zu bleiben, und dazu das gute Gewissen, recht zu handeln.

Rascher wäre ohne das System, das ihn trug und das er trug, wahrscheinlich ein existenzunfähiges Nichts geblieben, wie seine Oberen, der gescheiterte »Kunstmaler« Hitler, der erfolglose Kunstdüngerhändler Himmler und all die andern.

Wer mit Bestürzung die mörderische Laufbahn des Dr. Rascher verfolgt hat, denkt vielleicht, das sei längst Geschichte und für immer vorbei. Aber Rascher personifiziert eine Bedrohung, die der Menschheit seit damals immer deutlicher bewußt wird. Im Nürnberger Ärzteprozeß sagte Prof. Ivy aus Chikago als Sachverständiger der Anklage aus. Ivy behauptete im Kreuzverhör der Verteidigung, daß jede kriegführende Macht das Recht zu solchen Menschenversuchen habe, wie sie in Hitlerdeutschland praktiziert wurden. Als er gefragt wurde, ob das nicht Verrat am hippokratischen Eid sei, entgegnete er, der hippokratische Eid »bezieht sich auf die Funktion des Arztes als Therapeut und nicht als Experimentator. Der Teil, welcher sich auf den Eid des Hippokrates bezieht, ist der, daß er Respekt vor dem Menschenleben haben soll und vor dem Leben seines Patienten.«

Ivy bekannte sich dann – eindeutig, wie er betonte – dazu, daß für den Arzt als Forscher nicht gelte, was für den Arzt als Heiler verbindlich sei.

Die Kommentatoren zum Nürnberger Ärzteprozeß, Alexander Mitscherlich und Fred Mielke, bemerkten dazu:

»Damit erkennt Prof. Ivy ohne Zweifel für ärztliches Tun auch andere Leitgedanken an als die der Hilfe. Im Kriegsfall z. B. darf danach der Arzt sein Wissen – um die Leistungszusammenhänge des menschlichen Organismus – der kriegführenden Partei zur Verfügung stellen. Dies berührt aber im Fundament die ärztliche Freiheit, nämlich über den Parteien stehend den leidenden Menschen seine Hilfe zur Verfügung zu stellen. Man sieht, daß die Trennung von forschendem und praktizierendem Arzt bis in die humanen Grundverpflichtungen hinein die Wirkung des Arzttumes in sich selbst aufhebt; die rechte Hand weiß wirklich nicht mehr, was die linke tut. Der Forscher hilft einer Partei durch sein Wissen, die Menschen der anderen zu schädigen, und der praktizierende Kollege versucht sie dann wieder zu heilen ...

Prinzipiell ist also – wie man sieht, nicht nur in Deutschland – die Lage des Arztes, in die er durch die technische Entwicklung und das Entstehen sozialer Riesengebilde wie der modernen Staaten geraten ist, so verwandelt, daß die unveränderte Anwendung der Hippokratischen Formel in ihrer archaischen Gültigkeit nicht mehr möglich ist ... Solange man eine einende Formel für alle in der Heilkunde Tätigen in unserer Zeit nicht neu gefunden hat, muß man sich darüber klar sein, daß eine Trennung in Forscher und Praktiker mit verschiedenem Moralkodex nicht allein den Begriff des Arzttums sprengt, sondern auch zu zwei verschiedenen Humanitätsbegriffen führt. Denn es ist doch nicht einzusehen, warum dem Forscher erlaubt sein soll, im extremen Fall sogar vorsätzlich zu töten, was dem Arzt unter allen Umständen, nach dem immer noch gültigen christlichen Moralkodex sogar jedermann, verboten ist.«

So stehen wir am Ende dieses Berichtes über mörderische Ärzte vor der beängstigenden Tatsache, daß prinzipiell und überall der Hippokratische Eid in seiner ursprünglichen Gestalt vergewaltigt und verraten werden kann. Und das nicht nur aus persönlichen egoistischen, sondern auch aus staats- und machtpolitischen Gründen.

WOLFGANG SCHÜLER / WILFRIED ZOPPA

Der S-Bahnmörder

Hans Müller (1990 – 1991)

Der kleine Mann trug den Gesichtsausdruck eines Raubtiers. Sein Schädel wurde kahl. sodaß er älter aussah als er war, und er saß vornübergebeugt auf dem Stuhl, die Finger zusammengekrampft, die Augen so weit aufgerissen, daß sie fast hervorquollen.

Ridley Pearson, Der Rattenfänger

Am 20.12.1990 konstituierte sich im Berliner Reichstag das erste frei gewählte gesamtdeutsche Parlament seit 1932. Alterspräsident Willy Brandt brachte in einer von allen Fraktionen beklatschten Rede die Hoffnung zum Ausdruck, daß sich das deutsch-deutsche Verhältnis von »oben und unten, von Lehrern und Belehrten« bald »in eines von Gleichen zu Gleichen verwandeln« werde.

Johannes Gerster, der damalige innenpolitische Sprecher der Unionsfraktion im Bundestag, teilte am gleichen Tag der Presse mit, daß die Regierung beabsichtige, im Januar ein Gesetz in den Bundestag einzubringen, demzufolge alle Angehörigen des öffentlichen Dienstes auf eine eventuelle Stasi-Mitarbeit zu überprüfen seien.

Radio One, ein Berliner Radiosender, berichtete live von der Pressekonferenz. Im Westteil der Stadt, zehn Kilometer Luftlinie vom Reichstag entfernt, arbeitete der Kriminaloberkommissar Frank Greger in seiner Dienststelle, der Berliner Fahndungsinspektion. Auf seinem Schreibtisch in der Charlottenburger Heerstraße stapelte sich ein Wust von beinah 30 Fahndungsfällen. In den Akten stand nichts Erfreuliches. Es ging um Betrüger, Sexualtäter und einen entwichenen Totschläger. Doch diese aktuellen Fälle des Kriminalbeamten stellten nur einen Bruchteil der rund 7 000 Fahndungssachen dar, die im Jahresdurchschnitt auf die Inspektion zukamen. Den Kopf leicht anhebend, mit der linken Hand das Radio lauter stellend, blickte Greger verschmitzt zum Nebentisch, wo ein ihnen neu zugeordneter ehemaliger Volkspolizist, der Polizeiobermeister Joachim Bayer, ebenfalls interessiert lauschte. »He, Bayer, kannst dir bald die lange Anfahrt von Hohenschönhausen zur Heerstraße sparen, was?«, frotzelte der Kriminaloberkommissar.

Sein Kollege schluckte und wurde blaß. »Haben ja wohl nicht alle unterschrieben. Werden schon noch Kollegen übrig bleiben, die keinen Stasi-Vertrag hatten«, gab Joachim Bayer betroffen zurück. Nach der Wende waren die meisten Westberliner Dienststellen durch Kollegen aus dem Ostteil aufgefüllt worden. Die Fahndungsinspektion hatte an die 20 ehemalige Volkspolizisten übernommen, vom einfachen Polizeimeister bis zum Kriminalrat. Etwa zehn von ihnen blieben dabei, die übrigen gingen.

Im Ostteil der Stadt, 15 Kilometer Luftlinie vom Berliner Reichstag entfernt, saß zur selben Zeit der Polizist Wilfried Jakobczak im Polizeirevier Buch an seinem zerschrammten Schreibtisch und machte Teepause. Er nippte gedankenverloren an einem Getränk mit der irreführenden Bezeichnung »Earl Grey«. In dem Teeglas, auf dem »Mitropa« stand, schwappte eine lauwarme dunkelbraune Flüssigkeit hin und her, auf der ein leichter Ölfilm glänzte. Obwohl Wilfried Jakobczak kein Radio hörte und noch nichts von den aktuellen Plänen der Bundesregierung wußte, schaute er sorgenvoll in die Zukunft. Allen ehemaligen Ostberliner Volkspolizisten wehte seit dem 3. Oktober 1990 ein scharfer Wind um die Nase. Nur gar zu gerne hätten die »Lehrer«, von denen der Altbundeskanzler so blumig gesprochen hatte, sämtliche Vopos in die Wüste geschickt. Doch auf einmal war das nicht gegangen. So wie nicht alle Richter, Staatsanwälte, Justizangestellte und Gefängniswärter in den neuen Bundesländern schlagartig ausgetauscht werden konnten, ließ sich das auch bei der Polizei nicht bewerkstelligen. Deshalb ging der Prozeß schleichend vonstatten. Das Bucher Revier sollte in Kürze aufgelöst werden. Niemand konnte und wollte Wilfried Jakobczak sagen, wie es mit ihm weitergehen würde.

Patienten beim Ausgang

Berlin-Buch lag am nördlichen Stadtrand hinter dem Autobahnring und war vor allem durch sein Klinikum bekannt, das aus mehreren verstreut liegenden Krankenhäusern bestand. Zum Gesamtkomplex gehörte auch eine psychiatrische Abteilung, die in einem baufälligen Gebäude mit schadhaftem Innen- sowie Außenputz untergebracht war. Die Station A, Haus 213 lag etwas abseits. Der geschlossene Bereich ließ sich leicht an den verrosteten Gitterstäben vor den staubigen Fenstern erkennen.

Während Wilfried Jakobczak seinen abgestandenen Tee zu Ende trank, verließ die Krankenschwester Kathrin Patzelt mit zwei Patienten das Krankenhausgelände. Obwohl sie erst 37 Jahre alt war, hatte sie schon graue Haare und tiefe Falten neben den schmalen Lippen. Das rührte von den unzähligen Überstunden (bei gleich bleibend miserabler Bezahlung auch nach der Wende) und den vielen persönlichen Problemen her. Ihr Ehemann war vor drei Jahren an Magenkrebs gestorben und hatte sie allein mit einer hyperaktiven Tochter zurückgelassen. Ihr derzeitiger Partner trank sich kontinuierlich einer Leberzirrhose entgegen und taugte noch nicht einmal mehr für etwas Spaß im Bett.

Bei ihren beiden männlichen Begleitern handelte es sich um zwei chronisch Kranke, die als kaum therapierbare Langzeitfälle galten. Trotzdem durften sie von Zeit zu Zeit ausgehen, um unter Aufsicht in den Geschäften der näheren Umgebung einzukaufen. Auf diese Weise sollten sie sich die grundlegenden Elemente sozialer Kompetenz einprägen, wieder erlernen oder nicht völlig vergessen – je nach den unterschiedlichen Standpunkten der behandelnden Ärzte. Im Ergebnis liefen alle Behandlungsmethoden auf dasselbe hinaus.

Die Krankenschwester kannte ihre beiden Begleiter, Frank Schurian und Hans Müller, nur oberflächlich. Sie war der Meinung, daß beide an der Grenze zur Debilität standen. Die äußeren Anzeichen sprachen dafür: Frank Schurian saß meistens im Gruppenraum mit offenem Mund vor dem Fernsehapparat, während Hans Müller entweder in seinem Zimmer Musik hörte oder regungslos am Fenster verharrte und stundenlang hinausstarrte. Beide galten als unauffällig. Sie bekamen keine Wutausbrüche, schurigelten keine anderen Patienten, nahmen widerspruchslos ihre Medikamente ein und wurden nie aggressiv.

Aber Kathrin Patzelt hatte die Krankenakten ihrer beiden Begleiter nicht eingesehen, ein schwerer Fehler, der ihr später nie wieder unterlaufen sollte. Als die Gruppe hinaus auf die Straße trat, war es genau 14.30 Uhr. Die Krankenschwester sprach zu den beiden Männern – Frank Schurian war 43 Jahre alt, Hans Müller sogar schon 57 – als wären es kleine Kinder: »Wenn wir über den Fahrdamm gehen, fassen wir uns an den Händen. Zuerst sehen wir nach links, und dann nach rechts.«

Von den übrigen Passanten nahm keiner von den drei Fußgängern Notiz. Patienten auf Ausgang gehörten zum gewohnten Bild in dieser Stadtrandlage. Manchmal waren größere Gruppen unterwegs, die sowohl geistig, als auch körperlich schwerst behindert waren, zum Selbstschutz Fahrradhelme trugen und tierähnliche Laute ausstießen.

Die beiden Männer und die Frau gingen die Karower Straße entlang, bogen vor der Kirche nach links in die Straße Alt Buch ein, liefen 200 Meter bis zur Kreuzung, überquerten die Wiltbergstraße und steuerten das Postamt an. Als sie dort eintrafen, war es 15 Uhr. »So, und nun gehen wir in die Post und kaufen uns Briefmarken. Es ist bald Weihnachten, und da wollen wir unseren Lieben daheim noch eine hübsche Ansichtskarte schicken.«

Hans Müller schüttelte den Kopf und brummte: »Kann nich' schreiben, kann nich' lesen, hab keine Familie.«

»Dann bleibe brav hier draußen stehen, wir sind gleich wieder zurück.«

Doch Hans Müller war nicht artig. Als seine Begleitung fünf Minuten später wieder vor die Tür des Postamtes trat, sah sich Kathrin Patzelt um und konnte ihn nirgendwo entdecken. Der ihr Anvertraute war verschwunden. Es überlief sie siedend heiß, Panik machte sich breit. »Mist, Scheiße, Kacke!« fluchte sie ärgerlich, denn dieses Vorkommnis würde ihr einen dicken Minuspunkt in ihrer Personalakte einhandeln, wenn nicht gar etwas Schlimmeres.

»Du sollst keine braunen Worte sagen«, nuschelte Frank Schurian durch seine Hasenscharte.

»Halt die Klappe, du Schwachkopf«, schrie sie den verdutzten

Patienten an, packte ihn am Ärmel und schleifte ihn hinter sich her in Richtung Klinikum.

Achim Gallrein, der Dienst habende Stationspfleger, hatte schon ganz andere Sachen in seinen langen arbeitsreichen Jahren erlebt und problemlos überstanden. Er beruhigte seine Kollegin: »Mach dir keine unnötigen Sorgen, Mädchen. Der kommt schon wieder. Draußen ist es kalt. Wir haben noch vier Tage bis Weihnachten. Kein Mensch ohne einen Pfennig Geld in der Tasche bleibt da freiwillig auf der Straße.«

Der Pfleger sprach aus Erfahrung, diesmal jedoch sollte er sich irren. Aber er tat seine Pflicht, rief die Polizeiwache in Buch an und gab eine Vermißtenmeldung auf.

Wilfried Jakobczak nahm die Anzeige entgegen. Er füllte den Vordruck Pol 900 G (neu) »Vermißte Person« sorgfältig aus, teilte ihm eine Vorgangsnummer zu und gab die Fahndungsausschreibung in den Verteiler mit der untersten Prioritätenstufe ein. Ob noch andere Dienststellen davon Kenntnis nahmen, ist nicht bekannt. An diesem kalten Dezembertag jedenfalls verschwendete niemand einen weiteren Gedanken an den Verschwundenen, der lapidar als korpulent, dunkelhaarig, 1,50 Meter groß und nachlässig gekleidet beschrieben wurde. In der Klinik machte sich niemand die Mühe, in seine Krankenakte zu schauen. Auf dem Polizeirevier überprüfte man nicht, ob Polizeiberichte über ihn vorlagen. Alle waren permanent überlastet und hatten, wenige Tage vor Heilig Abend, den Kopf voll mit anderen Dingen. Auch nach den Weihnachtsfeiertagen sollte sich daran nichts ändern.

Ereignisse der Silvesternacht

Der Jahreswechsel 1990/1991 verlief für Berliner Verhältnisse außergewöhnlich friedlich. Es gab nur einige wenige Wohnungsbrände, am Brandenburger Tor hatten sich lediglich 2 000 Menschen eingefunden, die verwirrt und frierend auf und ab liefen. In Kreuzberg blockierten etwa 100 Jugendliche in alter Tradition den Heinrichplatz mit einem umgekippten Glascontainer, worauf rund 30 Mannschaftswagen und etwa 400 Beamte anrückten, um mit einem

Schlagstockeinsatz die Sache routiniert und rasch zu beenden. Insgesamt fiel die Bilanz der Silvesternacht durchschnittlich aus: 56 Personen erlitten Verletzungen beim Abbrennen von Knallkörpern, elf Randalierer wurden festgenommen, und die 19jährige Hotelangestellte Nicole Plesch erhielt um 6.10 Uhr in der S-Bahn bei einem Halt an der Station Mexikoplatz in Zehlendorf einen Messerstich in den Rücken. Die junge Frau, die sich auf der Heimfahrt von der Arbeit befunden hatte, wurde zwar sehr schwer verletzt, aber sie überlebte.

Im Jahr zuvor waren die Ereignisse wesentlich dramatischer gewesen: Am Brandenburger Tor, wo rund 100 000 Menschen gefeiert hatten, fiel ein Gerüst um und hinterließ über 100 Verletzte und einen Toten. In der Weddinger Prinzenallee erschoß ein Mann einen 14jährigen Jungen, als er mit einer scharfen Waffe auf eine Haustür feuerte. In Tempelhof brannte eine Wohnung nach einem Treffer mit einer Raketenfontäne aus. Die Feuerwehr konnte die 89jährige Mieterin nur noch tot bergen. Die Krankenhäuser in Ost und West nahmen insgesamt 300 Schwerverwundete auf. Die Krankenwagen, die pausenlos im Einsatz waren, mußten bis zu vier Verletzte gleichzeitig transportieren. »Wie sie lagen, wurden sie eingeladen«, erklärte Wolfgang Lausch vom Lagedienst der Westberliner Polizei am nächsten Tag lakonisch im Fernsehen.

Der Bucher Patient blieb auch im neuen Jahr weiter verschwunden und war damit einer von vielen. 1991 wurden im Großraum Berlin insgesamt 17 204 Personen aus den unterschiedlichsten Gründen per Haftbefehl gesucht. 374 von ihnen waren aus Straf- und Unterbringungseinrichtungen entwichen. Da jedoch die große Mehrzahl, nämlich 207, aus eigenem Antrieb reumütig zurückkehrte, gab es keinen Grund zur Annahme, daß es bei Hans Müller anders sein könnte.

Nachdem Nicole Plesch so weit von dem Messerstich genesen war, daß sie vernommen werden konnte, wurde sie im Krankenhaus von Kriminalkommissar Siegfried Schley von der Direktion 4 befragt. Er gehörte zum Referat Verbrechensbekämpfung, das für die Bezirke Schöneberg, Steglitz, Zehlendorf und Tempelhof zuständig war. Die Hotelangestellte schien froh zu sein, sich endlich ihr schreckliches Erlebnis in der S-Bahn von der Seele reden zu können.

Für den Polizisten war das nur gut so, denn er war kein erfahrener Vernehmer, konnte aber leidlich gut Protokoll führen.

Die junge Frau sagte aus, daß sie nach ihrer anstrengenden Schicht sehr müde gewesen sei und die Umwelt nur noch wie durch einen Schleier wahrgenommen habe. »Ich war am Anhalter Bahnhof eingestiegen und döste vor mich hin. Am Mexikoplatz wurde ich hellwach, weil es plötzlich grauenhaft stank. Ein Penner in einem schmutzigen Mantel stand vor mir und quatschte mich an. Was er von mir wollte, habe ich nicht verstanden, und ich verspürte nicht das geringste Interesse, es herauszufinden. Ich will damit nicht sagen, daß ich hartherzig bin und mir das Schicksal fremder Leute gleichgültig wäre. Aber ich finde, es gibt gewisse Regeln, an die man sich halten muß. Dazu gehört an oberster Stelle Reinlichkeit und Sauberkeit. Ich stand deshalb auf, drehte mich um und wollte das Abteil verlassen, da spürte ich einen scharfen Schmerz im Rücken. Es war so, als hätte mir jemand einen Schlag mit einem Knüppel versetzt. Im nächsten Moment wurde mir furchtbar schlecht. Ich stützte mich an einer halbhohen Zwischenwand ab und beugte mich vor, um den Magen zu entlasten. Dabei schaute ich unwillkürlich nach unten und sah Blut von meinem Mantel auf den Boden tropfen. Im nächsten Moment wurde ich ohnmächtig. Der Schock war wohl zu groß gewesen. Meine nächste Erinnerung ist, daß alles um mich herum weiß war und gleichzeitig golden leuchtete. Über mir sah ich verschwommene Schatten. Eine wie in Watte gepackte Stimme sagte: ›Es hat keinen Zweck mehr, wir haben sie verloren.‹ Dann ging das Licht aus und alles wurde schwarz. Aber sie müssen es noch einmal probiert haben, mich zurückzuholen, sonst könnte ich jetzt nicht mit Ihnen sprechen.«

Der Kriminalkommissar räusperte sich betreten, notierte alles gewissenhaft und fragte dann nach: »Wie sah der Mann aus?«

»So genau kann ich das nicht mehr sagen. Wie schon erwähnt, bin ich sehr müde gewesen, und ich habe ihn nur für einige wenige Sekunden gesehen. Er war mittelgroß, hatte braune Haare, eine Stirnglatze, eingefallene Wangen und schlechte Zähne.«

»Vielen Dank, sie besitzen eine präzise Beobachtungsgabe. Das ist sehr selten. Die meisten Menschen können sich solche Details nicht merken. Sie haben uns sehr geholfen«, sagte Siegfried Schley. Und zum Abschied fügte er hinzu: »Ich bin mir sicher, wir werden ihn kriegen.« Letzteres war eine faustdicke Lüge, denn 1991 war es um die Berliner Polizei alles andere als gut bestellt.

Stille Post

In allen neuen Bundesländern brachte die Neuorganisation der staatlichen Einrichtungen große Probleme mit sich. Die Ministerien und Behörden hatten lange Zeit mit sich selbst genug zu tun. Berlin war etwas besser dran, aber es verlor seine Insellage und vergrößerte sich um den Ostteil der Stadt. Die Finanzausstattung blieb weit hinter den neuen Anforderungen zurück. Die Personenfahnder der Fahndungsinspektion, einer dem Landeskriminalamt angegliederten Dienststelle, fuhren ausgemusterte schwarze Staatsschutzlimousinen, die sich für eine verdeckte Ermittlung so gut eigneten, wie ein Frack für den Diskobesuch. Darüber hinaus parkten die Wagen nicht vor dem Haus, sondern in einer 900 Meter weit entfernten Tiefgarage. Bei dringenden Einsätzen rannten dann die Fahnder im Schweinsgalopp samt Einsatztaschen, Waffen und Funkgeräten zu ihren Fahrzeugen.

Autopannen gehörten zum Dienstalltag. In der Stadt stellten sie kein großes Problem dar. Die gefesselten Straftäter wurden dann eben mit der S- oder U-Bahn zur nächsten Polizeidienststelle gebracht. Ab und zu sah man aber auch Männer in Handschellen die Landstraßen entlanggehen – so weit, bis eine Ortschaft und damit eine Telefonzelle in Sicht kam.

Auf den Dienststellen wurden die Berichte noch mit alten mechanischen Schreibmaschinen nach dem Ein-Finger-Suchsystem »Adler« getippt (erst kreisen, dann zustoßen), Computer gab es so gut wie keine. Alle Fern- und Ortsgespräche mußten in der Telefonzentrale mit Dienstgradangabe und Namen des Vorgesetzten, der den Anruf genehmigt hatte, angemeldet werden.

Noch im Jahr 1992 gab es in Berlin pro Kommissariat für sechs Streifen nur jeweils vier Dienstfahrzeuge. Das waren entweder alte Schrottkisten mit weit über 200 000 Kilometern auf dem Tacho oder klapprige Ladas ohne Martinshorn. Die sowjetischen Autos verfügten zwar fast alle über Funkgeräte, aber mit ihnen ließ sich kein direkter Kontakt zur Funkbetriebszentrale (Fubz) im Westteil der Stadt herstellen, weil die unterschiedlichen Systeme nicht kompatibel waren. Sämtliche Meldungen mußten daher nach dem Prinzip der stillen Post abgesetzt werden: Nachricht an die Fubz Ost, Weiterleitung an die Fubz West, von dort aus Information an die Dienststelle.

Die Ausstattung entsprach also in etwa derjenigen, die die Kriminalpolizei am Ende des 19. Jahrhunderts gehabt hatte, als sie noch am Molkenmarkt residierte. Das zentrale Telegrafenamt der Polizei stand damals mit sämtlichen Revieren in der Stadt in Verbindung: Eine pneumatische Klingel im Kommissariat signalisierte jeweils durch die Anzahl der Glockenschläge den Inhalt der angekommenen Depeschen. Einmal Läuten bedeutete eine Routinenachricht, zweimal Läuten eine aufgefundene Leiche, und dreimal Läuten zeigte ein Kapitalverbrechen an. Ein Schutzmann mußte dann zum Telegrafenamt laufen und die eingegangenen Depeschen abholen.

Holger Bernsee vom Bund deutscher Kriminalbeamter (BdK) stellte 1991 desillusioniert fest: »Nur noch jeder elfte Wohnungseinbruch wird aufgeklärt. Die Kriminellen arbeiten mit immer weniger Risiko. Grund dafür ist die katastrophale Ausstattung. Das Telefonieren zwischen Ost und West funktioniert nicht.« Letzteres lag daran, daß es keine direkten Leitungen gab, sondern nur über eine Vorwahl angerufen werden konnte, die ständig besetzt war.

Im Ostteil der Stadt sah es noch schlimmer aus. Beispielsweise war das Einbruchskommissariat in der Pablo-Picasso-Straße für die Stadtbezirke Pankow, Weißensee, Marzahn, Hellersdorf, Hohenschönhausen und Prenzlauer Berg zuständig. Im Jahr 1991 mußten die 35 Mitarbeiter mit drei Umweltkarten für öffentliche Verkehrsmittel und zwei Dienstwagen – einem Barkas und einem Wartburg ohne Funk – auskommen. Die Geschädigten, die vom Kommissariat am weitesten entfernt wohnten, bekamen deshalb meistens nur einen Brief mit einem Formular geschickt. Darin sollten sie mitteilen, was abhanden gekommen war und ob sie einen Hinweis auf den Täter geben könnten.

Aus diesen Gründen war klar, daß die beiden eingangs erwähnten Fälle – der des aus dem Klinikum Buch entwichenen Patienten und der des am Mexikoplatz niedergestochenen Mädchens – rein routinemäßig behandelt wurden, was im Januar 1991 im Klartext bedeutete: gar nicht.

Ein grausiger Fund

Die Lage änderte sich dramatisch, als am 26. Februar 1991 zwischen den S-Bahnhöfen Blankenburg und Pankow-Heinersdorf eine Frauenleiche neben den Gleisen gefunden wurde. Wenige Meter entfernt von ihr am Bahndamm lag ein dolchähnliches Küchenmesser mit schwarzem Plastikgriff. Die Tote konnte rasch identifiziert werden. Sie hieß Heike Block und stammte aus Riesa. Die Rekonstruktion des Tatgeschehens ergab: Die junge Frau, eine 25jährige Studentin und Mutter einer kleinen Tochter, war am 26. Februar um 17.31 Uhr in Oranienburg in die fast menschenleere S-Bahn nach Schönefeld eingestiegen. In dem Abteil, in dem sie saß, hatten sich zwei Männer befunden. Der eine stieg um 17.37 Uhr in Borksdorf aus, der andere war mit größter Wahrscheinlichkeit ihr Mörder gewesen. Er wartete bis zur Station Mühlenbeck-Mönchmühle, bevor er handelte. Dafür gab es einen plausiblen Grund: Bis zur nächsten Station benötigte die S-Bahn acht Minuten. Eine ausreichende Zeitspanne, um das Opfer töten, es zur Tür schleifen und aus dem fahrenden Zug stoßen zu können.

Die Beamten in der Mordkommission, die sich in der Keithstraße befand und verharmlosend »Delikte an Menschen« nannte, brauchten nicht lange, um einen Zusammenhang zum Messerattentat vom 1. Januar herzustellen. Die Direktion 4, Referat Verbrechensbekämpfung, übergab ihnen zuständigkeitshalber die Akten. Es schien sich um dieselbe Waffe zu handeln. Stichkanal und Stoßrichtung waren fast identisch.

In der Ermittlungsgruppe faßte Kriminalkommissar Gerhard Hoscheck, ein erfahrener Beamter mit kurzen eisgrauen Haaren, die ersten Ergebnisse zusammen: »1. Der Täter fährt S-Bahn. 2. Er kennt sich auf der Strecke Oranienburg-Pankow gut aus, denn er wußte, daß die Züge um diese Zeit nur schwach besetzt sind. Ihm war bekannt, daß er zwischen Mühlenbeck-Mönchmühle und Blankenburg sein Vorhaben in aller Ruhe in die Tat umsetzen konnte.«

Der Kriminalkommissar trank einen Schluck Wasser, dann fuhr er fort: »Die zweite Tat unterscheidet sich in einigen wesentlichen Punkten von der ersten. Bei dem Mordversuch in Zehlendorf war das Risiko für den Täter äußerst groß gewesen. Er hätte leicht entdeckt und gestellt werden können. Daraus läßt sich schlußfolgern, daß er die erste Tat im Affekt beging. Der Entschluß dazu muß für ihn spontan und ebenso überraschend wie für die Geschädigte gekommen sein, was ihr letztendlich das Leben rettete, denn er hatte keine Zeit mehr, sie aus dem Zug zu stoßen. Der zweite Anschlag hingegen war zielgerichtet geplant. Mit großer Sicherheit können wir davon ausgehen, daß der Täter sein Opfer bereits in Oranienburg ausgesucht und mit Vorbedacht auf den für ihn günstigen Moment gewartet hatte. Er warf die Frau nicht nur aus dem Zug, sondern raubte sie auch aus und stahl ihr die Tasche. Außerdem wischte er das Messer ab und entledigte sich der Mordwaffe.«

Im Besprechungsraum machte sich Unruhe breit. Es lag auf der Hand, daß der Täter Anstalten machte, eine »Karriere« als Serienkiller zu beginnen. Die Uhr lief, nun war höchste Eile geboten. Die Kriminalpsychologen wußten aus bitterer Erfahrung, daß die Abstände zwischen den Taten immer kürzer werden würden. Die lebende Zeitbombe mußte so schnell wie möglich entschärft werden.

Die Pressemitteilung – es wurde eine Belohnung in Höhe von 10 000 DM ausgesetzt – löste eine Flut von Sensationsmeldungen in den Boulevardzeitungen aus. Angst und Massenhysterie machten sich breit. Nach Einbruch der Dunkelheit waren die S-Bahnen wie leer gefegt. Die Hersteller von Reizgassprays und Gaspistolen räumten ihre Lager leer. In einem Supermarkt in Alt Moabit (unweit vom Strafgericht und von der Untersuchungshaftanstalt) wäre ein kleiner Mann mit Stirnglatze von einer aufgebrachten Menschenmenge fast gelyncht worden, als er sich ein einzelnes Brotmesser kaufen wollte.

Die Nadel im Heuhaufen

Die Kriminalbeamten taten unterdessen das, was Ermittler in solchen Fällen zu tun pflegen: Sie begannen, nach der Nadel im Heuhaufen zu suchen. Auf diese Weise stießen sie auf die Vermißtenmeldung aus Buch vom 20.11.1990. Es war das falsche Formular verwendet worden. Statt »vermißte Person« hätte der Vordruck die Überschrift »Entwichene Person oder entwichener Straftäter« tragen müßen. Im Ergebnis allerdings wäre es dasselbe gewesen. Im Dezember hatten die Verbrechen in der S-Bahn noch nicht stattgefunden. Der Fall Müller war einer von vielen gewesen.

Es gab einen Anhaltspunkt. Hans Müller stammte aus der Nähe von Oranienburg (nämlich aus Buch) und besaß damit die notwendige Ortskenntnis, auch wenn die Personenbeschreibung der Anzeige in keinem einzigen Punkt mit derjenigen übereinstimmte, die Nicole Plesch abgegeben hatte. Vorsichtshalber fuhr ein Beamter in die Klinik und ließ sich ein Foto des 59jährigen geben. Er mischte es unter fünf Bilder von anderen Männern und legte sie der jungen Frau vor. »Der da sieht dem Täter am ähnlichsten«, sagte sie und deutete auf das Foto des entsprungenen Psychiatrieinsassen.

Gerhard Hoschek erwirkte die Freigabe der Patientenakte. Als sie vor ihm auf dem Tisch lag und er die ersten Zeilen gelesen hatte, stieß er mehrere lange Flüche aus, die einem Vollmatrosen die Schamröte ins Gesicht getrieben hätten. In der Akte stand schwarz auf weiß: »Hans Müller wurde wegen eines Sexualmordes im Jahr 1989 durch die Staatsanwaltschaft beim Landgericht Berlin in die geschlossene Abteilung der Klinik Buch eingewiesen. M. gilt als sexuell abartig und äußerst gewalttätig.«

Der Kriminalkommissar forderte die Strafakte an. Es ergab sich folgendes Persönlichkeitsbild: Hans Müller war zeitlebens verhaltensauffällig gewesen und bereits 1941, im Alter von acht Jahren, in die Nervenheilanstalt Brandenburg eingewiesen worden. Wie durch ein Wunder hatte er die Euthanasie überlebt. Auch nach Kriegsende verblieb er in der geschlossenen Abteilung. Dort mußten merkwürdige Zustände geherrscht haben, denn Hans Müller vertrieb sich seine Zeit hinter Gittern damit, daß er in seiner Abteilung mehrere Jungen vergewaltigte und eine Patientin im Park fast zu Tode prügelte.

1980 wurde er als geheilt entlassen. Auf Grund welcher therapeutischer Erfolge dies möglich gewesen war, ließ sich nicht aus der Akte ersehen. Gerhard Hoschek vermutete, daß es sich lediglich um jahrelanges Wohlverhalten gehandelt hatte. Hans Müller bekam eine Wohnung, und in der Wäscherei des Fachkrankenhauses Herzberge eine Arbeitsstelle zugewiesen. 1984 lockte er ein siebenjähriges Mädchen auf einen Speicher, belästigte es dort sexuell und legte abends den Schlüpfer des Kindes unter sein Kopfkissen. Diesmal wurde er für einige Monate in das Klinikum Buch eingewiesen. Von 1985 an arbeitete er in mehreren Gaststätten als Küchenhelfer und verhielt sich bis Herbst 1989 insoweit unauffällig, daß nichts aktenkundig wurde. Am 8. Oktober entdeckte er in der Bierkneipe »Friedrichsfelder Eck« an der Straße der Befreiung eine völlig betrunkene Frau von Mitte 20, die Ute Cizek hieß. Er schleppte sie mit in seine Wohnung in der Lichtenberger Weitlingstraße, fesselte und vergewaltigte sie und tötete sie anschließend mit einem Stromstoß aus einem abisolierten Kabel. Die Leiche warf er am hellichten Tag aus dem Fenster.

Die Polizei verhörte einige Mieter, kam dem Täter ziemlich rasch auf die Spur und nahm Hans Müller fest. Er legte ein umfassendes Geständnis ab. Zu seinem Motiv sagte er, eine Stimme habe ihm den Befehl gegeben, die Dirne in den Himmel zu schicken. In der Staatsanwaltschaft machte sich niemand die Mühe, den Mörder auf seine etwaige Schuldfähigkeit untersuchen zu lassen. Vor den Juristen, aber nicht nur vor ihnen, standen im Herbst 1989 ganz andere Probleme.

Der Staatsratsvorsitzende Erich Honecker hatte noch einen Tag vor der Tat, auf der Feier zum 40. Jahrestag, mit zittriger Stimme verkündet: »An diesen Realitäten ist nichts zu ändern, daß sich die Deutsche Demokratische Republik an der Westgrenze der sozialistischen Länder in Europa als Wellenbrecher gegen Neonazismus und Chauvinismus bewährt.« Mit der Bewährungsprobe sollte es bald zu Ende sein, die Lage drohte zu eskalieren. Die friedlichen Demonstrationen nahmen in den folgenden Stunden und Tagen ungeahnte Ausmaße an, es gab Hunderte von Festnahmen. Die DDR stand am Rande des Kriegsrechts. Die alles entscheidende Frage lautete: Bleiben die sowjetischen Truppen diesmal in ihren Kasernen, ja oder nein?

Die Mitarbeiter der Staatsanwaltschaften leisteten Sonderschichten, um mit heißer Nadel Anklageschriften gegen die so genannten Störer der öffentlichen Ordnung zusammenzustricken. Die Sache Hans Müller lag da völlig anders und schien außerdem klar zu sein. Aus

Zeitnot wurde er deshalb ohne Anklage und ohne Prozeß in die geschlossene Abteilung in Buch eingewiesen. Das war sicherlich nicht die verkehrteste Entscheidung jener Tage gewesen, selbst wenn sie sich kaum in Übereinstimmung mit rechtsstaatlichen Grundsätzen bringen ließ.

Auch nach der Wende griff niemand korrigierend ein. Der entscheidende Fehler passierte auf anderer Ebene. In der Nervenheilanstalt machte sich keiner die Mühe, die Akte richtig zu lesen. Dieses Versäumnis sollte letztendlich Nicole Plesch große Schmerzen bereiten und Heike Block das Leben kosten.

Auf der Jagd

Ende Februar 1991 rief Kriminaloberrat Frank Backhaus, der Leiter der Berliner Fahndungsinspektion (VB F I-Fahndung), seine drei Kommissariatsleiter zu einer wichtigen Besprechung in sein Büro. Die Inspektion befand sich damals in der Charlottenburger Heerstraße, gehörte zur Direktion Spezialaufgaben der Verbrechensbekämpfung und bestand aus drei Personenfahndungskommissariaten, der Haftbefehlssammlung und einer Datenstation. Der Inspektionsleiter kam gleich zur Sache: »Meine Herren, es gibt etwas zu tun. Erster Tagesordnungspunkt: Die Mordkommission hat den Fall des S-Bahnmörders an uns abgegeben. Sicherlich nicht freiwillig, aber der politische Druck war wohl zu groß. Der Regierende Bürgermeister, der Innensenator und der Polizeipräsident wollen endlich Ergebnisse sehen. Es wurde höchste Priorität angeordnet. Da der Name des Flüchtigen mit einem ›M‹ beginnt, ist das zweite Kommissariat, zuständig für die Buchstaben I – Q, von dieser reizvollen Aufgabe betroffen. Die Akten können in der Gothaer Straße angefordert werden. Ich habe mir versichern lassen, daß die bislang mit der Bearbeitung befaßten Kollegen gerne zu Auskünften bereit sind, insbesondere Kriminalkommissar Hoschek.«

Kriminalhauptkommissar Günther Meeden, der Leiter des zweiten Kommissariats, stellte die rhetorische Frage: »Bis zum erfolgreichen Abschluß bleiben alle anderen Sachen liegen, richtig?«

»Richtig!«, lautete die knappe Antwort. »Kommen wir zum zweiten Tagesordnungspunkt ...«

Günther Meeden, ein drahtiger, sportlicher Typ mit vollem schwarzen Haar, war Berliner und Deutscher Boxmeister im Weltschwer- und Mittelgewicht. Mit seinem offenen, netten Lächeln wirkte er wie ein zu groß geratener Schuljunge. Momentan hatte er allerdings nichts Jungenhaftes an sich. Seine Stirn war gerunzelt und er seufzte. Auf den Schreibtischen seiner Mitarbeiter stapelten sich die Haftbefehle. Allen diesen Betrügern, Einbrechern, Straßenräubern und Totschlägern wurde nun eine unfreiwillige Verschnaufpause gegönnt, sämtliche Planungen waren vorerst über den Haufen geworfen. Außerdem hatte niemand im Kommissariat große Lust, Übergaben anderer Fachdienststellen weiterzubearbeiten. Keiner konnte wissen, was die Kollegen tatsächlich ermittelt, welche Spur sie inzwischen zertrampelt, welchen Beteiligten sie aufgeschreckt oder gar verscheucht hatten. Die Akten konnten nur äußerst unvollkommen Auskunft über den tatsächlichen Stand der Ermittlungen geben. Ihr Inhalt faßte lediglich die wichtigsten Ergebnisse zusammen und diente als Gedächtnisstütze. Kein noch so gewissenhaft geführtes Protokoll war in der Lage, den persönlichen Eindruck einer Zeugenbefragung oder eines Verhörs zu ersetzen. Also mußte noch einmal gründlich nachermittelt werden.

Den sechs Streifen vom zweiten Kommissariat standen drei Autos zur Verfügung: ein uralter Opel Rekord, ein Lada der ehemaligen Volkspolizei ohne Kopfstützen und Funkgerät sowie ein Opel Vectra. Der Kriminalhauptkommissar befahl seinen Stellvertreter Carsten Minx zu sich, einen leidenschaftlichen Fahnder, der gern im Team arbeitete, dem Überstunden nichts auszumachen schienen und der Träger des schwarzen Gürtels im Judo war. Sie nahmen sich den Opel Vectra und fuhren mit ihm nach Buch. Die übrige Mannschaft teilte sich in die restlichen beiden Fahrzeuge auf und schwärmte in alle Himmelsrichtungen (oder besser gesagt: zwei davon) aus, um den Mörder zu fangen.

Im Klinikum verlangte Günther Meeden zunächst, den leitenden Arzt von Haus 213 zu sprechen. Die beiden Kriminalisten mußten über 20 Minuten warten und liefen verärgert in dem nach Desinfektionsmitteln riechenden Flur auf und ab. Schließlich kam eine kleine zierliche Frau von Ende 20 in einem weißen kragenlosen Kittel auf sie zugeschlendert. »Was kann ich für Sie tun?«, fragte sie.

»Nichts«, knurrte der Kriminalhauptkommissar verärgert. »Ich warte auf Dr. Altweck.«

»Die steht direkt vor ihnen. Ich bin die Stationsärztin von Haus 213. Es tut mir leid, wenn ich nicht Ihren Erwartungen entspreche.«

Günter Meeden verfluchte innerlich seine Instinktlosigkeit. Die meisten Menschen (außer natürlich die Berufsverbrecher) sind gehemmt, wenn sie mit einem Kriminalbeamten reden. Sie pflegen jedes Wort auf die Goldwaage zu legen und verschweigen wichtige Details. Deshalb war es äußerst wichtig, zu Beginn einer jeden Vernehmung einen persönlichen Kontakt zu dem Gesprächspartner herzustellen. Günter Meeden erinnerte sich an seinen Eintritt in den Polizeidienst und eine weit zurückliegende Prüfung zu den Vernehmungsgrundsätzen. Die zwei wichtigsten Sätze hatten gelautet: »Zeugen sind wertvolle Helfer bei der Aufklärung von Straftaten. Daher ist alles zu vermeiden, was ihren Willen, zur Wahrheitsfindung beizutragen, beeinträchtigen könnte.«

Das hatte er nun gründlich vermasselt, daran ließ sich leider nichts mehr ändern. Er übersah geflissentlich das spöttische Grinsen im Gesicht seines Stellvertreters und ließ sich zuerst zu Frank Schurian führen, dem Patienten, der am 20.12.1990 mit zur Post gegangen war. Doch der Mann mit der Hasenscharte wußte nichts und hatte nichts gesehen. Zu persönlichen Eigenheiten oder Kontakten des Geflohenen konnte er keine Angaben machen.

Vor der Tür befragte Günter Meeden die Stationsärztin dazu. Dr. Renate Altweck bestätigte die Angaben des Patienten und bezeichnete Hans Müller als einen typischen Einzelgänger, der nie Besuch bekam und keinerlei Kontakte zu anderen Kranken pflegte.

Der Kriminalhauptkommissar untersuchte das Krankenzimmer und die wenigen verbliebenen Sachen des Flüchtigen: abgetragene Kleidungsstücke, Musikkassetten, persönliche Papiere. Er fand nichts, was ihm hätte weiterhelfen können. »Wer schläft in dem anderen Bett?«, fragte er die Ärztin.

»Franz Zumpke, ein extremer Eigenbrödler.«

»Wo finden wir ihn?«

»Im Aufenthaltsraum. Aber es wird wenig Zweck haben, mit ihm zu reden.«

»Das lassen Sie mal bitte meine Sorge sein«, wies der Kriminalist Frau Dr. Altweck zurecht. Es gab nun keinen Grund mehr, auf ihre Befindlichkeiten Rücksicht zu nehmen.

Franz Zumpke stotterte und konnte keinen einzigen zusammenhängenden Satz herausbringen, doch mit viel Geduld und Mühe verriet er zwei äußerst wichtige Dinge: Erstens hatte ihm sein Bettnachbar bereits einige Tage vor dem 20.12.1990 mitgeteilt, daß er den nächsten Ausgang für die Flucht nutzen werde. Und zweitens wolle er zu seinem Freund Lars Thost nach Magdeburg fahren.

Günther Meeden sah die Ärztin fragend an. Frau Dr. Altweck dachte einen Augenblick nach, dann erläuterte sie: »Der Name Thost sagt mir nichts. Aber Herr Müller hat eine Zeitlang mit einem gewissen Lars Trost sein Zimmer geteilt. Trost ist ein extrem gefährlicher Mensch, der andere Leute aus Spaß an der Freude quält. An Herrn Müller hat er sich jedoch nicht herangetraut. Komisch eigentlich. Jetzt im Nachhinein verstehe ich nicht, wieso uns das damals nicht zu denken gegeben hat.«

»Sie meinen, daß Trost ahnte, wer und was Hans Müller wirklich war, erkannte, welches Gefahrenpotential in ihm steckte, und daß er deshalb Angst vor ihm hatte?«

»So in etwa, ja«, antwortete die Ärztin bedrückt.

»Was ist aus Trost geworden?«

»Er wurde im Dezember 1990, wenige Tage vor Müllers Flucht, in die Untersuchungshaftanstalt nach Potsdam verlegt. Soviel ich weiß, muß er dort immer noch sein.«

Günter Meeden bedankte sich und verließ das Klinikgelände. In einem Tante-Emma-Laden schräg gegenüber von der Schloßkirche kaufte er sich eine belegte Semmel und eine Flasche Milch. Während der Rückfahrt in die Heerstraße verzehrte er genüßlich das Wurstbrötchen, trank ab und zu einen Schluck Milch und besprach das Ergebnis der Ermittlungen mit seinem Stellvertreter: »Potsdam würde passen, weil es in der Nähe von Zehlendorf liegt. Dort am Mexikoplatz hat der Täter zum ersten Mal zugeschlagen.«

»Aber Chef, er wird doch kaum bei seinem Freund im Knast wohnen«, gab Kriminaloberkommissar Carsten Minx zu bedenken.

»Das sicherlich nicht. Aber ich denke, daß es sich um einen entscheidenden Hinweis handelt. Ich bin mir sicher, Trost kann und wird uns weiterhelfen. Wollen Sie am Montag hinfahren, und mit ihm sprechen?«

Der Kriminaloberkommissar schüttelte den Kopf. »Frank Greger wäre der geeignetere Mann. Er ist ein erfahrener Verhörspezialist. Er wird einen Schlüssel finden, um Trost aufzuschließen.«

»Sollte das jetzt die Andeutung einer versteckten Kritik sein?«

»Um Gottes willen, nein, Chef.«

»Okay, Greger soll mit Trost sprechen. Aber vorher muß er noch in die Weitlingstraße fahren und die ehemaligen Wohnungsnachbarn von Müller befragen. Vielleicht ist der Typ dort irgendwann einmal aufgetaucht. Außerdem ist es von Lichtenberg nach Potsdam nur ein Katzensprung, jedenfalls der Karte nach zu urteilen.«

An der Kreuzung Spandauer Damm / Königin-Elisabeth-Straße mußte Kriminalhauptkommissar Meeden scharf bremsen. Die Flasche fiel um, die Milch ergoß sich auf den Wagenboden und tränkte die Fußmatte.

»Oh, oh. Wollen wir es ihm sagen?« fragte Carsten Minx.

»Nein, er merkt es früh genug am Montag«, antwortete sein Chef.

•

Protein Casein

Die Lust von Kriminaloberkommissar Greger, einem ehemaligen Personenschützer, der auf schnelles Erkennen von Gefahrensituationen trainiert war, sich stundenlang durch verstopfte Straßen zu quälen – damals gab es nur wenige passierbare Verkehrswege zwischen Ost- und Westberlin – hielt sich in Grenzen. Aber am Montag, dem 4. März 1991, rang er sich ein gequältes Lächeln ab, weil er wenigstens den Opel Vectra benutzen durfte. Beim Einsteigen rümpfte er zwar die Nase, dachte sich aber noch nichts dabei. Schlechte Gerüche und Parkdecks bildeten eine Einheit. Doch nachdem er die Tiefgarage verlassen hatte, einige hundert Meter weit gefahren war und die Heizung auf vollen Touren lief, versteinerte sich sein Gesichtsausdruck. Die auf die Fußmatte vergossene Milch hatte inzwischen einen anderen Aggregatzustand angenommen: Der Milchzucker war zu Milchsäure vergoren, und die Milchsäurebakterien hatten den Ausfall des Proteins Casein veranlaßt. Der auf diese Weise ausgesonderte Quark ähnelte in seinem Aussehen (und vor allem in seinem Geruch) herkömmlichem Frischkäse. Der Kriminaloberkommissar hatte keine andere Wahl. Er mußte mit geöffnetem Seitenfenster fahren und eine Erkältung riskieren. Sein Partner machte ein verwundertes Gesicht, als er am U-Bahnhof Kaiserdamm zustieg. Kriminalkommissar Florian Faistel war ein unscheinbarer grauer Mann mit einem Dutzendgesicht, der sich ausgezeichnet für Observationen eignete, da er auf Grund seines nichtssagenden Äußeres kaum wahrgenommen wurde und förmlich mit der Umgebung verschmolz.

Das Haus in der Weitlingstraße hatte seine Zukunft schon lange hinter sich. An der Fassade waren nur noch wenige Putzbrocken übrig geblieben und eine unsichere Hand hatte das schadhafte Pappdach an mehreren Stellen notdürftig mit Folie geflickt. Die dritte und die vierte Etage standen komplett leer. Bei den letzten Hausbewohnern schien es sich nicht um die wichtigsten Stützen der menschlichen Gesellschaft zu handeln, wie sich an den ungeputzten Fenstern ablesen ließ.

Die Korridortür zur Wohnung von Hans Müller war mehrfach aufgebrochen worden, Schloß und Türgriff fehlten ganz. Jemand hatte ein Stahlseil durch zwei Bauklammern gezogen. In den Ösen hing ein Vorhängeschloß. Kriminaloberkommissar Greger zog die Tür einen Spalt breit auf, so weit, wie es das Stahlseil eben zuließ, und äugte in das finstere Innere. Es roch modrig und nach Fäkalien.

»Wenn Sie wollen, Herr Kollege, kann ich Ihnen aufschließen«, sagte eine Stimme hinter ihm.

Der Kriminaloberkommissar drehte sich um. Vor ihm stand ein weißhaariger, unrasierter Mann in einem braunen Trainingsanzug mit gelben Streifen an der Seite.

»Ursel, Heinz Ursel, ABV adé«, meinte der Alte.

»AB was?«

»Abschnittsbevollmächtigter der Deutschen Volkspolizei, seit 1988 im Ruhestand. Ich habe die Tür gesichert, weil dort nachts immer Stadtstreicher hausten. Aber Sie werden nichts mehr finden. Dort gibt es nur noch Dreck, Gestank und alten Plunder. Seitdem ich angerufen habe, ist der Müller hier nicht wieder aufgetaucht.«

»Wen haben Sie wann angerufen?«

»Das Revier in Friedrichsfelde. Das wird so etwa am 28./29.12. gewesen sein. Da schlich der alte Sack hier im Haus herum. Vielleicht hoffte er, noch etwas zu finden, was er gebrauchen könnte. Aber da hatte ihm das andere Lumpenpack schon lange vorher einen Strich durch die Rechnung gemacht.«

»Wie sah er aus?«

»Wie immer: unrasiert und schmutzig. Mich kann er nicht leiden, deshalb hat er sich auch gleich wieder verdrückt.«

»Woran haben Sie erkannt, daß ich von der Kripo bin?«

»Weil Sie zu zweit sind. Außerdem an der Art, wie Sie sich bewegen, und an ihrer Kleidung. Sie ist bequem, strapazierfähig und soll eine gewisse Eleganz vortäuschen. Kein normaler Mensch würde einen Schlips zu einer Lederjacke tragen.«

Kriminaloberkommissar Frank Greger lachte. »Das ist nur Zufall. Aber bitte, öffnen Sie das Schloß.« Er hielt sich ein Taschentuch vor die Nase und ließ sich die Wohnung zeigen. Sie bestand lediglich aus Zimmer und Küche. Auf dem Fußboden lagen Putzbrocken, zerknüllte Zeitungen, verdreckte Kleidungsstücke, Flaschen, Büchsen und Holzreste von zerschlagenen Möbeln. Die Fenster waren von innen mit Brettern vernagelt.

»Wie ich schon sagte, hier gibt es nichts mehr zu holen. Selbst nicht für einen Keim wie den Müller. Hoffentlich sind Sie nicht in etwas Weiches getreten. Machen Sie es gut, Kollege«, brabbelte der Alte und gab ihm zum Abschied die Hand.

Frank Greger wickelte sich einen Schal um den Hals, fuhr die Frankfurter Allee stadtauswärts bis zur Autobahnabfahrt und dann weiter in Richtung der Brandenburger Landeshauptstadt. Glücklicherweise lagen die Außentemperaturen über dem Gefrierpunkt. Florian Faistel hatte eine harte Nacht hinter sich. Er wickelte sich in eine graue Decke ein, auf der NVA stand, und schlief. In Potsdam begann dann die Suche. Die beiden Kriminalpolizisten kannten weder den Organisationsaufbau, noch den Sitz der einzelnen Dienststellen und Ämter. Den neuen Beamten ging es ähnlich, wie er beim Durchfragen erkennen mußte. Aber schließlich hatte er die Untersuchungshaftanstalt gefunden und der Diensthabende erwies sich als kooperativ. Nach einer halben Stunde saß ihnen Lars Trost in der

Besucherzelle gegenüber. In dem schmucklosen Raum standen ein Sprelacarttisch und zwei Plastikstühle. Das Fenster war vergittert, weit oben an der Decke brannte eine einzelne Glühbirne. Neben der grau gestrichenen massiven Holztür mit Eisenbeschlägen gab es eine Klingel. Kriminalkommissar Faistel platzierte sich mit vor der Brust verschränkten Armen daneben.

Frank Greger setzte sich und musterte sein Gegenüber aufmerksam. Da der Kriminaloberkommissar gerne malte und sich dadurch sehr gut in der Anatomie des menschlichen Köpers auskannte, hatte er einen Blick für Menschen. Lars Trost war mittelgroß, schlank und Anfang 30. Er trug Tätowierungen an den Händen und am Hals. Sein gelbes Haar war kurz geschoren, seine Stimme klang wie ein Reibeisen. Er pflegte seine Opfer auf offener Straße bewußtlos zu schlagen, ihr Kinn auf den Rinnstein zu legen und auf den Hinterkopf zu treten, wodurch der Kiefer brach. Zweifellos ein harter Brocken. Auf die unsanfte Tour würde man ihn kaum kriegen. Der Kriminaloberkommissar entschied sich für die freundliche Variante: »Haben Sie schon gehört, daß ab dem 1. April die Ostdeutschen mehr Porto auf ihre Briefe kleben müssen? In den neuen Bundesländern gelten dann dieselben Beförderungsgebühren, wie in den alten Bundesländern. Aber: Mit einem Briefmarkengeschenk von zehn Mark an alle volljährigen Bürger der ehemaligen DDR will die Post die Gebührenerhöhung im Osten Deutschlands sozialverträglich gestalten.«

»Wat soll die Scheiße, Bulle, willst'e mir verarschen?«

»Nein, ganz im Gegenteil. Auch Sie werden das Briefmarkengeschenk erhalten. Dann können Sie Ihrem alten Kumpel Hans Müller lange Schreiben schicken.«

»Ach daher weht der Wind. Hat er wat ausjefressen?«

»Kann man so sagen. Er hat die große Flatter gemacht.«

»Ha, ha, det find ick jut. Aber ick weeß ja nüscht.«

Frank Greger zog ein Päckchen Marlboro aus der Tasche und legte es vor sich auf den Tisch. »Wenn Sie rauchen möchten – bitte bedienen Sie sich.«

»Mann, det sind ja Aktive aus'm Westen. Beste Ware! Aber ick weeß trotzdem nüscht.«

»Ihr alter Kumpel hat zwei Frauen abgestochen, nur so, aus Spaß. Wir müssen ihn kriegen, bevor er sich die nächste vornimmt.«

Lars Trost hielt die Zigarette affektiert zur Seite abgespreizt, legte den Kopf zurück und blies den Rauch in Richtung Zimmerdecke. »Ick sitze hier im Knast. Den Müller hab ick schon seit Wochen nich' mehr jesehen.«

Der Kriminalkommissar atmete tief ein, dann sagte er: »Passen Sie auf. Wir spielen ein Spiel. Ich stelle Ihnen eine Frage und wenn Sie sie mir beantworten können, bekommen Sie ein Päckchen Zigaretten. Dann stelle ich Ihnen die nächste Frage und Sie kriegen die nächste Packung. So geht es weiter, bis wir fertig sind. Einverstanden?«

»Einverstanden!»

»Wußten Sie, daß Müller aus Buch flüchten wollte?«

»Na klar doch, wir wollten gemeinsam türmen. Is' bloß nichts draus jeworden, weil ick in diese Scheiße verlegt wurde. Hier gibt's keine Spaziergänge über'n Markt.«

Frank Greger legte das zweite Päckchen auf den Tisch.

Eine Stunde später war er zehn Schachteln losgeworden, aber er kannte nun den vermutlichen Unterschlupf des S-Bahn-Mörders: Eine illegale Wohnung in der Stadt Brandenburg. Die Anschrift lautete: Altes Dorf 44, drittes Obergeschoß.

Zugriff

Die beiden Kriminalisten fuhren zurück nach Berlin, erstatteten ihrem Vorgesetzten Bericht und bereiteten den Einsatz für den nächsten Tag vor. Das Polizeipräsidium in Potsdam mußte um Genehmigung und um Amtshilfe gebeten werden.

Am Dienstag, dem 5. März 1991, fuhr Kriminaloberkommissar Greger mit seinem Kollegen Faistel von Berlin nach Potsdam (diesmal in einem geruchsneutralen Passat, der mit einer Laufleistung von 100 000 Kilometern fast noch als Neuwagen durchgehen konnte). In der Landeshauptstadt holten sie sich die schriftliche Genehmigung ab, und weiter ging es über holprige Straßen nach Brandenburg. Auf der dortigen Polizeiwache lächelte der Leiter überlegen, als ihm die Anschrift mitgeteilt wurde. »Eine Straße Altes Dorf gibt es bei uns nicht. Ihr Informant wird nicht Brandenburg, sondern Neubrandenburg gemeint haben. Fahren Sie dort hin. Wir überprüfen ständig unsere Abrißhäuser. Müller ist nicht hier, glauben Sie mir.«

Frank Greger studierte den Stadtplan. »Was ist das für eine Gegend?«, fragte er und deutete auf eine Straße mit dem Namen Deutsches Dorf.

»Keine gute«, gab der Wachenleiter widerstrebend zu.

»Worauf warten wir, schauen wir uns die Hausnummer 44 an.«

Der Wachenleiter schickte ihnen einen uniformierten Polizisten mit, der sie durch ein Gewirr von Straßen und Gassen lotste. Dann stoppte der Passat. »Deutsches Dorf, Nummer 44, wir sind angekommen.«

Das Haus war erdgrau mit bröckelnden Fassaden und vernagelten Türen und Fenstern, ein typisches Abrißgebäude in einer Sanierungsgegend. Der ideale Unterschlupf. Die Sache hatte nur einen kleinen Schönheitsfehler: Es gab keinen Zugang. Alles war verriegelt und verrammelt. Niemand konnte ein- oder ausgehen. Über das Gesicht des Brandenburger Polizisten huschte die leichte Andeutung eines Lächelns.

»Okay, stehen wir hier nicht herum. Untersuchen wir die angrenzenden Bruchbuden«, ordnete der Kriminaloberkommissar verärgert an. Die Häuser waren durchgehend nummeriert. Im Deutschen Dorf 43 und in der 42 gähnten leere Fensterhöhlen, aber in der Nummer 41 schienen noch einzelne Mieter zu wohnen, auch wenn das Gebäude seinen Nachbarn glich wie ein eineiiger Zwilling dem anderen.

Im Hausflur lag Schutt und Gerümpel. Die Korridortüren im Parterre standen offen. Alle Räume machten einen unbewohnten Eindruck, obwohl noch einzelne Möbel herumstanden. Plötzlich hörten die Männer ein Geräusch aus der ersten Etage. Der Kriminaloberkommissar zückte seine Pistole, eine Sig Sauer P 225. Das Schmunzeln aus dem Gesicht des Brandenburger Polizisten war verschwunden.

In der ersten Etage gab es drei Wohnungen. Von der einen geradezu fehlte die Eingangstür, die Zimmer schienen leer zu sein. Das Geräusch kam aus der Wohnung links von der Treppe. Der Kriminaloberkommissar gab ein Zeichen. Auf drei rissen er und Florian Faistel die Tür auf und stürmten hinein, der Polizist sicherte von außen.

In einem kleinen Zimmer standen drei dunkelhäutige alte Frauen in bunten Kleidern und schnatterten aufgeregt durcheinander. Sie verstanden kein Wort Deutsch, und die beiden Kriminalisten nicht ihre gutturale Sprache.

Draußen im Treppenhaus deutete Frank Greger auf die Wohnung rechts von der Treppe. Die Tür war nur angelehnt. Von drinnen waren leise tappende Schritte zu hören. »Jemand kommt auf uns zu«, flüsterte der Kriminaloberkommissar, riß die Pistole hoch und trat mit dem rechten Fuß gegen die Tür, sodaß sie weit aufschwang. »Hände hoch, Polizei«, schrie er.

Drinnen stand ein bärtiger alter Mann, der von seinem Äußeren her entfernt an Knecht Ruprecht erinnerte, und streckte erschrocken die Hände in die Höhe. Er hatte nicht die geringste Ähnlichkeit mit der Person auf dem Fahndungsfoto. Die Räumlichkeiten hinter ihm machten einen völlig verwahrlosten Eindruck und es stank entsetzlich. Der Kriminaloberkommissar erinnerte sich an die Aussage von Nicole Plesch, derzufolge ihr zuerst der furchtbare Geruch aufgefallen sei. Und er wußte aus jahrzehntelanger Erfahrung, daß sich Menschen in kurzer Zeit drastisch verändern können und dann kaum noch Ähnlichkeit mit alten Fahndungsfotos haben. »Wie heißen Sie, was machen Sie hier?«

»Mein Name ist Alfred Neumann. Ich wohne seit 37 Jahren in dieser Wohnung. Wenn Sie bitte näher treten wollen. Es ist etwas unaufgeräumt bei mir, Sie müßen entschuldigen«, lautete die freundliche Antwort. »Darf ich Ihnen etwas anbieten? Eine Tasse Tee vielleicht?« Der alte Mann lächelte. Er schien sich über den ungebetenen Besuch zu freuen.

Der Kriminaloberkommissar drehte sich zu seinem Brandenburger Kollegen um und sah ihn fragend an. Der Revierpolizist zuckte mit den Schultern.

»Nun gut, bitte Ihren Ausweis zur Kontrolle.«

»Meinen Ausweis? Den habe ich nicht. Den hat mein Bruder Wilhelm mitgenommen, zur Sicherheit, verstehen Sie? Ich bin nämlich ein schwerer Trinker. Und wenn ich mich im Delirium befinde, verliere ich alles. Deshalb sieht es auch so aus bei mir. Verzeihen Sie bitte.«

»Wo finden wir Ihren Bruder?«

»Er arbeitet bei einem Wanderzirkus. Sie sind gerade unterwegs. Sobald sie ein neues Quartier bezogen haben, wird sich Wilhelm bei mir melden. Vielleicht schon morgen.«

»Solange können wir nicht warten. Zeigen Sie mir bitte andere Papiere. Eine Fahrerlaubnis, einen Bibliotheksausweis oder etwas ähnliches.«

»Warten Sie, ich habe hier etwas«, antwortete der alte Mann, kramte in einem Haufen Abfall herum, der auf einer Kommode lag, und zog einen Stapel Briefe hervor. Sie waren an Alfred Neumann, Deutsches Dorf 41, in Brandenburg adressiert.

Der Revierpolizist mischte sich ein: »Die Luft ist hier sehr schlecht. Brauchen Sie noch lange? Wenn ja, dann warte ich solange auf der Straße.«

Frank Greger nahm ein Kuvert entgegen und zog ein liniertes Blatt Papier heraus. Eine gleichmäßige Frauenhandschrift hatte zwei Zeilen geschrieben. Unter dem Datum 12.09.1988 stand: »Lieber Fredi, die nächste Zusammenkunft unserer FDJ-Singegruppe findet am kommenden Donnerstag um 19 Uhr im Klub statt. Bitte vergiß die Gitarre nicht! Viele Grüße, Sonja.«

Der Kriminalkommissar sah dem unentwegt freundlich lächelnden alten Mann tief in die Augen und sagte: »Sie sind nicht Alfred Neumann. Ich glaube, Sie heißen Hans Müller und wurden am 12.11.1933 in Zepernick geboren.«

Das Lächeln verwandelte sich in ein breites Grinsen. Der Alte nickte und streckte die Hände vor. Die Handschellen klickten.

Draußen vor dem Haus klopfte Frank Greger dem Revierpolizisten auf die Schulter. »Sie gehen wieder hoch und sichern die Wohnung, bis die Spurensuche und der Fotograf aus Berlin eingetroffen sind. Müller steht in Verdacht, ein mehrfacher Mörder zu sein. Vielleicht hat er weitere Opfer in diese Wohnung hier gelockt.«

Da es keine vernünftige Möglichkeit gab, die Dienststelle in Charlottenburg von Brandenburg aus telefonisch zu erreichen, verfrachtete der Kriminaloberkommissar den Häftling auf den Rücksitz vom Passat, pflanzte den Kojak, also das Blaulicht, auf das Dach und raste zurück nach Berlin. Kurz vor der Stadtgrenze konnte er endlich Funkkontakt mit der Funkbetriebszentrale aufnehmen: »Wir haben ihn. Die Großfahndung kann aufgehoben werden. Die Mordkommission soll die Anschlußübernahme vorbereiten.«

Während der Wartezeit auf dem Kommissariat in der Heerstraße behielt Hans Müller sein freundliches Wesen bei. Er posierte sogar gemeinsam mit einigen Beamten für ein Erinnerungsfoto. Aber ein Geständnis legte er weder an diesem Tag, noch später ab. Bei einer Gegenüberstellung war sich Nicole Plesch nicht sicher, ob es sich bei ihm um den Angreifer in der S-Bahn handelte.

Das Ermittlungsverfahren gegen Hans Müller mußte eingestellt werden. Er wurde zurück in die Psychiatrie gebracht. Trotzdem kann mit großer Sicherheit davon ausgegangen werden, daß er der Täter war, denn die Überfallserie war abrupt abgebrochen.

Biographische Notizen

Horst Brandt (geb. 1938) Kriminaldirektor i. R., ehemaliger Chef aller neun Berliner Mordkommissionen und Autor, erhielt 2003 das Verdienstkreuz der Bundesrepublik.

Gunther Geserick, Prof. Dr. med. (geb. 1938) Bis 2003 Leiter des gerichtsmedizinischen Instituts der Charité, veröffentlichte zahlreiche Arbeiten zu Themen der Gerichtsmedizin.

Kathrin Kompisch (geb. 1973) Historikerin und freie Autorin, studierte in Hamburg, vielfältige journalistische Tätigkeiten.

Frank Otto, Dr. phil. habil. (geb. 1967) Historiker, Privatdozent an der Universität Hamburg, zahlreiche Publikationen und Aufsätze in wissenschaftlichen Zeitschriften.

Hans Pfeiffer (1925–1998) Schriftsteller, studierte Philosophie bei Ernst Bloch, bis 1990 Rektor am Leipziger Literaturinstitut, u. a. Autor zahlreicher »authentischer« Kriminalfälle.

Wolfgang Schüler (geb. 1952) Rechtsanwalt, Autor und Journalist, veröffentlichte zahlreiche Kriminalgeschichten und Beiträge zur Geschichte der Kriminalistik.

Regina Stürickow, Dr. phil., freie Schriftstellerin, studierte Slawistik, Osteuropäische Geschichte und Französisch, veröffentlichte zahlreiche Sachbücher und einen Roman zu kriminalistischen Themen.

Klaus Vendura, Dr. med. (geb. 1952) Facharzt für Rechtsmedizin, seit 1997 Gerichtsarzt am Landesinstitut für gerichtliche und soziale Medizin in Berlin.

Ingo Wirth, Prof. Dr. med. (geb. 1952) Dozent für Kriminalistik in Brandenburg, publizierte zahlreiche Arbeiten zu rechtsmedizinischen, kriminalistischen und wissenschaftshistorischen Themen.

Wilfried Zoppa (geb. 1943) Kriminalhauptkommissar i. R., jahrelang tätig in der Personenfahndung der Berliner Kriminalpolizei, als Personenschützer und Autor.

Literatur

Die im vorliegenden Buch neu zusammengestellten Beiträge über authentische Kriminalfälle sind aus folgenden Publikationen entnommen:

Horst Brandt: Was das Leben kostet, Verbrechen und Katastrophen im 20. Jahrhundert.
Gunther Geserick/Klaus Vendura/Ingo Wirth: Zeitzeuge Tod, Spektakuläre Fälle der Berliner Gerichtsmedizin.
Kathrin Kompisch, Frank Otto: Bestien des Boulevards. Die Deutschen und ihre Serienmörder.
Hans Pfeiffer: Der Zwang zur Serie, Serienmörder ohne Maske.
Hans Pfeiffer: Der hippokratische Verrat, Mörderische Ärzte.
Hans Pfeiffer: Die Spiele der Toten, Ungeklärte Todesfälle auf dem Seziertisch.
Wolfgang Schüler: Verbrecher im Netz – Fälle, Fakten, Fahnder.
Wolfgang Schüler, Wilfried Zoppa: Zugriff! Im Visier der Fahnder.
Regina Stürickow: Kriminalfälle im Dritten Reich, Mörderische Metropole Berlin.